JN318943

二 見 文 庫

誘惑の夜に溺れて

ステイシー・リード／旦　紀子＝訳

THE IRRESISTIBLE MISS PEPPIWELL
by
Stacy Reid

愛する夫、ドゥザン・ネルソンに捧ぐ。

誘惑の夜に溺れて

登場人物紹介

フィリッパ・ペピウェル	ボストンの資産家令嬢
アンソニー・ソーントン	第十二代カリドン公爵の弟
セバスチャン・ソーントン	アンソニーの兄。第十二代カリドン公爵
コンスタンス・ソーントン	アンソニーの妹
ジョスリン・ラスボーン	アンソニーの求愛者。 ウェイバーハム伯爵令嬢
レディ・ラドクリフ	アンソニーの母親
ラドクリフ子爵	アンソニーの実父
オーウェル卿	フィリッパの求愛者
ホイト卿	フィリッパの求愛者
ジョナス・ペピウェル	フィリッパの父親
キャサリン・オーガスタ・ペピウェル	フィリッパの母親
ブランドン・トーマス	フィリッパの幼なじみ
ペイトン・ペピウェル	フィリッパの妹
ジェンセン・セントジョン	ペイトンの求愛者
フローレンス	フィリッパの叔母。 メリウェザー伯爵夫人

1

一八八二年十月　ロンドン

アンソニー・ソーントン卿《きょう》は、これほど鮮やかな金赤色の髪を見たことがなかった。きらめく舞踏会場のなか、クリスタル製シャンデリアの蠟燭《ろうそく》の光を受けてまばゆい光沢を放っている。それは、まさに光輝く夕焼けの色合い。そして、その髪の主こそ、類いまれなる高貴な宝石。気を引こうとひしめき合う伊達《だて》男たちなどには目もくれず、涼しげな風情で佇んでいる。気品ある物腰、形のよい頬骨、かすかに寄った瞳、そして、異国風のふっくらした唇。

アンソニーの視線がその女性の優美な喉もとを伝いおり、なだらかな胸の膨らみからほっそりしたウエストをめぐって、誘うように丸く広がる臀部《でんぶ》を愛《め》でる。近づこうと歩きだして初めて、その女性がほかの女性たちから際だっている理由がわかった。はっとするほどの美しさのせいではない。事実、そこには、笑いさざめき、軽やかに踊る華やかな女性たちがたくさんいる。舞踏会の耽美《たんび》な雰囲気に浸り、その騒々しさにただはしゃいで、社交界が実は眠れる怪獣で、いまにも自分たちを食いつぶそうと狙っていることなど知るよしもない。

いや、彼女が特別な理由、それは目だった。空《くう》を見つめる瞳にはひとかけらの喜びも浮かんでいない。大勢の崇拝者のひとりが差しだすパンチのグラスを受けとりながら、唇には凍りついた笑みしか浮かべていない。崇拝者たちは彼女を喜ばせようと必死らしいが、当の本人はその熱意に気づいてもいないらしい。

舞踏会の主催者に呼びとめられて足を止めても、アンソニーはその女性から視線を離さなかった。

「氷の乙女が、また新たな勝利を得たようだ」カルヴァート伯爵ジェイソン・フラトンが低い声で言う。

アンソニーはようやく女性から視線を離し、友人と目を合わせた。カルヴァートの口角が楽しげに持ちあがり、口ひげが震えている。

「氷の乙女？」

「なんでも、北極より冷たいそうだ。思いを寄せただけで男は凍りつく。あの伊達男たちも時間の無駄さ。だれにも好意をお示しにならないからな。ぼくにはまったくわからんが。財産以外、男を惹《ひ》きつける魅力はないに等しいと思うが」

ちょうどその女性が巻き毛を搔《か》きあげるのを見て、アンソニーは、カルヴァートこそ間違っていると思った。片腕をあげたせいで、胸を覆うドレスの布地が伸びる。涼やかで女性的な魅力にそそられる。首をそらし、ほつれ毛をまたひとつとらえて耳の後ろにかける様子は、自分がそうしていることも意識していないようだ。

髪は美しく結いあげられ、顔に沿っていく筋か垂らした巻き毛が肩を撫《な》でている。夜会服の仕立ても目を見張るほど見事なものだ。濃いブルーの絹のドレスが体にまといつき、丸みを引きたたせている。淡いクリーム色の肩の滑らかな広がりや大きな襟ぐりに思わず目を引きつけられ、アンソニーの視線は、その胸のゆるやかな膨らみにしばし留《とど》まった。豊満とは言えなくても、繊細で品がある。もっとも豪華なのは彼女の髪だと判断し、ふっくらした瑞々《みずみず》しい唇には注目しないように努力する。そうしなければならないくらい魅力的な唇の持ち主だった。

「紹介しろ」アンソニーは小声で要求した。

「おまえ、なにを言っているんだ？」カルヴァートが即座に言い返す。「レディ・ガルヴェストンが目当てだと思っていたが。新しい愛人を探しているというもっぱらの噂《うわさ》だぞ」

カルヴァートの淡いブルーの瞳があざけるようにきらめくのをアンソニーは無視した。たしかに、その点に関して伯爵は正しい。アンソニーがこの舞踏会に出席したのは、気晴らしを見つけるためだった。世の惑いを夜の向こうに置き去りにしたかった。だが、新しい愛人を見つけるためではない。

「レディ・ガルヴェストンのあの見事な曲線に目を向けろよ」カルヴァートが促した。「彼女ならば、友よ、おまえの努力はすぐさま実る」

アンソニーは伯爵の意味ありげなささやきを払いのけ、ゆったりとした足取りで氷の乙女に向かって歩きだした。彼の注意を引こうと試みる女性たちを無視し、止まらずに混み合った舞踏室を通り抜ける。近づくと、彼女の瞳が琥珀色《こはくいろ》だとわかった。きりりと冷やしたアイリッシュウイスキーの色だ。その瞳は一瞬彼を見つめたが、すぐに関心なさそうにほかを向いた。

アンソニーは興味をそそられた。

自分の顔立ちが、社交界の初お披露目の人のみならずご婦人方に与える効果は充分理解している。既婚女性があからさまに誘いかけてくる一方で、純粋な娘たちは惚《ほう》けたかのようにうっとりするばかり。アンソニーはそれが嫌で、地味に見えるよう最大限努力してきた。先日の拳闘《ボクシング》の試合で左眉のところに傷ができたのも嬉しかったほどだ。

「気をつけろ、彼女に瞥《いちべつ》されただけで縮みあがるぞ」カルヴァートが隣りを歩きながら言う。

その無遠慮な含み笑いはあえて無視し、ふたりは氷の乙女の前で立ちどまった。

「ミス・ペピウェル、アンソニー・ソーントン卿をご紹介します」

ミス・ペピウェルが膝を折って小さく会釈した。「閣下」つぶやくほどの声は平坦《へいたん》で、なんの関心も示していなかった。

すばやく紹介を終えると、カルヴァートは口もとをにやにやさせながら立ち去った。

アンソニーの傲慢なひとにらみに、ミス・ペピウェルの気を引こうとがんばっていた伊達男たちもきらめく群衆のなかに消えていった。冷ややかに持ちあげた眉から推測して、ミス・ペピウェルもそれには気づいたらしい。

「次のダンスのお相手を願えますか、ミス・ペピウェル？」

「わたしは踊りませんの」歌うように母音を発音するせいか、低いかすれ声が音楽のように響く。アメリカ人。聞き間違えでなければ、ボストン出身だ。

よそよそしい態度で断られても、アンソニーは諦めなかった、むしろ、さらに関心を掻きたてられた。最後に女性に欲望を抱いてからもう何週間も経《た》っている。「ダンスがだめならば、庭の散策をご一緒にいかがですか?」

「どうやら、退屈しきった放蕩者《ほうとうもの》のアンソニー卿の関心を引いてしまったようですね」豊かな声だった。しかし、喜んではいない。

「放蕩者? 傷つく言葉ですね」

「では、その言葉以外の、退屈しきって氷の女王を探していたという箇所はお認めになるのね?」ミス・ペピウェルがアンソニーを冷ややかに見つめる。アンソニーは軽く頭を傾《かし》げて目の前の女性を眺めた。無表情なまなざしと目が合うと、会場のざわめきがふっと遠のいたような気がした。カードに関して名プレイヤーと名を馳《は》せた自分でさえ、ポーカーで負かされるかもしれないと思う。「一緒にダンスをするレディを探していただけだ」

「わたしはレディではありません。あなたがお望みのような敬称は持ち合わせませんから。ただのミスでもダンスをなさりたいのかしら?」唇をまっすぐ結び、辛辣とも言える表情で彼を見つめる。

「それを気にしているのか。ぼくを不当に判断しているようだ」彼女の背筋がぴんと伸びるのを見てアンソニーは嬉しくなった。彫像のようだと思いはじめていたからだ。

「そんなことはありませんわ」

「決めつけているのはきみのほうじゃないかな、ミス・ペピウェル。女性は爵位がなければレディでないと、そして、わたしもその意見を共有していると」

ミス・ペピウェルが顔を赤らめた瞬間、アンソニーは不本意にも興奮を覚え、我が身が固くなるのを感じて歯を嚙《か》みしめた。自分は舞踏会に出席している。そのような反応はいっさい許されない場所だ。

「認めますわ、サー。たしかに無作法なことを申しました。どうぞお許しくださいませ」ミス・ペピウェルが優雅に頭をさげ、彼にほほえみかけた。

口調は誠実だったが、笑みは目まで届いておらず、まなざしはよそよそしいままだった。頰の赤みもすでに引いて、ふたたびあの冷ややかな表情が戻っている。アンソニーはそれが気に入らなかった。出会ったばかりの娘の表情に一喜一憂するべきではないが、できることなら肌を染め、喉もとの脈拍を速めさせたかった。ミス・ペピウェルが自分に関する噂に気づいているのが興味深い。若いレディたちのほとんどは、冷酷な社交界の牙に嚙みつかれるまで気づかない。

ミス・ペピウェルからさらに反応を引きだそうと、もうひとつ試みた。「閣下だ」はっきりと言う。

「なんですか？」

「きみはぼくを〝サー〟と呼んだが、正しい呼称は〝閣下《マイ・ロード》〟か〝アンソニー卿〟だ」

ミス・ペピウェルの瞳に怒りが燃えあがった。一瞬火花が散ったかと思ったが、すぐに冷水をかけられたように火は消えた。その様子にアンソニーはまた魅了された。ミス・ペピウェルの口が批判の言葉を発するかのように開く。だがその時、ふいに凍りついた。これ以上あり得ないと思うほど冷ややかだったのが、さらに冷たく静まり返る。それでいながら、激しい動揺が顔面を走り、次の瞬間、口を閉じるとともにすべてを完全に閉ざした。アンソニーはさりげなく振り返った。無関心を装っていたが、内心は、冷淡の化身とも言える彼女にこれほどの動揺を起こさせる人物がだれか興味津々だった。

「アンソニー卿」近づいてきたのはオーウェル卿だった。がなり声で挨拶され、アンソニーは頭をわずかにさげた。オーウェルの好色な目つきがまっすぐミス・ペピウェルに向いていることに気づき、丁重な無表情を顔に貼りつける。

「やあ、ここにいたのか。わたしのためにダンスを待っていてくれたのかな」オーウェルがミス・ペピウェルに言う。そのへらへらした笑みを目の当たりにして、アンソニーは吐きそうになった。ちょうどワルツが始まり、オーウェルが手を差しのべる。ミス・ペピウェルが従うと確信しているらしい。

「申しわけありませんが、オーウェル卿、今宵《こよい》最後のダンスはアンソニー卿とお約束をしていますの」ミス・ペピウェルがアンソニーのほうにさりげなく近寄った。ふたりの称号を口にした時の声にさげすみの抑揚を感じとり、アンソニーはかすかに口を曲げた。

「このダンスはわたしのものだ、フィリッパ」オーウェルの言い方は非常に押しつけがましかった。

アンソニーが好奇心をくすぐられたのは、親密な関係であるかのように名前を呼ばれても、ミス・ペピウェルが訂正しなかったことだ。それでいながら、さらに背筋を伸ばし、より強い冷気を発して防御壁を築いているように見える。アンソニーの含み笑いに気づいてオーウェルがこちらに目を向けた。

アンソニーはずんぐりして背が低いオーウェルを、わざと横柄に見おろした。「ご覧のとおりだ。ぼくがミス・ペピウェルを同伴する栄誉を担っている」

「あんた、まだいたのか?」オーウェルが驚いたように言う。とっくにいないと思っていたらしい。

アンソニーが怒りに体をこわばらせ、一方オーウェルも、遅ればせながら間違いに気づいて顔を赤くした。「アンソニー卿……気づかなかった」そわそわと、まるで首を絞めつけられているかのようにクラヴァットをいじる。

アンソニーはますます興味をそそられた。オーウェルは魅惑的なミス・ペピウェルに心を奪われるあまり、アンソニーがカリドン・ホールディングスを背後で支える金融の天才であることを失念し、平気で無礼を働いた。たしかにカリドン公爵は兄のほうだが、アンソニーの金融界における力は強大で、男ひとりくらい、片眉をあげるだけで簡単に破滅させられる。

ワルツの音が鳴り響いた。アンソニーは一礼してミス・ペピウェルをダンスフロアへと連れだし、軽やかなステップに引きこんだ。背後でオーウェルがにらみつけている様子に一抹の不安を覚える。その目が、強欲とあからさまな欲望に色づけられた悪意でぎらぎらしていたからだ。

アンソニーは、ミス・ペピウェルを見おろした。石のように無表情のまま、彼の肩にじっと視線を据えている。「オーウェルは、若いレディが関わっていい男ではない」

「わたしはあなたの忠告を望んではいませんし、必要ともしていませんわ」ミス・ペピウェルはそこで一瞬間を置き、それから、びっくりするほど唐突につけ加えた。「でも、わたしの嘘《うそ》につき合ってくれて感謝します」

「それできみと踊れるならば、ささいなことだ」

「そうした手管をわたしにお使いになっても無駄ですわ、アンソニー卿。わたしはなにも感じないので」即座に用心深い冷ややかな態度が戻ってくる。

「きみに対して手管を弄《ろう》するなどとは、まったく考えていない」アンソニーは、わざとそっけなく言った。

「では、社交界でもっとも不道徳な放蕩者という評判は正しくないということかしら？」

「まさに不当な評価だ」アンソニーは優雅な身のこなしでやすやすと回転しながら、ダンスフロアを滑るようにまわった。「無垢《むく》な娘さんには手出ししない」

ミス・ペピウェルの体がかすかにこわばったのがわかった。まつげがさっとおりて瞳を覆う。たしかではないが、その瞳に怒りが燃えあがるのを見たとアンソニーは思った。なんとも興味深い。

「それなのに、こうしていらっしゃる」その声に混ざる軽蔑は聞き違えようもなかった。

「つまり、わたしは無垢でないと？」

「ぼくはきみに手出しをしていない。つまり、きみが無垢かどうかという点になんの異論も唱えていないということだ」

見たこともないほど長いまつげが小さく震え、その下からミス・ペピウェルがアンソニーを見あげた。なにを考えているか推測できればと願うが、表情にはなにも浮かんでいない。アンソニーはオーウェルをすばやく見やった。ダンスフロアの際に立ち、じりじりした様子で足を踏み鳴らしている。ミス・ペピウェルもアンソニーにまわされた動きに合わせて一瞬そちらを見る。そこに嫌悪感がよぎったのをアンソニーは見逃さなかった。

「きみが、変な噂を引き起こさずにあいつを断ることができればいいんだが。非常にしつこい男のようだ」

ふいにミス・ペピウェルの怒りがアンソニーに向いた。直接向けられた場合に冷淡と侮蔑のどちらが好ましいか、アンソニーは決めかねた。

「好色漢にいやらしく触られるのは避けたいですわ。でも、わたしがそうすれば、あなたを始め礼儀を重んじる社交界の方々から、不適切に振る舞ったと決めつけられるでしょう」

「ぼくは決めつけない。だが、たしかに社交界は気まぐれだ。あの男の注意をほかに向けさせたいのなら、ぼくが引き受けるが」

ミス・ペピウェルが今度は驚きを隠しおおせなかったことに気づき、アンソニーは嬉しく思った。目が見開かれ、濃い金色の瞳がきらめく。「でもなぜ、見ず知らずの他人に、事情も知らないのにそんな支援を申しでてくださるのかしら?」そう訊ねる口調は、純粋に不思議がっているように聞こえた。

アンソニーは肩をすくめ、答える前に何度かミス・ペピウェルを軽やかに回転させた。

「これまでも、紳士的であろうとして非難されたことがある。窮地にある乙女を救うという義務感が生来植えつけられているせいだろう」

ミス・ペピウェルの顎が反抗的にぐっと持ちあがり、アンソニーは気づくと彼女の鼻に散ったそばかすを数えていた。十一個。

「わたしは窮地に陥ってなどいません。そのうえ、乙女でもないわ」

アンソニーはその傲慢な態度にそそられ、思わずほほえみかけた。「そうであっても、ぼくの提案は有効だ」

「それは大変ご親切に」辛辣な言い方だった。「では、いかにしてそのような離れわざを? 祖先がなさったような決闘? 夜明けにピストルで撃ち合うとか?」

「ぼくがただ不快感を示せば、それで充分なはずだ」彼女の皮肉を無視して言う。

「完全無欠な血筋とクロイソスほどの財産があればたしかに都合がいいでしょうね。人々を自分より低い存在と見なし、王のように感じているのでしょうから」

「そこまで粗野で傲慢な男に分類できるほど、ぼくをよく知らないはずだが、ミス・ペピウェル」

尖《とが》らせていたふくよかな唇を薄く結び、彼女は視線を落とした。「そのとおりですわね、閣下。お許しください」本気で悪いと思ったようだった。

アンソニーはミス・ペピウェルを眺めた。間近で見れば、古典的な意味での美人とは違う。それでも、欲求に体の奥が締めつけられるようにうずくのを感じた。妻を探そうと決心し、もう何週間も愛人と関係を持っていなかった。候補として考えているレディがひとりいるが、その女性は田舎に住んでいて、期待するほど話は進んでいない。苛立《いらだ》ちとあせりのなかで、アンソニーは気晴らしを欲し、レディ・カルヴァート主催の真夜中の舞踏会に参加しようと決めたのだった。

本来ならば、彼の到着以来、さかんに流し目を送ってくる美しき未亡人レディ・ガルヴェストンに専念すべきだが、こちらの冷たい金茶色の瞳をした赤毛で細身の女性のほうに、はるかに興味をそそられていることは認めざるを得ない。少なくとも、久しぶりに一物をうずかせてくれた存在であるのは間違いない。

「オーウェルがきみを探しているようだ。ぼくはたいていの人より背が高いから、すぐに見つかってしまう」

ミス・ペピウェルの唇が開くあいだにも、またまわりながら数歩移動してオーウェルの視界から遠ざかる。「あの卑劣漢は本当にしつこいわ」ミス・ペピウェルが同意した。

アンソニーは彼女を見失わないようにと必死に人混みを掻き分けているオーウェルを眺めた。

「救出しようか？」力強い動きでミス・ペピウェルを回転させながら訊《たず》ねる。

「彼のうぬぼれを叩《たた》きつぶしたり、財産を失うと脅したりする必要はないわ。わたしを図書室まで連れていってくだされば、それで充分です」

アンソニーは即座に動いた。ミス・ペピウェルに手をまわして人混みを巧みにすり抜け、廊下伝いに一階の図書室まで行く。扉の前で一瞬ためらったが、すぐに部屋のなかに押しこんだ。

ミス・ペピウェルは体を離すと、ふたたび北極と化した辛辣な視線をアンソニーに向けた。

「ありがとうございます、アンソニー卿。おやすみなさい」

アンソニーは部屋をざっと見まわし、巨大なカシ材の机の上にチェス一式が載っていることを確認した。「きみはやるかな?」チェス盤を示しながら、飲みものが置かれたテーブルまで歩いていき、グラスふたつにシェリーを注《つ》ぐ。

「本を読むつもりですの。レディ・プレスコットの図書室はよく知っています。ヘンリー・ジェームズの蔵書のなかでも、とくにわたしが読みたいと思っている本があるので」

アンソニーはほほえんだ。ミス・ペピウェルの顔にようやく元気と呼べる表情が浮かんだからだ。「なるほど」

「男性は、知的な会話をしたがる女性に嫌悪を感じるのでしょう? 先ほど、ホイト卿がわざわざ教えてくれましたわ」冷笑するかのように、ミス・ペピウェルの唇がわずかに曲がった。

「そんなことを感じるわけがない。読書好きの女性には優れた面がたくさんある」そう言いながらも、ミス・ペピウェルの瞳が強い警戒心で陰っているのを見て眉をひそめた。

その瞳を一瞬向けることで、ミス・ペピウェルはアンソニーを完全に退けた。

彼の容姿にここまで関心を示さない女性にこれまで会ったことがない。あるいは、同性に魅力を感じるたちなのだろうかと一瞬思った。うぬぼれでもなんでもなく、女性に対する自分の魅力ははっきり自覚している。「わざと無関心を装っているとか?」

「わたしが？」彼を見つめてぱちぱちと目を瞬いたのが、驚いたことを示す唯一の印だった。「とんでもない。あなたの魅力にまったく関心がありませんの。だから、あなたから逃れようとしているだけ」

アンソニーの笑い声に、ミス・ペピウェルは戸惑った表情を見せた。「ボストンから来たレディたちは全員がそんなに率直なのかな？」ほのめかしや甘いはぐらかしに包まれていない単刀直入な会話は大歓迎だ。

「率直ではいけないということ？　では、正直者は眉をひそめられるという現実に、わたしのほうが慣れねばなりませんね」毅然《きぜん》としたまなざしを向け、真っ向から挑戦してくる。

アンソニーはそれが好ましかった。彼女の故郷に関する推測が当たっていたのも嬉しい要因のひとつだ。

「その場合は、ミス・ペピウェル……」ひと口で酒を飲み干すとゆっくり前に出て片手を持ちあげ、すばやく唇を触れた。手袋が彼女の肌と自分の唇を隔てていなければよかったのにと思う。

ミス・ペピウェルが、例の口もとだけで目まで届かない笑みをアンソニーに向けた。「おやすみなさい、サー……アンソニー卿」

アンソニーは取った手を放さなかった。我慢すべきでない誘惑もある。

そう判断し、頭をさげて彼女の唇をとらえた。この女性も狼狽《ろうばい》することがあるのかどうかを確かめるためにやっているだけだと自分に言い聞かせるが、実は嘘だとわかっている。最初に目にしてからずっと、熟したキイチゴのような唇に触れたくてじりじりしていた。

ミス・ペピウェルを引き寄せると、胸に彼女の乳房が触れるのがわかった。きゅっと結んだ唇を感じて内心苦笑を漏らすが、失望しなかったのは、唇の輪郭がふっくらと柔らかく官能的だったからだ。ゆっくりと頭をあげ、目にした光景に満足する。彼の厚かましさに対する抗議もなく、頬への平手打ちもない。あるのはただ、よそよそしい態度と、アンソニーのほうがはるかに背が高いにもかかわらず、彼を見くだしたような傲慢な表情だったが、そのわざと貼りつけたらしい冷淡な表情の裏に熱い火花が飛び散っているのを、そして、琥珀色の瞳のなかに不本意な欲望が燃えているのを感知したと断言できる。

さらに興味がそそられる。これ以上調べる必要はないだろう。

氷の乙女のなかに未来の花嫁を見つけた可能性はかなり高い。

アンソニー・ソーントン卿は危険だ。彼に触れられただけで、望みもしない欲望を掻きたてられた。

わざと頭のなかを空白にして、じっと動かないように努力した。彼が頭をさげる。官能的な唇がまたフィリッパの唇をかすめる。体のなかがかっと熱くなる。それでもなんとかその熱を、残酷なあざけりとつらい破滅という憎むべき記憶の下に押し隠した。

アンソニー卿の唇が唇を這《は》う。優しく、揺るぎなく、そしてうっとりさせるように。フィリッパは漏れそうになるうめき声を呑《の》みこんだ。彼に触れられ、全身が切られるような鋭い欲望にとらわれたことを、わずかでも気づかれてはならないし、気づかれるつもりもない。

彼の舌の先に唇を軽く撫でられる。そのくぐもった笑いに体の芯まで震える。彼が頭をあげた。口角がわずかに持ちあがっている。フィリッパは必死の思いで無関心を装った。なんてひどい悪党なの！「終わりましたかしら、閣下？」

「終わった。失礼するとしよう、ミス・ペピウェル。きみと踊れて楽しかった。では、楽しい読書を」

「失礼しますわ、アンソニー卿」なんとか無表情を保って立ち尽くすうち、彼はゆったりした足取りで図書室から出ていった。傲慢というよりは、持って生まれた自信に満ちた歩みに見えた。図書室の扉がかちっと鳴って閉まる。ひとりになったとたんにどっと疲れが出た。

肺が空《から》になるくらい大きく息を吐き、凝り固まった肩をまわしてほぐした。心臓の高鳴りはおさまらず、興奮のせいで体がぞくぞくしている。自分に嫌気が差して、ふんと鼻を鳴らした。彼の美しい顔を目にしたとたんに、痛ましい経験で強固になったはずの決心に亀裂が入った。

アンソニー卿といると落ち着きを失ってしまうのはなぜ？　フィリッパは怒りをこめた足取りで本棚に近寄った。並んでいる本の題にすばやく指を走らせ、『ある婦人の肖像』を見つける。つばを呑みこみ、本棚の冷たい木板に額を押しあてた。本を読みたいなんて嘘。自分にまで嘘をついている。それが嫌だった。みずからの考えと行動に正直でいることを誇りとしていたのに。

ロンドン社交界に出るようになってから出会った魅力的な男性はアンソニー卿だけではない。あの卑劣なならず者のオーウェル卿でさえ、下品で粗暴な本性を整った顔立ちに隠している。それに、ホイト卿。絶えず求愛してくるあのハンサムな子爵と結婚すれば、フィリッパにとっては、なによりの成功と言えるだろう。それにもかかわらず、フィリッパの防御壁を揺るがせたのはアンソニー卿だけだった。

最初に近づいてきた時は、人々がさざ波のように動いて道を開けたのに気づき、好奇の目で彼を観察した。部屋のあちこちで起こったささやき声から判断して、彼の登場にみんな驚いたらしい。しかも彼はソーントンであり、醜聞にまみれたカリドン家の一員だ。特権を有する貴族でもありこの国でもっとも有力な公爵の弟のひとり。それがすべてを物語っていると思うべきだろう。

出会って何分も経たないうちにキスをするという傲慢さもそれで説明がつく。

美しい男性たちには慣れている。だからこそ、彼がゆったりと部屋を横切ってくる時に感じた下腹部のうずきが我慢ならなかった。脚のあいだに溜《た》まった熱い感覚は、これまで感じたこともないほど強烈なものだった。彼はがっしりした体型で、自分はロンドン社交界の華《きゃ》奢《しゃ》な美女たちと比較すれば背が高い。それでも、ダンスの時にはるか上から見おろされて自分が小さく感じた。

悪の化身のような人に、なぜ魅力を感じるのだろう？　たしかに、ゆるやかに巻いた髪は金色に輝き、瞳は緑色。顔立ちも、これまでに出会った男性のなかでもっともハンサムだ。目の上の傷を見て、彼も人間であって堕天使ではないとわかってほっとした。美しさだけに惹かれたことなど一度もないが、アンソニー卿には驚くほど魅了されている。

扉の取っ手がかちりと鳴る音が聞こえ、フィリッパははっと顔をあげた。だれかが入ってくると思っただけで全身に緊張が走る。そもそも舞踏会になど参加したくなかったが、母、愛する妹のペイトン、そしてメリウェザー伯爵夫人である叔母の三人が社交行事に命をかけているため、不服などとても言えない。また断ることで、オーウェル卿をどれほど嫌っているかを感づかれるのも避けたい。幸い今年の社交シーズンはもうすぐ終わりで、出席しなければならない舞踏会もあと数回。社交界の人々の大半はすでに田舎の邸宅に移動している。

フィリッパは扉に走り寄ったが、だれも入ってこないので、掛け金をかけて暖炉のそばのソファに戻った。レディらしいとはとても言えない格好で倒れこみ、行儀のよい座り方をしないというささやかな抵抗をして、ひとりで笑みを浮かべる。

そうしたくないのに、アンソニー卿に思いが向かう。彼の唇の感触と、それがどんなに心地よかったかを思いだして歯を食いしばる。ああ、どれほどあのキスに没頭し、彼が与えてくれる快感を受け入れたかっただろう！　そう思ったとたんに恥ずかしさがこみあげ、自分を守るために常用している冷淡さの下に頰の火照りを隠そうとした。

ふたたび男性を信頼するのは致命的な過ちにつながりかねない。

望んでもいない興奮に体が震え、アンソニー卿にまた会うかもしれないと思っただけで、動揺のあまり心臓がどきどきする。彼のせいで、感じたくない感覚が目覚めてしまった。ふとオーウェル卿のことが頭に浮かび、フィリッパは口をゆがめた。卑劣な男！　おそらく、アンソニー卿もオーウェル卿と似たり寄ったりだろう。

フィリッパは顔をしかめてふんと鼻を鳴らすと、緑色の瞳の貴族に思いを馳せてこれ以上一秒たりとも無駄にしないよう、ヘンリー・ジェームズの傑作のページを勢いよく開いた。

2

二日後、アンソニーは田舎の空気を吸いこみ、肺を刺すほどの冷たさをものともせずに美しいレディ・ジョスリンとの乗馬を楽しんでいた。つい最近新しく手に入れたベイブルックの土地に立ち寄り、このあとは、兄であるカリドン公爵の祖先伝来の領地シェリングクロスに向かう予定だ。事務弁護士から手紙が届いたらしく、セバスチャンがそれについて相談したいと言ってきた。

気をそらしてくれることならなんでも大歓迎だ。無限とも思える一日と長い長い二晩、魅惑的なミス・フィリッパ・ペピウェルがずっと心を離れず、夢さえも火照らせた。その彼女を念頭から追いだすという雄々しき決意のもと、けさのまわり道を決めたのだった。

だが、効き目はなかった。

灰色の雌馬がひづめの音を轟《とどろ》かせて脇を追い抜いていく。レディ・ジョスリンの漆黒の長い髪が風になびき、楽しげな笑い声が響き渡った。彼女の火のように激しく、それでいて気持ちのいい性格に魅了される。名前を挙げてもいいが、氷の乙女と呼ばれる女性とは大違いだ。

「遅すぎるわ、アンソニー卿」レディ・ジョスリンが嬉しそうな笑い声を立てる。雌馬を優雅に旋回させ、ゆったりした駆け足でアンソニーのほうに戻ってきた。「わたしの勝ち」

アンソニーは、脳裏に浮かんでいるウイスキー色の瞳と華やかな赤毛を消し去り、レディ・ジョスリンのほうを向いた。その美しい姿を目の前にしても、なんの高まりも感じないことが気になっている。輝く黒髪に濃い灰色の瞳。自分が知るなかでもっとも美しい女性なのに、美しい絵画を鑑賞しているような感情しか引き起こされない。眺めるだけで満足し、味わいたいとは思わない。冷ややかなのに官能的なミス・ペピウェルとの刺激的な出会いのあとではなおさらだ。

レディ・ジョスリンとはいつの間にか親しくなっていた。上流社会の若いレディたちとはまったく違うその火のような個性に心引かれた。社交界に出ていないのが惜しいほどだ。出ていれば、人々を驚かせるとともに、すっかり魅了していただろう。自分は、何年も前から顔見知りだった。カルヴァート卿の田舎の邸宅を訪れる機会が多く、そのカルヴァート家と、彼女の家が親しかったからだ。さらに、アンソニーの新しい所有地が、彼女の父親の領地ストンヘイヴンの隣りだったために、この数週間で友人として急速に親しくなった。自分が期待するような意味でレディ・ジョスリンに惹かれていないと自覚するのが少々遅かったかもしれない。求愛を始めてもう数週間になる。改修を監督するために馬を駆ってロンドンから新しい所有地に来るたび、その地域で開かれる舞踏会にエスコートし、ピクニックも楽しんだ。なんの興奮も感じなかったが、何度かキスもした。

まるで竜巻のような女性で、活力にあふれ、陽気で手加減しない。しかし、その彼女が結婚を望んでいる理由は、社交界の多くのレディたちと同じく金であることをアンソニーは知っていた。レディたちがそれを願うのは普通であり、自分の希望とも合致する。お互いもう少し惹かれ合っていれば、のちに愛に変わっていく可能性もあるのにと思う。

レディ・ジョスリンも、アンソニーに触れられることを望んでいないらしい。キスにもほとんど反応せず、唇は固く閉じている。キスとはそういうものだと思っているに違いない。そんな唇をもっと深く味わおうとしない自分自身に衝撃を受けたが、つまりは、そうしたいという欲求がなかっただけだ。

「そんなに遠い目をして、なにを考えていらっしゃるの？」レディ・ジョスリンが訊ねる。

彼女のくったくがない言葉をすがすがしく感じ、アンソニーは小さく笑った。なんと答えたものか。自分とあか抜けないレディたちのことだと？　「投資についてだ」実際の思いはよからぬものだったから、そう言った。

「投資？」ジョスリンが疑わしげに眉をひそめる。「将来性がある投資？」

アンソニーは指にぶらさげている金色のロケットに目をやった。凍りついたように胃が冷たくなり、あわてて息を吐いて体の緊張をほどく。きょう、決断する必要はない。「ある意味ではね。これは、兄のカリドン公爵からもらったものだ」

「兄弟間の贈り物としては変わっていると思うけれど」レディ・ジョスリンが鞍《くら》から身を乗りだし、手を伸ばした。アンソニーはロケットを手渡し、金銀で細かく細工されたロケットと金鎖を吟味するレディ・ジョスリンを見守った。「とても美しいものだわ」

「母方の家から伝わったものだ。長男の妻に贈られることになっている」

レディ・ジョスリンがほほえんだ。「なんて素敵な伝統なんでしょう」

「知っているかもしれないが、カリドン公爵は結婚しないと言っている。それで、妻に贈るようにとぼくにくれた」

レディ・ジョスリンの灰色の瞳が見開かれ、そこに希望があふれるのを見てアンソニーは胸が締めつけられる思いだった。レディ・ジョスリンがロケットを持つ手を握りしめ、彼女の父親の領地に目を走らせた。なにを見たかは、そちらを見なくてもわかる。いますぐ資金を必要とする田畑と小作人たちの家々だ。

レディ・ジョスリンはその視線をアンソニーに向け、ロケットを返してよこした。

「持っていてくれ」アンソニーは衝動的に言った。

「なぜそんなことを?」レディ・ジョスリンがゆっくりと訊ねた。

「ぼくの代わりに持っていてほしい」

「一族の宝物を預けるほど、信頼してくれているということ?」

「もちろんだ。友だちだろう?」レディ・ジョスリンがようやくまばゆいばかりの笑みを浮かべ、アンソニーはその美しさに心打たれた。

彼女に対する欲望の火花を掻きたてようとしたが、うまくいかなかった。怒りに歯を食いしばる。レディ・ジョスリンならば、間違いなくよい伴侶になるだろうと思うが、そのためには、くそっ、温かい好意と妻の美しさを愛でる鑑賞眼以上のなにかを感じなければとうてい無理だ。

アンソニーは翌日ロンドンに帰る決心をした。心の奥底で、自分は官能的なミス・ペピウェルに惹かれる感情を探究したいと望んでいる。

だが、いまは目の前の女性に集中するべきだろう。レディ・ジョスリンは骨の髄まで淑女だ。貴族の家柄であり、上流社会における役割も心得ている。彼女の地位にふさわしい結婚をして、子どもを産みたいと思っている。再会の場で挨拶された瞬間、求婚者の可能性を見極めようとする表情がいくら隠そうとしても垣間見えた。

言葉を換えれば、レディ・ジョスリンは妻にすれば完璧な女性ということだ。

だが、非常に残念だが、自分はそうしたいと望んでいない。

3

自分は不貞の末に生まれた子だった。

鋭く陰険な一打がアンソニーの脇腹に入る。その強烈なこぶしに思わずのけぞるが、痛みはありがたかった。細かく動き、ボクシングの相手である兄のセバスチャンのまわりを優雅に舞い、巧みにパンチをかわす。

いや、腹違いの兄と言うべきか？

皮膚に革が激しく食いこむ。アンソニーは自分を支配しようとする怒りを拒み、心を空にして内側に飛びこむと、セバスチャンに連打を浴びせた。なにか暗いものが内側をむしばみ、自制心をのっとろうとしている。それを、自分が有していると思いもしなかった冷徹な決意で封じこめようとした。

「緊張を和らげるために、ボクシングが最適とはとても思えないが」兄が皮肉っぽくつぶやく声が聞こえ、アンソニーは自分を引きこもうとする黒い感情から引き戻された。

セバスチャンの青い瞳と目が合った瞬間、顔からあらゆる思いを拭い去った。兄の瞳に懸念が浮かんでいるが、心配される必要はない。「緊張などしていないさ」手に巻いていた布をほどき、指関節を眺める。ふたりとも、ボクシング用のグローブはつけていない。手を守るのは巻きつけた柔らかい革布だけだ。

「ニューポートから届いた手紙をまだ読んでいないのか？」セバスチャンが訊ねた。

ニューポートとはアンソニーの事務弁護士だが、いま一番避けたいのは、彼から受けとった手紙に関して話し合うことだ。アンソニーはセバスチャンが差しだしたタオルをつかみ、小さく悪態をつきながら汗を拭った。

「緊張していないなら、張りつめているのは下半身か、弟よ。なぜジョージナに会いに行かないんだ？」

アンソニーはかつての愛人の姿を思いだそうとしたが、浮かぶのは別の女性のそばかすが散った顔とウイスキー色の瞳、そしてそそられる唇だけだった。ミス・ペピウェルの姿を追い払おうと頭を強く振る。「ジョージナにはふんだんに贈り物を与えて別れを告げた」

セバスチャンが驚いた表情を向ける。「なぜだ？　経験豊かな彼女を気に入っていると思っていたのだが」

「飽きたんだ」

「もともと好きじゃなかったんだな？」

アンソニーはためらい、うまく表せる言葉を探した。「彼女に見いだした安らぎが空虚に思えた。気持ちの伴わないつながりに嫌気が差した。妻を娶《めと》りたいと思っている」より永続的なつながりを形成するという考えにセバスチャンが顔をしかめるのを見て、アンソニーは話題を変えた。「グロヴナースクエアの家をまた空ける。一緒に来たらどうかな？」

「行きたくないのはわかっているだろう」セバスチャンがうなる。

ふたりで拳闘用の部屋をあとにし、巨大な玄関広間を抜けて、カリドン・ライブラリーと名づけられている大きな図書室まで歩いていった。室内に入り、アンソニーが扉をぴったりと閉める。ふたりともほぼ裸という不適切な状態でセバスチャンの執事に会いたくはないし、家政婦の悲鳴も聞きたくはない。

「公爵夫人を見つけることがいかに火急か知りながら、いつまでこんなところに引っこんで田舎住まいをしているつもりなんだ？」アンソニーは肘掛け椅子に深く座った。両脚を大きく投げだして気楽な姿勢をとったが、心のうちは気楽とはほど遠い。苦痛の痕跡のすべてを隠すべく、声をわざと平坦にする。父が生前に一族の弁護士と共謀し、アンソニー個人の事務弁護士に送りつけていた手紙のことは話したくなかった。

「公爵夫人を見つけることに関して、ぼくがどう感じているかは知っているだろう。おまえがぼくの後継者になるんだ、アンソニー」セバスチャンが琥珀色の液体をふたつのグラスに注ぎ、そのひとつをアンソニーに差しだした。

「ぼくはならない！」アンソニーの声の激しさにセバスチャンが動きを止める。

「アンソニー――」

「なんと言われても、ぼくの決意は変わらない」そう言いながら、飲みものを受けとった。

「だが、おまえには権利がある。いくら、あの女が脚を開いて――」

「やめろ、公爵閣下。母に対して兄さんが抱いている嫌悪感は理解できる。母を認めないのはいい。だが、中傷はするな」立ちあがり、窓辺まで歩いていって庭の芝生を眺める。体のなかで、行き場のない力が絶えず炎のように燃えている。「母は不幸せだった。彼女の罪をぼくはもう許している」

「ぼくは許していないし、今後も許すつもりはない。おまえと妹が追いこまれた立場を思うと。もしそのことを知ったら、コンスタンスは打ちのめされるだろう。父親を愛していたからな」

「だからこそ、あんな理不尽な要求をされても、ぼくたちは異議を唱えられない」声がしゃがれ、咳払《せきばら》いをした。「母とは話したよ。あの行動に関しての説明がほしいと告げると、さめざめと泣くばかりだった。母の涙を見たいわけじゃない。真実が知りたいだけだ。たしかに、ぼくはラドクリフ子爵によく似ている。コンスタンスとぼくが母の愛人に似ていることにこれほど長いあいだ気づかなかったとは、まったく、なにも見えていなかった」

セバスチャンが近づいてきて脇に立ち、ふたりは並んでシェリングクロスの壮大な領地を眺めた。「ここはぼくのものであると同時に、おまえのものでもあるんだ、アンソニー。血筋でなく、献身という美徳による権利だ。この領地のいまの栄光は、おまえが注ぎこんだ富によって築かれたと言っても過言ではない。おまえは正当な後継者であるべきだ。ここも、ほかのすべての領地も。なのにおまえが相続しないならば、それこそ、あの女のせいとみなすぞ」セバスチャンの声にこめられた皮肉をアンソニーは聞き逃さなかった。

ため息をつく。「ぼくは継がない。それは、かつては敬愛していた男のせいだ。あの男から賞賛を得ようとどれほどがんばったことか。ぼくは断固として父を非難する。コンスタンスが心から愛し、亡くなった時にあれほど悲しんだその男を。コンスタンスは愛してもらっていると信じていたのに、ひどい立場に置き去りにされた。ぼくやぼくの子どもやコンスタンスの子どもたちは、兄さんに後継者として名指しされたとたんに蔑視と嘲笑にさらされることになる」ブランデーをひと息に飲みくだし、胃の焼けつく感覚に慰めを見いだした。

ふたり並び、黙ったまま窓辺に立ちつくす。数分経ってからセバスチャンが口を開いた。

「ニューポートの手紙の内容について話したくないのはわかっているが」

アンソニーは身をこわばらせた。足を踏み替え、兄の真剣な視線を受けとめる。

「実は、父が手紙の写しをぼくにも送らせたから、なにが書かれていたかは知っている」

アンソニーは、こぶしで殴られるよりも激しい痛みに体を貫かれた。「では、父がぼくとの関係を完全に否定し、勘当したことも知っているわけか？」アンソニーは口をゆがめた。その宣告がもたらした心身ともに切り裂かれたような感覚は、想像を絶する苦痛だった。もちろん、子どもの時も、とくに好かれていたわけではないが。

「おまえとの関係を否定したわけではないだろう」

「あいつを弁護するのか？」

「そうではない。しかし、おまえを勘当したわけではない、アンソニー。おまえの親について公表したわけではないからな」

「一族の事務弁護士とぼくの弁護士に、ぼくと妹の出生の事情を告げた。兄さんがぼくにわずかでも限嗣《げんし》相続をさせようと試みれば、すぐにその情報は公開される。そうなれば、コンスタンスは社交界の徹底的なつまはじきにあう」妹につらい思いをさせないためには、その状況をなんとしても避けなければならない。

セバスチャンの目に苦悩の色がよぎった。兄にとっても、妹と弟が庶子だった、母親が不実だったと知るのはたやすいことではなかっただろう。そして自分は、父と信じていた男から切り捨てられた。彼を手本にひたすら努力した。イートン校とオックスフォード大学で秀でた成績をおさめたのも、彼に認められたい一心からだった。

それでも、自分の境遇だけならば、暴露されようがなんだろうが年老いた公爵を許すこともできたかもしれない。しかし、社交界の非難が母とコンスタンスに振りかかるのは許せない。今シーズン、社交界をあまねく魅了したあの優しくて快活な妹がずたずたにされる。

アンソニーが庶子だと知った時に社交界が示すであろう蔑視を思って苦笑いを浮かべたが、もちろん、実際の気分はおもしろがるのとはほど遠い。やり場のない怒りに内側をむしばまれている。家族が協力し、莫大《ばくだい》な富と権力を駆使して対処しなければならないが、そうしたとしても、自分たちとの結婚を望む者はいないだろう。

「コンスタンスの子どもたちも汚名を着せられる。ぼくの子どもも同様だ。子どもになんの咎《とが》がある？」アンソニーは片手で髪を掻きあげた。

「コンスタンスに言うのはできるだけ遅らせたほうがいいだろう」セバスチャンが言う。

「いつから、きょうだい間でも嘘をつくようになったんだ？」非難しながらも、兄の言葉に同意せざるを得なかった。まだわずか十七歳の妹は、今年の社交界の最初のシーズンを心から楽しんでいた。少しでも長く、あの無邪気さを保っていてほしいと願わずにはいられない。

「おおやけになることはない」セバスチャンがきっぱりと言う。「ぼくが決して表沙汰にならないようにする」

「しかし、コンスタンスには知る権利がある」そのせいでどれほど傷ついたとしても、妹は真実を知るべきだとアンソニーは感じていた。それでいながら、自分が妹に告げることができるかといえば疑わしい。自分もそうだったが、なぜ父が冷淡なのか、コンスタンスはいつも納得できる説明を探していた。妹は誠実な対応を受けて然《しか》るべきだと思う一方で、自分が少しでも長く秘密にしておきたいと思うのはそのせいだ。

「コンスタンスは引く手あまただ。財産のある貴族であり、そのうえ本人が機知と知性にあふれている。しかも美しい。もうすでに、ぼくが断った申し込みは一ダースを超えているが、彼女にはもう少し時間が必要だ。いまはまだ、心を奪ってくれる理想の王子が現れるのを待っている」

アンソニーもセバスチャンも、敬愛する父との関わりにおいて妹がひどく傷つき、失望し、それでも決して希望を失わなかったことをよく知っている。

「こうしているあいだも、コンスタンスはグラハム邸の舞踏会のために準備中だ。そういえば、付き添いの者が必要なんだが」

「母がいるだろう」アンソニーは脇のバーからデカンタを取ってふたりのグラスに注ぎ足した。

「彼女の付き添い役としての能力についてはまったく信頼していない。コンスタンスがレディ・ブルネルの舞踏会でカード室に入ってウィリアムソン卿にひと勝負持ちかけた時も、彼女が付き添い役だった」

アンソニーの笑い声が図書室に反響した。「わかったよ。ぼくが行く」

いけないことだと思いながら、思いはミス・ペピウェルに舞い戻る。むしろ、いまの自分に彼女のことを考える資格があるのだろうか。レディ・ジョスリンも同様だ。いまごろはおそらく、アンソニーにいつ求婚されるかと期待していることだろう。

それについては、ただちに間違いを正さなければならない。彼女には、ぼくよりももっと立派な男がふさわしい。

自分は庶子なのだから。

兄と違って、アンソニーは家族が、自分の子どもがほしかった。愛人たちの腕のなかに見いだしてきた快楽はすでに無意味と化し、輝きを失っていた。もっと深いつながりを望んでいる。そうしたつながりが必ずあると信じている……セバスチャンがいくら存在しないと言い張ろうとも。女性の好みもあり、これまでも社交界に出たばかりのレディは敬遠してきたが、愛人たちからも癒やしを得られないとわかったからには、妻に専念するほうがいいに決まっている。

アンソニーは歯を食いしばった。それも、いまとなっては不可能だ。未来の妻に対して、庶子であることを知らせずに結婚するわけにはいかない——そんなふうに女性を欺くのは許されない。しかし、この恥を打ち明ければ、まともなレディなら即座に逃げだすだろう。庶子と一緒になったことで、そのレディ自身が社交界の非難を浴びるはめになりかねないのだから当然だ。

アンソニーはうなり声を発してグラスを叩きつけるように置くと、図書室を出て厩舎《きゅうしゃ》に向かった。卑しい生まれという尖った剣が頭の上にぶらさがっている。

自分はもはや愛人は欲しくない。

しかし、妻を娶ることもできない。

では、どうすればいい？

父親がまだ生きていればと心から願った。素手でだれかを絞め殺したいとこれほど願ったことはいまだかつてなかった。

4

フィリッパは仮眠で取り戻した気力を振りしぼり、ようやく家族が集う客間に入っていった。仮眠を必要としたのは、この数週間、悪夢に苛《さいな》まれてほとんど眠れていないからだ。そしてこの二晩は、魅力的なエメラルドグリーンの瞳が登場して忘れがたいことをしてくれるというまったく別の種類の夢に満たされていたなんてだれにも言えない。けさは、朝食は逃したものの、長く眠れてありがたかった。ただひとつ残念だったのは、メリウェザー伯爵夫人である叔母のフローレンスと朝の乗馬に出かけられなかったことだ。

「ごきげんよう、お母さま」フィリッパは、ボストン社交界に君臨していた美しき母キャサリン・オーガスタ・ペピウェルにほほえみかけた。窓辺に近いソファに座った姿は、差しこむ陽光に赤い髪が炎のように輝き、まるで絵画のようだ。

そこに座り、メイフェアにあるペピウェル家の邸宅前を通り過ぎる殿方と同行する貴婦人たちを眺めるのが母の日課だった。

母親はフィリッパに気づくとすぐに二杯目の紅茶を注ぎ、目下お気に入りの話題を開始した。「とにかく結婚するためには、あるゆる努力をしなければなりませんよ。お父さまもわたくしも、あなたが頼りなんですからね。ペイトンは当てにならないわ。子爵のご子息と恋仲になるとはねえ。爵位を継ぐまでに何年かかるかもわからないのに」

フィリッパは言葉を失って天を仰いだ。自分はそもそも結婚する気もないのに、母のほうは、結婚しろと迫るのをやめる気がない。「ミセス・ペティグリューが、今夜のディナーに仔羊のレモンソースがけを出していいかどうか知りたがっていたわ、お母さま」

「あなたにふさわしい夫を見つけようという話をするたびに、そうやって無視するのはやめたほうがいいですよ、フィリッパ」母はたしなめると、華奢なカップを口まで持っていって品よくすすった——これはまったく彼女らしくない。

ロンドン社交界へ進出したせいで変わってしまった母たちの振る舞いが、フィリッパには納得できなかった。両親がなぜロンドンに滞在し続けたいと思うのかも理解できないが、母と妹たちは心から気に入っているらしい。華やかさや噂話、ささいな不運がもとで引き起こされる醜聞さえも喜び、招待を受けた数少ない舞踏会や夜会の華やぎに夢中になっている。

母の非難をそのまま実践し、フィリッパはけさ届いた新聞と雑誌が積み重ねられたなかから一通の手紙を引っぱりだした。親友であるブランドン・トーマスの力強い筆跡に気づき、喜びと安堵《あんど》が湧き起こる。手紙を読めるように、母と向き合ってソファに座った。

「聞いているの、フィリッパ？」カップのかたかたと鳴る音に目をあげると、母の青緑色の瞳がじっと見つめていた。

「ええ、お母さま」そう答えながらも、レターオープナーで封を切り、手紙を読む。そこに記されていた知らせは、体を突き刺されたかと思うほどの衝撃を与えるものだった。

「どうしたの、大丈夫⁉　顔色が悪いわ」母が言う。

手から手紙が滑り落ちるのも気づかずに、フィリッパは母を呆然と見つめた。

ブランドンが結婚した。

苦痛に喉が締めつけられ、フィリッパは無理やりつばを呑みこんだ。たしかに自分の愛し方は違っていたかもしれない。でも、彼がこんなに簡単に約束を破るなんて、信じられない。手紙をポケットに突っこみ、ブランドンのことを無理やり頭から押しだした。「お母さま、わたしは結婚したくないの」

「フィリッパ」母が強い語調で言いはじめ、それから、戸口で待っている従者にちらりと目をやった。

フィリッパは手を振って従者をさがらせた。

母が声を落とす。「使用人たちは噂話をする危険があるわ。しかも、彼はレディ・プレスコットの執事の紹介ですからね」母がふたりを隔てているクルミ材のテーブルにカップを置く。底が受け皿に当たってまたかちゃっと音がした。「レディ・プレスコットがどう思うか想像するのも恐ろしいわ、もしもあのことを知ったら――」

フィリッパは非難の大演説が始まる前にさえぎった。「お母さま、わたしは結婚できないのよ」

「そして、あの不幸な事故のことを言い続けなければいけないの？　あなたの叔母さまがお膳立てしてくれた計画を実行しようとみんなでがんばっているんですよ」

あの不幸な事故。心の痛みと、家族が絶対に忘れさせてくれない恥に胸が締めつけられる。

その時、客間の扉が勢いよく開き、レディ・メリウェザーが踊るように入ってきた。明るい紫色の乗馬服を着て、揃《そろ》いの帽子をかぶっている。バラのように紅潮した頬から見て、たったいま朝の乗馬から戻ってきたところらしい。

「わたしの愛する姪のフィリッパ」手袋を脱ぎながら、フィリッパに大仰に呼びかける。

「フローレンス叔母さま」フィリッパは首を傾げて頬に叔母のキスを受けたが、叔母の瞳が興奮できらめいているのを見て眉をひそめた。叔母の目と母の目はそれだけ見たら区別がつかないくらい似ているが、ふたごなのに、目以外はまったく似ていない。

「カルヴァート卿の舞踏会でアンソニー卿と踊っているのを見ましたよ。あなたに質問したくてうずうずしていたのよ」嬉しそうに言う。

フィリッパの心臓がどきんと高鳴った。これは叔母の浮きたつ声のせい。彼の名前を聞いて鼓動を急上昇させた喜びという名の裏切り者とはなんの関係もない。

「フィリッパ」母が金切り声をあげた。「なぜ、なにも言わなかったの?」

「お母さま、たった一回踊っただけよ」

「でも、彼が踊ったのはあなただけですよ」叔母が上機嫌で断言する。「そのあとすぐにいなくなったんですもの。そわそわしている女性たちには見向きもせず。けさ、ハイドパークで、レディ・ネルソンとゲイル侯爵夫人がそのことをわざわざ言いに来られたわ。アンソニー卿は大変なお金持ちよ。しかも申し分ない生まれで、カリドン公爵の推定相続人でもあるわ。彼のお兄さまが結婚しないと誓ったというのは有名な話ですもの。アンソニー卿はいま、だれもが結婚したがる独身男性なのよ」叔母が熱狂のあまり身を震わせる。

その男性に関心がないと言えば嘘になっただろう。しかし、突き刺すような後悔の痛みがフィリッパを即座に現実に引き戻した。そんな非の打ち所のない家柄の紳士が、このわたしをふさわしい相手と思うはずがない。下心があったはずだ。オーウェル卿との出会いがそれを裏づけている。

「あの方は今シーズンのなかで、もっともよい結婚相手と噂されているわ。しかもわたしたちにとって幸いなことに、まだお相手が決まっていない。あなたの嫁ぎ先として、カリドン家以上に高い家柄はないでしょう」叔母がにこやかにほほえむ。

フィリッパがなにも答えないと、母が不満げに咳払いした。

「すでに、すばらしい求婚者がふたりもいるじゃないの。アンソニー卿と結婚すれば、一族にとっては大変な出世よ。でも、それがかなわないとしても、オーウェル卿もホイト卿も望ましい相手ですからね」レディ・メリウェザーが共謀しているかのようにささやき、フィリッパにウィンクをした。

何年も前に英国貴族の心をとらえることに成功した叔母は自分と同じように、ペピウェル家の娘たちも貴族に嫁がせようと決めているらしい。

「ボストンにいればこんなに結婚を迫られることもなかったのに」フィリッパはソファに深

く沈みこみ、その深みに消えてしまいたいと願った。

母がフィリッパをにらむ。「もしもボストンにいたら、家族全員がのけ者になっていたんですよ。あの不幸な――」

「お母さま、もう一度〝不幸な事故〟という言葉が聞こえたら、悲鳴をあげますから」

「フィリッパ！」

叔母の警告のひと声に、フィリッパはなんとか心を静めようとした。

「あなたは結婚しなければならないのよ。自分のためにも、家族のためにも」叔母がフィリッパの隣りに座り、両手を握った。「あの事故のことは、ロンドンではだれも知らないのだから、そのまま伏せておかなければならないわ。あなたの妹たちもすぐに結婚相手を探すことになるでしょう。そのためにも、あなたがまずまずの家に嫁ぐ必要があるんですよ」

「ここはアメリカではないのですからね。あなたのお父さまは英国の社交界に受け入れてもらう必要があるし、そのためには、財産だけでは充分ではないんですもの」母が傷ついた様子ではなをすする。「お金の話をするのは無作法だから、したくありませんけれどね」

「お母さま」フィリッパは苛立ちを抑えられなかった。もともとはボストンでも指折りの資産家だったが、父が無謀な投資を続けたせいでみるみる財産が減ってしまった。海を渡って英国へ行けば損失を取り戻せると助言され、たしかにそのとおりになった。ロンドンに来て以来、父は繊維工業と石鹸産業で順調に財産を築き、ボストンにいた時より裕福になっている。いまはその事業を拡張して一大帝国を築こうともくろんでいるが、そのためには投資家が必要だ。信頼できて、だれもが追従するような広く影響力を持った人物が望ましい。その手始めがビジネスパートナーとなったオーウェル卿だったが、最近になって、実は非常にけちでがめついことが判明した。最富裕層の投資家を呼びこむには、もっと強いつながりが必要だった。

ボストンでは、ジョナス・ペピウェルは尊敬され、広く受け入れられて幅広い影響力を持っていた。しかし、ここロンドンでは、貴族でない父は取るに足らない人物。植民地からやってきた粗野な商人にすぎず、社交界の注目を受けるには値しない。紳士階級にまで、つき合うにはふさわしくないと見くだされている。最富裕層に匹敵する財産を築いたことも関係がない……しょせん新興成金にすぎないのだから、と。とはいえ、娘が尊敬を受ける英国人の一族とつながれば、父にとっては夢に見た帝国へとつながる扉が大きく開くことになる。貴族たちとの交際以外に、その扉を開く方法はないと父が信じこんでいるのがもどかしいが、上流社会に関する限り、それがほぼ真実であることがもっと腹立たしい。メリウェザー伯爵と結婚した叔母の影響力によって父が必要としている入場券が手に入るのを家族全員で期待していたが、現実はそう甘くないらしい。

フィリッパの手を握った叔母の手に力がこもった。「必要なのは、あなたのお父さまの貿易商という肩書き以上の地位ですよ。しかも、あなたについてささやかれている意地の悪い噂話もかわす必要がありますからね。あなたには秘密があるらしいとほのめかす噂……ボストンにいたころの秘密がね」

フィリッパはぞっとして、叔母と目を合わせた。その話を広めたとすれば、オーウェル卿しかいない。なんてひどい男なのだろう。

「わたしの大切な親友であるレディ・ゲイルの後押しがなければ、噂を抑えるのは無理だったと思いますよ」叔母が顔をしかめる。「とにかく、あなたがまた醜聞の犠牲になることだけは避けなければね。そのためには、絶対的な尊敬を得ている一族に一刻も早く嫁ぐことが最善策ですよ。ホイト卿はここ何週間かあなたと踊って、もう親しい友人たちにあなたのことを話しているそうよ。申し込みが来たらお受けしなければいけません。さもなければ、乗馬やピクニックのお誘いは断らなければね」

フィリッパは顔をしかめた。だから、ロンドンの社交界は嫌い。自分がとる行動は、それがいかに無邪気なものであっても、扇動的な批評や意地悪な憶測の標的になる。一度経験したからよくわかっている。ただ、社交界のばかげた慣習から逃れたかっただけなのに、家族を打ちのめし、愛していた友人たちは離れていった。

叔母の瞳に浮かぶ同情を無視し、血管を駆けめぐる熱い血を静めることに集中した。ひとりになりたかった。家族が決して忘れさせてくれない恥辱以外のことを考え、感じるために。何カ月ものあいだ、家族のあいだで話されるのはその不幸な事故のことだけだった。それでもなお、フィリッパにとっては大切な冒険だったのだ。でも、結果として自分は純真さを失い、それなりの男性と結婚するにはふさわしくない身となった。オーウェル卿からあからさまに、しかもとても失礼な言い方でそう言われた。そのとおりかもしれない。純潔は取り戻せないものなのだから。

でも、フィリッパにとってはもはやどうでもいいことだった。自分にはほかの計画がある。それを、なんとしてもやり通すつもりだ。たとえブランドンに見捨てられようとも。

「あなた、熱があるんじゃないの？　頬が真っ赤になっているわ」

「わたし……」フィリッパは背筋を正し、何度か咳払いをした。「少し頭痛がするの。きょうは一日休んでいたほうがいいような気がするわ」

フィリッパは叔母の手に包まれた手をそっと抜き、小さくほほえみかけた。レディ・メリウェザーもかすかにほほえみ返したが、瞳に浮かんだ懸念のきらめきは消えなかった。

「わたしたちはあなたの幸せだけを望んでいるのよ」母が心配そうな顔で言う。

「ええ、お母さま」フィリッパはおとなしく答えた。自分が結婚しない限り、母と叔母は絶対にこの計画を諦めない。普通の男性ではなく、貴族の男性でなければだめ。フィリッパは顔をしかめた。フィリッパを見くだし、自分ははるかに高貴な人間だとなんの疑問もなく信じている傲慢な気取り屋との結婚願望はない。

望んでもいないのに、緑色の瞳のあつかましい貴族の姿が脳裏をよぎり、フィリッパはふんと鼻を鳴らしてその姿を追い払った。

「今夜はレディ・グラハムの舞踏会ですからね。そうだわ、オーウェル卿が先ほど名刺を置いていかれたわ。午後に立ち寄られますよ」

フィリッパはまた顔をしかめた。嫌悪感に胃がむかむかしたので、断って席を立った。父のビジネスパートナーのことが嫌でたまらない。英国に来て以来、舞踏会や夜会、音楽会に何度も出席したが、どの会にもオーウェル卿は必ずいて、フィリッパのことを捕食者のようにつけ狙っていた。自分は、貴族や紳士という人たちの見かけに惑わされ、狡猾《こうかつ》で道徳に欠ける最悪の捕食者を善人と信じるような愚か者だった。

もう二度と〝紳士〟と呼ばれる男たちを信頼するという間違いは犯さない。

そそられる緑色の瞳の男性でもそれは同じこと。

歩みに合わせて便箋がかさこそと鳴る音が聞こえ、フィリッパはポケットに突っこんだ手紙のことを思いだした。また胸が締めつけられる思いに駆られる。手紙に書かれた内容を思い、男はだれも信頼できないと、改めて実感した。ブランドンがフィリッパと交わした約束を破るはずがないと信じていた。その約束を破って結婚したという報告を送りつけてくるなんて、考えたこともなかった。

ああ、愛とはなんと変わりやすいものか。約束とはなんと当てにならないものか。

これもひとつの学びと思うしかない。

5

アンソニーは、舞踏室の上部に張りだして回廊になっているバルコニーに立ち、手すりに肘を載せて皮肉っぽい笑みを浮かべていた。見おろした視線の先にいるのは、ミス・フィリッパ・ペピウェルを回転させながら、元気よくダンスフロアをまわっているホイト卿。巨大な体を驚くほど優雅に動かし、顔にはまさに恋する男の表情を浮かべている。踊りの相手は黄色いサテンの夜会服に身を包み、その色合いがよく映えてまばゆいばかりに輝いているものの、そちらの顔に浮かんでいるのは、アンソニーがレディ・カルヴァートの舞踏会で出会った時と同じ無関心で冷めた表情だった。

アンソニーはミス・ペピウェルからもぎとるように目を離し、そのまわりの人々に目を向けた。コンスタンスが慎み深く踊っている。相手はフラトン伯爵で、伯爵の母親がすぐそばに立ち、あからさまな興味を持ってふたりを見守っている。一方、アンソニーとコンスタンスの母であるレディ・ラドクリフは飲みものが用意されているテーブルのそばに佇んでいる。母の権力は、近年獲得したラドクリフ子爵夫人という称号よりも、カリドン公爵未亡人という女家長の立場のほうが強い。

苦々しい思いにまぶたを閉じ、社会的権力に守られて母がほがらかに笑っている眺めを遮断した。その権力が瞬時に崩れるかもしれないとは、母は思ったこともなかっただろう。いつもの怒りがこみあげ、体がこわばった。こうして暗闇に落ちこんだ時にそこから這いあがるためには、進んで身を任せてくれる女性の温かな肉体というはけ口が必要だとわかっている。

思わず部屋の反対側にいるレディ・ウィルキンソンに視線が向いた。均整のとれた官能的な肉体が彼の抱擁を待っている。ちょうど見あげた彼女と目が合ったので、気が進まないまま、口を曲げて笑みを浮かべた。すぐに戻ってきたほほえみは、彼女の背後にだれかと話している夫の存在があるにもかかわらず、紛れもなく熱い誘いだった。

アンソニーは嫌悪感にとらわれた。レディ・ウィルキンソンの盛りあがった胸になんの魅力も感じられず、唇を湿らせた意味ありげな動作にもそそられない。もう二度と既婚女性と関係を持つことができないのではないかと思った。既婚女性の軽薄な誘いに、これまで考えたこともない種類の不快感が湧き起こる。

不義の関係は上流社会ではよくあることだが、気づいてみれば、そのすべてに嫌気が差している。

それでもなお、ジョージナとの愛人関係を解消したのが正しいことだったのだろうかという疑念が一瞬よぎった。一時間もあれば、彼女のもとに行って腕に抱かれて奥深くにすべてを放出し、一時的な安らぎを得ることができたはずだ。

視界の端をミス・ペピウェルの姿がさっとよぎった。鮮やかな赤い髪は見間違えようがない。若いふたりの女性のあいだを抜けて、広い舞踏室の隅に向かっている。鉢植えの大きな観葉植物の後ろに隠れて顔をのぞかせ、周囲をそっとうかがう様子を見て、アンソニーは眉をあげた。混み合った人々のほうに視線を走らせる。オーウェル卿が、ミス・ペピウェルを見つけてにんまりしているのが見えた。ミス・ペピウェルがすばやく鉢植えを離れ、小走りで奥の出口まで行って足を止める。それから身をひるがえし、続き部屋のビリヤード室に飛びこんだ。

その奇妙な動きにアンソニーは思わず笑いを漏らした。彼女の姿を見失わないように、ビリヤード室を見おろせる位置までバルコニーを移動する。ビリヤード室の扉が内側から鍵がかからないのに気づいたミス・ペピウェルが、腹立ち紛れに扉を蹴るのが見えた。もう一度扉を開けて顔を出し、舞踏室をうかがっている。アンソニーのいる場所からは、あいだの壁の上部に開いた飾り窓を通してオーウェルも見える。捕食者らしい露骨な期待から目をぎらぎらさせている。ミス・ペピウェルはオーウェルを見つけると、静かとはとても言えない勢いでまた扉を閉めた。

おやおや、氷の乙女はどこかにいってしまったようだ。むしろ炎の乙女と言うべきか。

アンソニーはしばし思いをめぐらし、ミス・ペピウェルの次の動きを予想してちょうどいい場所に移動を開始した。

案の定、ミス・ペピウェルが外側に向いた窓に走り寄り、そのひとつを上に押しあげた。足をすばやく窓枠にかけた時に、ほっそりと形のよいかかとがちらりとのぞくのが見えた。そのあとはどうやったのか彼には見当もつかなかったが、彼女はスカート全体をまとめてばさっと持ちあげ、窓敷居を滑るように乗り越えてアンソニーがいるバルコニーの真下に位置する内廊下に出た。そして、狭い階段を駆けあがり――彼に激突した。アンソニーはミス・ペピウェルを引き寄せてテラスに出る扉を抜け、急いで石段をおりた。

「閣下！」

ミス・ペピウェルの憤慨したささやき声を無視し、陰になった庭の隅に連れていく。彼女のほうを向き、好奇心にかられてじっと目をのぞきこんだ。

ミス・ペピウェルは数回あえいで呼吸を静めるとぴんと背を伸ばして口を開いた。「また救ってくれましたね、閣下」

「つまり、これは、ぼくを密会に誘う方策ではなかったわけだ」

「もちろん違います」ミス・ペピウェルの声はこれ以上ないほど冷たいものだった。

それ以上は言わせないとばかりに、アンソニーは手を伸ばしてミス・ペピウェルの唇に指を当てた。彼女の唇がわずかに開く。湿った息が指にかかっただけで、アンソニーの体内を熱い興奮が駆けめぐった。

「彼が来る。静かに」暗闇のなかで低くささやいた。

オーウェルが階段を駆けおりてくる姿をアンソニーは黙って見守った。庭の奥まった暗がりに視線を走らせている。憤怒《ふんぬ》に顔がゆがんでいる。そこに浮かぶ激しい嫌悪感に、アンソニーは臓腑まで冒されるような気がした。張りつめた数秒が過ぎ、オーウェルが腹立たしげにどしどしと立ち去った。

血が凍る思いとはこのことだ。「なぜ、あの男にこれほどつけまわされるんだ？」訊ねてはみたものの、答えは明白だ。それよりも重要なのは、オーウェルがなぜ、明らかにミス・ペピウェルが望んでいない状況で、ここまでやっても許されると思っているのかということだ。

「ひっきりなしにダンスを誘ってくるので困ってしまって」

「ホイト卿の腕のなかから逃げだして、廊下を走り抜け、ビリヤード室に忍びこみ、窓をよじのぼった。それもすべて、オーウェル卿を避けるためだというのか？」

オーウェルのあの激しい怒りが、単に彼女がほかの男とワルツを踊ったせいだとはとても思えない。ミス・ペピウェルは嘘をついている。

「そうですわ。助けてくださってありがとうございました、閣下。やり方は感心しませんけれど」ミス・ペピウェルが感謝にはほど遠い口調で言い、歩きだそうとした。

アンソニーはその動きをさえぎり、彼女の顎を片手で包みこんだ。

「アンソニー卿！」

ミス・ペピウェルの顔を暗い灯火のほうに向け、鎧戸《よろいど》のように閉ざされた表情を探る。

「閣下、こちらが承諾もしていないのに、なんの権利があってこんなことをなさるんですか！」

薄暗い光のなかでそこだけ輝くような凛《りん》とした美しさに、アンソニーは心を打たれた。いや、この女性に対する関心は、あくまで官能的な面だけだ。そう自分に言い聞かせる。官能的な面だけを追求することに罪悪感はない。誘惑が男だけの領域とは限らない。一方的ではない、お互いに望んだ快楽を追求したいものだ。

それでもアンソニーはためらい、目の前の唇を味わいたいという強い衝動を抑えようとした。なんといっても、自分はレディ・ジョスリンに対してそれなりの義務がある。

それとも、ないのか？

もちろん、その……状況に足を踏み入れたのは、自分が庶子だと知る前のことだ。レディ・ジョスリンもこの事実を知れば、悲鳴をあげて逃げだすだろう。それを責める権利は自分にはない。

アンソニーはすぐにレディ・ジョスリンに手紙を書き、自分に対する義務から彼女を解放しようと決意した。慎重に言葉を選ぶ必要がある。悪いのは自分だと認めつつ、理由の開示はできるだけ控えたい。知らせる必要がないことだ。

しかし、ミス・ペピウェルは……まったく違う。先の晩に強く魅せられ、花嫁として迎えたいとまで考えた。いまも同じように魅了されている。いや、さらに強くと言ってもいいだろう。しかもミス・ペピウェルは、アンソニーが嫡出子でなくても気にしないように思える。社交界の狭量さを辛辣に批判していた様子から、おそらくそれは間違いない。

アンソニーは目の前で誘っている唇に快楽を見いだしたかった。しかし残念ながら、せっかく言い寄りたいと、手に入れたいと、できれば結婚したいと願っているのに、目の前に立っている当の本人はこちらに関心を示さず、触れてもなにも感じている様子がない。

くそっ。

その時ミス・ペピウェルがかすかに震えるのを感じ、アンソニーはじっと観察した。ぼくのせいか？　こちらが思っているほど無関心ではないということか？

それとも、オーウェルにつけまわされた恐怖がまだ残っているだけか？　その可能性に気づくと、あの男の陰険なせせら笑いが浮かんできて落ち着かない気分になった。「オーウェル卿からの庇護《ひご》を必要としているのかな？」

ミス・ペピウェルの瞳に一瞬憤りの炎がひらめき、すぐに消え去った。「庇護？」

「そうだ」すでに、レディ・カルヴァートの舞踏会でも同じ状況を経験している。フイリッパも、アンソニーの影響力についてはよく理解しているはずだ。

ミス・ペピウェルはしばらくためらった。「もしも、そういう助けをお願いしたとしたら……どんな見返りが必要ですか？」

「なにも必要ない」

アンソニーを見つめる顔に、かすかだが、信じられないという表情がよぎるのが見えた。

「なんて寛大な申し出でしょう、閣下。ですが、必要ありませんわ」ミス・ペピウェルの口もとが曲がる。そこに浮かんだのは、口から出たお世辞にはそぐわない冷笑だった。「わたし個人にそれほど関心を持ってくださるなんて、ありがたいですわ。お会いしたばかりだというのに、なんと紳士らしいご親切な——」

アンソニーがおもしろそうに笑い声を立てると、ミス・ペピウェルはぱっと口をつぐんだ。すぐに真面目な顔に戻したのは、そのあとの表情に嬉しくなったからだ。憤慨、困惑、それから、ふたたび戻った冷たい慇懃《いんぎん》さ。必ずや、氷の乙女を追い払ってやる。

「オーウェルは卑劣なろくでなしだ。あの男とかかわらねばならない人は気の毒だと思う理由から、それがだれであろうと庇護を申しでただろう。この提案は永久に有効だ、ミス・ペピウェル」

「しかも、紳士としての提案だと言い張るわけですね、見返りはなにも求めないと？」軽蔑に満ちた彼女のまなざしを見れば、アンソニーの提案が紳士的な思いやりからではないと決めつけているのは明らかだ。

「見返りはなにも求めない、ミス・ペピウェル」アンソニーは請け合った。なにがオーウェルをあそこまで駆りたてているのかを聞く必要もない。彼女がこっそり逃げ去ったことを知った時のあの男の激怒の声が、いまだ警報のように頭に鳴り響いている。それでもなお、ミス・ペピウェルの信頼を得たいと願い、言わずにはいられなかった。「もしも自分の妹がなにか愚劣なことに巻きこまれたなら、無条件で助力を申しでてくれる親切な人がいてほしいと願うからだ」

ミス・ペピウェルがアンソニーをじっと見つめた。その顔に浮かんでいるのは明らかな不信感だ。若い女性がここまで人を信じないとは、いったいどんな理由があるのだろうか。

「寛大なお申し出に改めてお礼を申しあげますが、必要ありませんので。では、おやすみなさい、閣下」

アンソニーは、立ち去ろうとしたミス・ペピウェルの腕をつかんだ。魅力に抗しきれず、かがんで彼女の唇に唇を触れる。感じたのは、銅像でももう少し動きがあるだろうということだったが、キスを深めて反応を探る。ミス・ペピウェルは冷たいままだった。金色の瞳だけが暗闇のなかで奇妙なほど輝いている。アンソニーは顔をあげ、上を向いた彼女をじっと見つめた。

まったく反応しないというのは普通ではない。キスを返しはしないが、憤慨して平手打ちをするわけでもない。それでいながら、凍りついたうわべの下に、いまにも爆発しそうな熱がたぎっているのをアンソニーは感じとった。彼の一部はひそかに、あとどれくらい押せば、この女性から反応を引きだし、膝をがくがくさせ、彼の両腕に身を預けさせることができるかを試してみたいと思っている。

それとも、熱の気配は自分の空想にすぎないのか？

「なにがきみの殻を破るのだろうか、ミス・ペピウェル」

彼女の瞳になにか――かすかな開口部か、あるいは一抹の好奇心――がよぎり、すぐにまた真冬の夜のように凍りつくのを見て、アンソニーは確信した。この無表情は表向きで、本当の感情はきわめて注意深く遮断しているのだ、と。しかし、いったいなにから身を守ろうとしているんだ？

「少なくとも、あなたではありませんわ、閣下」ミス・ペピウェルが言い返した。「どうか、その手を離してくださいな」身をよじってアンソニーから離れようと試みた拍子に、足をひねって悲鳴をあげた。

「静かに」アンソニーが鋭い声で言うと、ミス・ペピウェルは動きを止めた。

一瞬のうちに彼女を抱えあげると、彼女の口からあえぎ声が漏れた。夜陰をさらに奥へ入り、庭のベンチまで連れていく。優しく座らせ、片膝をついて片手で彼女の足を持ちあげた。

「なにをしているんです？」ミス・ペピウェルが震えた声で咎める。

「逃げようという愚かしい行動のおかげで、きみが足首をくじいていないかどうか確かめようとしている」

「愚かしい行動などではないわ。同意もなくキスをしたのはあなたでしょう」

アンソニーがなにも言わないでいると、ミス・ペピウェルは憤慨するように喉の奥で小さくうなった。その声に自分がひどくそそられていることに気づき、顔をあげてミス・ペピウェルと目を合わせる。「申しわけなかった。きみの許可がない限り、二度としない」

ミス・ペピウェルの顔に驚きが走った。眉をひそめて二度うなずいたものの、いまだ警戒心が残っていたため、足首を調べる手を極力優しくしようと心がけた。

足首を探る。ミス・ペピウェルがほんの一瞬、一度だけたじろいだ。「ここが痛むかな？」

「いいえ。もう痛みは引きましたから」

アンソニーはうなずいたが、関心はすでにストッキングに包まれたふくらはぎの滑らかな感触に向いている。指先でくるぶしを撫でると、想像ではなく、彼女の息がはっと喉に引っかかるのが聞こえた。なにを目にすることになるか知りたくて顔をあげる。正真正銘の欲望。そのまなざしに浮かぶあからさまな渇望がアンソニーの心を揺り動かした。ミス・ペピウェルがごくりとつばを呑みこみ、欲望を抑えようともがいているのを見て、こちらも期待に呑みこまれそうになる。舌の先が小さく出てきて下唇をなめた時には、アンソニーの口はもうからからに乾いていた。

相手の意向を無視してまでも、唇を奪いたいとこれほど強く思ったことはない。しかし、少なくとも彼女のほうから行動に出てくれない限り、二度とキスすることは許されない。死ぬほどしたくても、だめなものはだめだ。

アンソニー卿の両手のぬくもりがストッキング越しに熱く感じられ、フィリッパは手を放してほしいと本気で思った。彼は悪魔そのもの。つま先立ちをして、彼の唇を味わいたかった。その本能的な欲望があまりにも強いせいで思わず体が動いた結果、足首をひねってしまう。今年いっぱいは足をかばって歩かなければならないはめに陥ったようだ。

おかげで当分はおおやけの場に出られないから、これは姿を変えた幸運が訪れたのかもしれないとふと思う。

月明かりが庭の奥まで差しこみ、銀色の光を浴びて彼の濃い金髪がきらめいた。今夜はまだ、こんなふうにアンソニー卿を近くで見る機会がなかった。オーウェル卿から救いだしてくれた時まで、舞踏会に出席していることさえ知らなかったから。

黒いフロックコートが幅広い肩によく合っている。すばらしくよく、と心のなかで訂正した。濃緑色の胴着《ベスト》は瞳の色と同じだ。この男性は思いやりがあって、悪魔のようにハンサム。つまりいまの状況は、あらゆる面ですばらしい男性に抗《あらが》わねばならないということ。

ふいに彼の視線があがった。フィリッパの無防備な観察に気づいたらしく、口もとに笑みを浮かべている。それが性的な意図を含んでいるのを察し、フィリッパの心臓がどくんと跳ねあがる。彼女が思わず身震いすると、しゃがんでいた姿勢からゆっくり起きあがろうとしていたアンソニー卿が、あたかも捕食者が狙った獲物の弱みを見つけたかのように、ふっと動きを止めた。

フィリッパと視線を合わせたまま、彼が両手をスカートの下まで落とし、くるぶしのすぐ上を軽く握る。彼の両腕に包まれたいという激しい欲求が湧き起こり、心臓が胸郭を揺るがすほど激しく打った。根が生えたようにベンチに座ったまま、彼にこんなことをさせている自分が信じられない。自分自身に固く誓ってからは、どんな求婚者にも、手袋をした手以外に触れさせることを許していないのに。

フィリッパは表情を引きしめ、思いや感情を表に出さないという決意のすべてを結集させた。「もう終わりました?」しかし、冷静な声が出ている自信はまったくない。

彼の小さい笑い声がフィリッパを包みこんで熱い喜びを予感させる。彼女はごくりとつばを呑み、からからに乾いた唇を舌で湿らせた。彼がフィリッパの唇をじっと見つめ、くるぶしにまわした手の力を強める。

「手を放してください、閣下」

「アンソニー」ゆったりした口調はまさに誘惑そのものだが、少なくとも手はくるぶしから離れた。

「え?」

「堅苦しく呼び合う時期はもうとっくに過ぎていると思うが、フィリッパ」

彼が自分の名前を呼ぶのを聞いて、フィリッパは思わずうめきそうになった。まるで上等なワインを飲みこむ前に、その名前を舌の先で転がしているかのようだ。

「徹底的に調べておいたほうがいい。続けていいかな?」そのからかうような声にフィリッパは魅了された。

黙ってうなずきながら、自分は正気を失ったのだと確信する。押したり探ったりしながら足を撫であげる彼の指に官能の波を引き起こされ、フィリッパは身を震わせた。視線がぶつかる。頰の火照りを抑えられず、発火したように熱い。「骨は折れていませんわ、閣下。もう放してくださって大丈夫」

彼の笑い声は優しくて豊かだった。「なにをあわてているのかな、フィリッパ？」

試されているとわかっていても立ちあがれなかった。熱い部分に徐々に近づいてくる指に全神経が集中する。彼が紡ぎだす魔法の呪文にとらわれて、まったく動けない。渇望で体じゅうの血管がよじれ、抵抗する力が弱まるのが自分でもわかった。

キスもされていないのに、エメラルド色の瞳のいたずらっぽいきらめきだけで血を搔きたてられる。

「キスをしてと言ってくれ」その時、穏やかな声が聞こえた。

脈拍が速くなる。驚きのあまり目をしばたたき、彼の期待に満ちた顔を見やった。官能的な唇を見つめる。「わたし……閣下……ええと……キスしてください」その言葉が自分の唇から出たという衝撃に、フィリッパは倒れそうになった。心臓がばくばくと打ち、目もくらむほどの欲望が全身を駆けめぐる。撤回するのを彼女が思いつく間もなく、アンソニー卿が身を乗りだし、フィリッパの唇をとらえた。そのキスに、最後の抵抗を奪われる。むさぼる唇の焦がすような熱にわずかに残っていた氷壁も溶け落ちる。降伏のうめきとともに唇を開いた瞬間、アンソニー卿の舌が奥まで滑りこんだ。

頭から言葉が消え去り、興奮と戸惑いだけが混沌《こんとん》と駆けめぐる。アンソニー卿の指がストッキングに包まれた足をさらにあがっていき、靴下留めにかかってじらすように引っぱった。体の芯から欲望があふれだすのを感じて、フィリッパは身を震わせた。触れられただけで、こんなふうに熱く感じたことは一度もない。彼の指が下穿《したば》きの下に滑りこみ、大切な部分を守っている薄い生地を寄せた。四肢になんともいえないけだるさが広がる。フィリッパは唇を離し、大きくあえいだ。

いたずらな口にまた唇をとらわれるとフィリッパは快感に襲われ、思わずうめき声を漏らした。彼が片手を移動させて下穿きの合わせ目を開く。彼の唇に向かって抗議をつぶやいても声にならず、フィリッパは湿った縮れ毛を探る指を感じて身を震わせた。舌がまた唇を割って侵入してきて大胆に挑発する。一本の指がそっとなかに入ってくるのを感じ、フィリッパはあえいだ。自然に脚がゆるんで、軽やかな感触を受け入れる。あまりに甘美な感覚に、彼の唇に向かって声にもならない声を漏らした。

「絹のようだ」彼がうなる。

その声が、官能的なまじないから覚めるきっかけになった。恐怖のあまり身をよじって無理やり抜けだし、石のベンチの後ろに逃げこんだ。紅潮した頬に両手を当て、なんとか冷まそうと必死になる。こんな親密すぎる行為をされるがままに受け入れるなんて、我ながら信じられない。アンソニー卿に、ふしだらな売春婦だと思われたに違いない！

フィリッパは急いで立ちあがった。脚のあいだがまだ湿ってうずいている。こんな行為を許してしまった恐怖がじわじわと染みこんでくる。レディ・カルヴァートの舞踏会で彼と初めて出会って以来、大胆に盗まれたキスのことを何度も考えていたとしても関係ない。貴族を信じたっていいことはないとよくわかっているはずなのに。こんなのは絶対にだめだと知っているはずなのに。

この男性は悪党だとわかっていながら、愛撫《あいぶ》の罠《わな》に落ちたうえにもう一度その快感に浸りたいと望んでいる。フィリッパは身を震わせながら息を吸いこみ、渇望に抗おうとした。

こんな邪悪なことに性懲りもなくそそられるのは、困った冒険心のせいだ。これほどばかげたことに関われば、危険な結果を伴うのは身をもって知っている。それなのに、なぜわたしの体は裏切るの？

「あなたはひどい人だわ」落ち着いた声を出そうとしたのに、出てきた声は激しく震えていた。

「そしてきみは、ぼくが知っているなかでもっとも甘い唇の持ち主だ」

ふたたび欲望が湧き起こるのを感じ、体をこわばらせる。急いで身をひるがえし、舞踏室に向かって逃げだした。

バルコニーへあがり、いくつもある扉のひとつからそっと邸内に忍びこむ。オーウェル卿はなんとしてでも避けたかったが、それでも、彼がいる舞踏室のほうがまだ安全だ。オーウェル卿にならば容易に抵抗できるが、アンソニー卿の手の感触には欲望を掻きたてられてしまうから。

「まあ、いったいどこにいたの？」母が小走りに近寄ってきて、非難のまなざしを向けた。

「新鮮な空気を吸いに行っただけだとホイト卿はおっしゃって我慢強く待っておられたけど、あなたの帰りがあんまり遅いから、マリアン・ポッターともう二回も踊ってしまったわ！」

「控え室に行っていたのよ、お母さま。それだけのこと」動揺しているせいで声がかすれた。

ダンスカードには、すでに何人かの紳士の名前が書きこまれている。とにかく気を紛らせたい一心で、フィリッパはみずから進んで華やかな舞踏会に身を投じた。何回かカドリール（四組の男女のカップルがスクエアになって踊るダンス）を踊り、コティヨン（十九世紀のフランスで大流行した三拍子のダンス）のステップも踏む。それでもなお、不本意ながらアンソニー卿の姿を捜さずにはいられず、そのことがなにより腹立たしかった。

シャンデリアの光に照らされて濃緑色のベストがきらめくのに気づいた。アンソニー卿がようやく、フィリッパに馴れ馴れしく触れたことなどなかったかのように皺《しわ》ひとつない装いで舞踏室に入ってきた。部屋を横切り、レディ・ガルヴェストンのもとに向かう。そのゆったりした足取りを見ているだけで、フィリッパの体の奥が熱くなった。彼の腰の動きと力強い四肢の動きに、空想の翼が勝手に舞いあがる。

わたしはどうしてしまったのだろう？　男性に対してこんなふうに反応したことはこれまで一度もない。

フィリッパは身震いすると、ホイト卿に導かれてカドリールの位置についた。機械的に踊りながらも、心のなかではさまざまな思いがめぐる。この御しがたい欲望を知ったアンソニー卿が、オーウェル卿と同じ提案をしてきたらどうするの？　恐怖で思考が曇り、フィリッパは危うく自制心を失いそうになった。

「どう思うかな、かわいい人《マイ・ディア》？」

　はっと気を取りなおしてホイト卿を見あげた。期待に満ちた表情を浮かべ、その瞳は幸せに輝いている。彼がなんの話をしているのか、フィリッパには予想もつかなかった。うわべだけほほえむと、それに対してホイト卿が満足げにほほえみ返した。どうやら、フィリッパの笑みが彼の懸念を払拭したらしい。

「かわいい人、あした、父上に話をしていいかな？」ホイト卿のその言葉が、やっとフィリッパの思考を曇らせていた霧を晴らした。

　父と話をする？　フィリッパは、混乱した頭でホイト卿の言ったことを理解しようと試みた。熱意あふれる様子と少年のようなほほえみで、いつにも増してハンサムに見える。フィリッパは返答を待っているホイト卿を評価しようとした。この男性にはなんの気持ちも渇望も感じない。それはオーウェル卿に対しても同じだが、彼については、一度は親密な関係になれるかもしれないと思ったことがある。

　愛する人の愛撫を受けてその重みを感じたいと思うきわめて不適切な欲望は、アンソニー卿に触れられた時だけにもたらされるもの。フィリッパはつま先から頭のてっぺんまで真っ赤になった。自分を売春婦だと決めつけた父の意見が実は正しいのかもしれない。

「赤くなることはないさ」ホイト卿がいたわるようにつぶやいた。「ぼくたちが育くんでいる気持ちは母も理解している。早すぎることはわかっているが、お父上もぼくの求愛を歓迎してくれるに違いない」

フィリッパは当惑して相手を凝視した。彼はからかっているに違いない。「ホイト卿」

腰に当てられた彼の両手に力がこもり、がっしりした体型の男性としては驚くほど優雅にフィリッパを回転させた。「ヴィンセントと呼んでほしい、いとしい人《マイ・ラヴ》」

彼の顔に浮かんだ熱意を消すには忍びなくて、彼女は弱々しくほほえんだ。実際、この男性と一緒にいるのは楽しい。でも、それ以上の愛情を示されても困惑するばかりだ。キスをされないように注意深く避けてきたものの、ホイト卿はそんなことにも気づかずに、ふたりの関係をさらに進めようと決意している。ちまたでは、彼の地所が貧しいという噂がささやかれており、一方、フィリッパはかなりの資産の相続人だ。ホイト卿の関心がどこにあるかは、フィリッパが見ても一目瞭然。それでも、少なくとも彼は誠実そうに見えた。「閣下、あした父を訪ねてくださるのは、いいお考えとは思いませんわ」

「しかし、あなたに結婚の承諾をもらったら、男はだれでも幸運に思いますよ、ミス・ペッピッウェル」

「なぜですか？」自分の名前をつばを飛ばすように言われたことにむっとして、フィリッパはそっけなくきき返した。アンソニーの柔らかくてゆったりした名前の呼び方は、滑らかで官能的だった。そんな思いを押しやり、ホイト卿に意識を集中する。彼の困惑した様子を見て気の毒になり、辛辣な問いかけを多少なりとも和らげようとほほえみかけた。

「あなたは親切で、自分の足につまずくような未熟な若者たちとも踊ってくれるし、だれも見ていない時は使用人とも親しくしゃべる。皆が苛立つような状況でも忍耐強い。それからとくに思うんだが、あなたといると、みんな自分が美しいと感じる」

彼がつぶやいた褒め言葉に、フィリッパは仰天した。

彼が思い描いている寛大な人物像に呆然としながらも、なんとか笑みを浮かべる。彼の瞳のなかのきらめきを見て、フィリッパは心臓が止まるかと思った。そこに浮かんでいたのは、まさに渇望だった。しかし、自分が秘密を打ち明けたとたんにそれが攻撃に変わるのは間違いない。オーウェル卿がそうであったように。ホイト卿は名誉を重んじる保守的な人だから、不純な花嫁を娶るなど論外だろう。「あなたとご一緒させていただいてとても楽しいですわ。でも、わかってくださいな。結婚にはまだ心の準備ができていませんの」彼の薄い色の瞳が安堵に輝いたのを見て、言葉の選択がよくなかったのだとすぐにわかった。

「それ以上何も言う必要はありませんよ、いとしい人。ぼくだって、数週間くらいは待てますから」

ここで、もう少しはっきりと——夫に束縛される状態に自分を置くつもりはないと——意思表示するのはさすがにはばかられる。フィリッパはうなずき、もっと率直にならなければいけない日のことを考えないようにした。叔母が正しい。男性と踊ったり会話をしたりする時には、もっと慎重になるべきだ。

カドリールが終わると、フィリッパは言い訳を口にしてその場を離れ、人々のあいだを抜けてテラスに向かった。どうしても新鮮な空気を吸いたい。周囲の壁に圧迫されているように感じ、ここから逃れたいという欲求が暴れている。

外に出たとたんに肌に空気を感じ、フィリッパは身を震わせた。刺すような冷たさがかえって気持ちよかった。

ごくりとつばを呑みこみ、混み合ったテラスをそっと見まわす。アンソニー卿を探したのは、自分は彼に心惹かれているわけではないと証明したかったからだ。それなのに、一分間ひそかに彼を眺めたあげく、心臓が早鐘を打ち、欲望に体を責めたてられるという結果になった。人目につかなければ、永遠に見ていられる。つまり、自分はアンソニー卿に魅了されているということ。彼の会話が機知に富んでいたからではなく、彼のような評判と地位の男性がみずから進んで壁の花になっている女性たちと踊り、社交界特有の口うるさい婦人たちとも感じよく会話を交わしていたからだ。まさか気軽にみんなに交ざり、おおらかに笑っている姿を見るとは思わなかった。庭での出来事は、彼になんの影響も与えていないらしい。

彼の手に脚のあいだをまさぐられた熱い感触がよみがえり、フィリッパは無理やりつばを呑みこんだ。アンソニー卿は信じられないほど大胆に触れてきた。その記憶に心が乱され、あんな親密な行為にも、自分はされるがままだったと思っただけで心臓がばくばくする。心に誓った決意が揺るがないようになんとか補強しなければ。

ああ、どうしよう。一番の親友であるレディ・エリザベスにいますぐにでも相談したい。早急に訪問を計画しよう。

「フィリッパ？」

くるりと振り向くと、妹のペイトンが近づいてくるのが見えた。顔を紅潮させ、髪が少し乱れている。妹はフィリッパと見かけが正反対なので、姉妹だとわかるとだれもが困ったような顔をする。ペイトンは父に似て黒髪に黒い瞳で、そばかすとは無縁の健康的な褐色の肌と、コルセットをしていても目立つほど丸みに富んだ女性らしい体つきの持ち主だ。

妹の背後で、ジェンセン・セントジョン卿がちょうど庭の隅から出てくる姿が見えた。姉妹のほうを見ないようにしているらしい。フィリッパはペイトンを引き寄せ、そっと乱れた髪を整えた。ペイトンの頬が緋色に染まり、フィリッパは厳しい顔で妹を見つめた。庭でのセントジョン卿は、称号ほどに高潔ではなかったらしい。

「あなたが彼を愛しはじめているのはわかっているわ、ペイトン。もう三カ月も求愛されているのですもの。でも、特権を与えることについては、本当に慎重にしなければいけないわ」ペイトンが軽々しく利用されるのを思っただけで耐えられず、フィリッパは思わず叱った。純真な妹は、男が、とくに紳士と呼ばれている男たちが、いかに卑劣な行動に及ぶかということをなにも知らない。

「聞いて、フィリッパ。あの方に結婚を申しこまれたの！」妹の口から喜びに満ちた笑い声があふれだし、それが伝染してフィリッパも温かさに包まれた。

妹をしっかり抱きしめ、笑い返す。「たしかなの？」

「ええ、あした、お父さまにお話をしにいらっしゃるって。これで、フローレンス叔母さまとお母さまがお姉さまに結婚しろとうるさく言わなくなるといいわね」ペイトンがいたずらっぽくウインクをした。

フィリッパはまた笑った。両手を妹の腕にからませ、ふたりで舞踏室に向かって歩きだした。「全部話してちょうだいな、ペイトン……唇が腫れて、髪が乱れている理由以外をね」

混み合う室内に戻る。妹の幸せに没頭でき、自分の悩み事については考えなくて済むのがありがたかった。自分はアンソニー卿が面倒の種になるのを恐れている。みずから進んで招いた不運を受け入れるためには、その前に、今宵だけでもほかの人の喜びに浴する時間が必要だった。

6

ミス・ペピウェルの冷たい外見の下には火山が横たわっている。アンソニーは昨夜それを目撃し、実際に経験した。氷が割れて、その下から予想もしなかったものが顔をのぞかせた。秘めやかな部分に触れられるというあつかましい行為には瞳を怒りにきらめかせ、頰を真っ赤に染めた。だが、そこにはあふれるような渇望もあった。最初に会った時に、彼のなかに制御できないほどの欲望を引き起こしたのとまさに同じものだ。きつく熱いなかに自分のものを埋《うず》めてすべてを受け入れるように促した時、情熱にかられた彼女がどんなふうに見えるかは想像に難くない。

なんということだ。彼女がほしい。

初めてキスをした時はその一線を越えるつもりはなかったが、彼女の感度のよさに興味を引かれて思わず夢中になった。指の愛撫に熱く湿るのを感じて、さらに心惹かれた。その顔に浮かんでは瞬時に移り変わっていく表情を見守った。怒り、困惑、願望、そして狼狽。彼女は明らかに、自分の強烈な反応を恥じていた。

氷の乙女が、信じられないほどの魅力の持ち主だとわかった瞬間だった。

魔法にかけられた思いだったが、それもあれほど性急かつ強硬に押す理由にしてはいけない。親密な抱擁から解放した時の彼女の顔が忘れられなかった。混乱と屈辱が混じり合った表情に、みずからの卑劣漢ぶりを自覚させられた。だが若いレディと一緒にいて、あれほど自由で楽な気持ちになったのは久しぶりだった。それくらいしか、あの紳士らしからぬ追求の言い訳など思いつかない。こちらの働きかけを彼女の体がどんなにすぐ、どんなに熱く受け入れたとしても、自分は彼女の繊細さにもっと気を配るべきだった。

アンソニーは顔をしかめるとズボンのポケットに両手を入れ、自分のものになったばかりの朽ち果てた地所を窓から見渡した。いったいなぜ、これほど彼女に惹かれるのだろう？普段惹かれる女性たちとはまったく違い、その美しさは冷たくよそよそしい。それでいながら、冷ややかさの下に官能的なものが、まるで砂漠の蜃気楼のように揺らめいている。

しかも、自分が惹かれているのは美しさや官能的な部分だけではない。彼女自身に興味をそそられている。すべてを知りたい。あの矛盾の塊を解きあかしたい。

彼女の瞳が凍りついているのはなぜだ？　オーウェル卿が彼女につきまとっているわけは？

ひと筋の稲妻が空を貫き、馬丁に引かれて厩舎に向かう馬たちが驚きのあまりいないた。ものの思いから我に返る。いけない、複雑なミス・ペピウェルを理解することに没頭しすぎていた。

ここではいま、何十人もの庭師や職人や労働者が、このパラディオ様式の巨大な邸宅を修復するために根気よく働いている。数カ月前にハンプシャーのカルヴァート卿の地所に滞在している時にこの場所を見つけ、購入すべく手をまわした。寂寞《せきばく》の美とも言えるなにかが心の琴線に触れたとでもいうのだろうか。

非常に大きく、二百以上の部屋がある。初めは、雑草やつるがはびこって芝を枯らしていた。それはすでに一掃されたが、邸宅の修復にはまだ長い時間がかかりそうだ。

兄の声がアンソニーの思いに割りこんできた。「ここを買ったのは的確な投資だったな」

深く考えこんでいたせいで、兄が入ってきた音も聞こえなかった。声のほうを見やり、言葉と合致した賛同の意が目にも浮かんでいるのを確認する。「そうだな。このあたりはハンプシャーのなかでも、もっともいい土地だと前から思っていたからね」

セバスチャンが朝食室のなかほどまで進み、アンソニーが手にしているグラスの中味を見て片眉を持ちあげたが、そのまままっすぐサイドボードに近寄った。スクランブルエッグやベーコン、ソーセージ、燻製《くんせい》のニシン、マフィンにトースト、甘いケーキ、そして紅茶のポットがいくつか並べられている。

兄がテーブルにつき、口いっぱいにベーコンをほおばった。「しかし、よく売ってもらえたな。どうやってハッチンソンを説得したんだ?」

アンソニーは肩をすくめた。「彼が売りたい値段とぼくの予算がうまく合っただけだ」

「さすがだ、一カ月で話をまとめるとは。唯一の問題は使用人だな。執事のあの頑固さは相当なものだ」

「いったい母がどこから探してきたのか見当もつかない。この地所の使用人の雇用は母に全権を委任したのだが」

母のことを言ったとたん、兄の顔が冷ややかになった。母については、アンソニーが話すことすらよしとしない。

「室内の装飾はコンスタンスに頼んだ」アンソニーはつけ加えた。

「だから、カーテンにドラゴンの模様が刺繍《ししゅう》されていたわけか。その美しさに感動したのが我ながら意外だったよ」

アンソニーは笑った。「コンスタンスが、我が家の紋章はドラゴンだからと譲らなかったんだ。子どもの時に、ぼくたちがドラゴンの伝説を聞かせすぎたな」

セバスチャンがうなずいてにやりとした。きょうの兄は風で髪が乱れ、服装も無頓着だ。これほどくつろいだ様子の兄を見るのはめずらしい。セバスチャンにこそ、安定した関係の女性が必要だ。彼の結婚観からして愛人しか選択肢はないのだろうが、信頼できる女性の温かな肉体ならば、常態と化している公爵のとげとげしさをきっと和らげてくれるだろう。それでも、その話題を切りださないのは、セバスチャンが愛人についてどう感じているかを知っているからだ。左頰に深く残る傷あとを見れば、兄が断固としてこれ以上愛人を作るのを拒否する理由は自明だろう。そうはいっても、一時的にしろ、永続的にしろ、女性とのつながりを避けるのは難しいはずだ。どうやっているのか、アンソニーは見当もつかなかった。

コバルトブルーの瞳がアンソニーを見つめる。「ぼくはノーフォークに帰るが、一緒に来ないか？」

カリドン公爵領と兄の自宅であるシェリングクロスはノーフォークにある。

「いや、ぼくは処理しなければならない仕事があるから町に戻る」その仕事を思いだし、アンソニーは眉をひそめた。「オーウェル卿について、なにか知っているか？」

セバスチャンが眉をあげた。「あまり知らないな。イートン校に在籍している時に父親が亡くなって、若いうちに伯爵位を受け継いだようだが、若者にありがちな浪費をせずに財産を増やした。我々が投資している投機事業の多くに彼は関与している。しかし、なぜだ？」

アンソニーは一瞬ためらったものの、正直に告げた。「実は、彼がしつこく追いかけている女性に関心を持っている」

「愛人をめぐって張り合うとは、おまえらしくないな」セバスチャンが穏やかに言う。

アンソニーはふんと鼻を鳴らし、手にしていた飲みものをひと口大きく飲んだ。指のなかでグラスをまわす。「ぼくが言っているのは、若い女性だ」セバスチャンが口いっぱいに卵料理をほおばったまま凍りついているのを見て、喉の奥で笑った。「なぜ、そこまで驚くのかな」

「おまえが社交界の若い女性に関心を示す姿など、これまで一度たりとも見たことがないからだ。たしかに最近は、結婚するとか無駄口を叩いていたが、実際におまえの関心を引いた女性がいたとは知らなかった」

幸い、兄にはまだレディ・ジョスリンの話もしていなかった。これからやろうとしていることは、間違いなく兄から叱責を受ける。騎士道精神にもとると責められても仕方がない行為だ。とにかく、今夜ロンドンに向けて発《た》つ前に、彼女に宛てて手紙をしたためよう。訪問して直接言うよりはうまく伝わるだろう。申しわけないという気持ちが強く、彼女の瞳が失望で陰るのを見るのは忍びない。彼女が失望するのはアンソニーの財産を失うためで、彼自身を失うからではないというのがせめてもの救いだ。

ミス・ペピウェルに話題を戻した。「六カ月前に英国に来たアメリカのレディで、かなりの資産の相続人だ」

「それで、オーウェル卿が言い寄っているわけか。おまえもその女性に求愛しようと思っているのか？」

アンソニーは兄の言葉について考えた。地所の東側でイバラやアザミを一掃しようと懸命に働いている庭師たちに視線は向いているが、実際にはなにも見ていなかった。感情移入なしで地所を眺める。それと同じことをフィリッパに対しても試みる。空のグラスにブランデーのお代わりを注ぎ、答える前に口に含んでゆっくり考えをまとめた。

「この状況下では、自分の薄弱な社会的地位についてよくよく考慮するまで、だれに対しても求愛するつもりはない」

セバスチャンが顔をしかめてなにか言いはじめたが、それをさえぎって言葉を継いだ。

「違うんだ。オーウェルがミス・ペピウェルにやっているのは求愛じゃない。あらゆる機会をとらえて彼女につきまとい、抱きすくめようとしていた。彼女と何度か舞踏会で出会ったが、オーウェルもいつも参加していて、彼女を凝視し、あるいはあつかましく触れようとしていた」おのずとそっけない声になる。「好色な追求を逃れて、彼女が庭に逃げだした時のあの男の顔を見せたかったよ。激怒のあまり破裂しそうになっていた」

「つまり、振られた求愛者か？」

「ミス・ペピウェルに訊ねてみたが、口をつぐんでなにも語らなかった」

セバスチャンがフォークを置き、アンソニーをまじまじと眺めた。「なにをしてほしいんだ？」

「兄さんの部下のホークに、彼女を尾行してもらいたい」

「酔っているのか？」セバスチャンがあっけにとられてぴしゃりと言う。

「いや、彼女のことが心配なだけだ。慎重に、遠くから見張ってくれればいい」アンソニーはグラスのなかの液体をまわした。それから入っていた分をいっきに飲み干し、炎が喉をおりていく感覚に顔をしかめた。

「わかった。手配しておこう」セバスチャンは席を立ち、窓辺まで歩いてきてアンソニーの横に並んだ。窓の外の神秘的とも言える美しい景色を眺めながら、兄弟ふたりで心地よい静寂に浸る。「この地所の修復が終わるまでにどのくらいかかる予定だ？」

アンソニーは横目で兄を見やった。実際に工期を知りたいわけでないのは明らかだった。ききたいことをきかずに我慢してくれるのは非常にありがたい。「三カ月ほどだ。幸いぼくはもうここにはいないするから、切ったり叩いたりという部分はほとんど回避できる。今夜、ロンドンに戻るつもりだ」

「それなら、一緒にシェリングクロスに行こう」

アンソニーはしかめっ面をしてみせた。「どうしても必要な時以外は、あの老人の顔を見たくない」

「肖像画なら、いつでもはずしてやるぞ」

「それに、ミス・ペピウェルの探求にも関心がある」

セバスチャンがくすくす笑った。「ミス・ペピウェルか、なるほど」それから、目を細めて厳しい表情を見せた。『探求？　若い娘と言っていなかったか？』

「そうだ。十八歳かせいぜい二十歳くらいだと思う」

「それなのに、おまえの探求を受け入れると思っているのはいったいなぜだ？　その女性に求愛するつもりがないなら賢い行動とは言えないぞ。処女を奪う趣味はなかったはずだが、アンソニー」

　アンソニーは兄の手厳しい忠告を無視した。彼女の反応に見え隠れした渇望を思いだしただけで、欲望に貫かれる。あのうめき声とあえぎ声。そして、彼の指を締めつけた感触。あれが指ではなく彼のものだったら、どれほど強く締めつけられるかは想像に難くない。

　それでいて、彼女については、ベッドの上の反応以外のことも知りたかった。「約束する。彼女を破滅させるつもりはまったくない。ただ様子を知りたいだけだ」

　ミス・ペピウェルには興味を掻きたてられる。おおいにと言っていい。その興味をどう発展させるかはまた別の話で、それについては、行動に出る前に慎重に考える必要がある。困難に陥るのは自分も避けたいし、彼女も望んでいない。

　セバスチャンがアンソニーをじっと見つめた。「以前に、ジョージナがおまえに〝下劣な欲望〟を感じさせられたと決めつけて、大声で泣きわめいたと言っていただろう。嫁入り前の若い娘ならなおのこと、おまえに口説かれたら悲鳴をあげて走って逃げるに違いない」

　アンソニーはうなった。前の愛人であるジョージナは未亡人で、男に口説かれるのが大好きだった。最初の晩に彼女は何度も絶頂を迎え、しまいには横たわってぴくりとも動けないありさまだった。次に訪問した時に彼女が彼の先端に惜しげもなく与えてくれた逆襲は、仰天するほど過激だった。それなのに、彼に感じさせられたふしだらな欲望を、自分はまったく楽しんでいなかったと言い張った。つき合って一カ月も経たないうちにアンソニーはふたりの関係を解消すべく、彼女の涙や懇願にも頓着せずに迅速に動いた。ジョージナが自分でも認めたくないほど、彼との逢瀬《おうせ》を楽しんだことだけは間違いない。

自分は、肉体的な悦びを素直に認め、怖《お》じ気《け》づかずにむしろ進んで快楽を追求する女性を望んでいる。

そして、アンソニーはミス・ペピウェルがそういう女性ではないかと思っている。いや、そうだと知っている。

朝食が並べられたサイドボードまで歩いていき、皿に燻製ニシンを山盛りとスクランブルエッグをよそい、ベーコンをうずたかく盛った。グラスにまたブランデーをなみなみと注ぐ。

「その若い女性について、もう少し話してくれ」セバスチャンが促した。

おや、つまり、我慢したわけではなく、単に後まわしにしただけか。

アンソニーは肩をすくめ、尋問に備えた。公爵は、そうしたいと本人が思った時のみ、並みはずれた観察眼を発揮する。「実際、話せることはなにもないんだ」

「おまえは彼女をひそかに探らせるために、ぼくの部下に会いに行こうとしている。つまり、その娘にのぼせているわけだ。なんの事情もないと言われても納得できるわけがない」

「オーウェルが危険なんだ」アンソニーはぼそっと言った。それは確信している。オーウェルの激怒した顔を見た時に感じた胃のうずきと、うなじを走った怖気《おぞけ》の感触がいまだに残っている。

「ぼくたちの問題についてはどうするんだ？」

「ぼくのだ。ぼくたちのではない」

「ばかを言うな」セバスチャンがうなり、移動してふたつのカップに紅茶を注いだ。「おまえに影響があるということは、ぼくも影響されるということだ」

ついにブランデーのグラスを奪いとられたアンソニーは小さく笑って、代わりに差しだされた紅茶のカップを受けとった。

「彼女に興味をそそられている。それだけだ」

「ただ興味をそそられているだけとは思えない。求婚する気はないと言ったが、尾行をつけたいと思うほど関心を持ち、深く探りたいと思っている」

アンソニーはうなった。「わかった。彼女を欲していることはたしかだが、それだけではない。求愛することを考えているが、相性がいいとわかるまではそうしたくない」さあ、言ったぞ。これならば、正当な理由になる。

「なるほど、その女性との婚姻を否定しない。つまり、その娘に魅了されているわけだ。だが、なぜこんなに突然なんだ？　二週間前に言っていたのは――」

兄の言葉に、アンソニーは穏やかな無表情を装っていた顔をこわばらせた。

それに気づいたセバスチャンの目に怒りが燃えあがる。「知ってしまったから、結婚しないことにしたなどと言うなよ」

いつものことだが、兄は観察力が鋭すぎる。

アンソニーはわざと冗談めかして一礼した。「ぼくは庶子だ、閣下。ぼくの息子もみんな、その汚名を背負わなければならない」

「おまえの息子たちは、誇りを持っておまえの名前を名乗るんだ。おまえのものはすべて受け継ぎ、ぼくの財産も、限嗣相続が設定されていない分はすべて譲渡される」

アンソニーは答える前に紅茶を飲み、気を静めようとした。

「ありがたいが」淡々と答える。「息子と娘がたくさんいても、一生困らないくらいの財産はすでに蓄えているし、それが自分の努力によって得たものだと……あの男のものではないということに誇りを持っている。だが、ぼくの出生に関する汚点は妻にも跡継ぎにも及ぶ。娘たちも逃れられない。それを耐えてほしいとだれに頼める？　庶子の夫を望む女性などどこにいる？」

当然ながら、強大な権力を持つカリドン公爵はそんな些末《さまつ》なことにはこだわらない。「その女性がおまえを愛していれば、もちろん、喜んで耐えるはずだ。おまえと結婚すれば、幸せに決まっている」

兄の熱意あふれる、残酷なまでに確信に満ちた言葉が、その問題を思うたびにアンソニーのなかで高まっていた緊張を和らげた。自分がこの世でもっとも敬愛する男にこれほど愛され、これほど高く評価されているのは、なによりありがたいことだ。

「たとえおおやけになったとしても、ぼくの地位と富をもってすれば社交界の慣習に充分抗戦できる」セバスチャンが請け合う。

兄は本気でそう信じているのだろうかとアンソニーはいぶかった。

「それで、おまえはその娘と一夜をともにしていないと誓うな？」

「していない。そう望んだとしても、そのレディは氷の乙女なんだ」アンソニーはゆっくりと息を吐いた。「または、そうだと相手に思わせる。だが実のところ、昨夜は火の玉に触れたようだった」

「なるほど。いろいろと困難が伴う時期とわかっていても、真剣に考えるほど熱かったわけか」

「控えめなのに、内面に情熱を秘めているところに惹かれたんだと思う。うわべの無関心さの向こうに隠れている、生来の官能的な部分が垣間見えた。それだけで魔法にかかったように魅せられた」アンソニーは打ち明けた。

「アメリカ人は、自己表現の方法が違うんじゃないか？　アメリカ人女性ときたら、ぼくたちふたりがかれこれここ十年近く、つねに逃れようとしてきた愚かな娘たちとはまったく違う人種だからな」

セバスチャンの視線を感じ、質問されることを予期して目を合わせ、落ち着きを装った。

「なんでもきいてくれ」

しかし、兄はただ眉を持ちあげただけだった。いわゆるふしだらな欲望を、純情な娘にどう掻きたてられたのかきかれると思ったのは、アンソニーの間違いだったようだ。

ミス・ペピウェルの身震いとうめき声を思いだしただけで、アンソニーの体を血が駆けめぐった。あれほど奔放な反応を示した女性はこれまでにいない。彼女は隠そうとしていたが、顔に浮かんだ表情からははっきりと見てとれた。一瞬愛撫した時に指にまつわりついた湿り気にもそれが感じられた。

ベッドのなかで情熱的すぎるせいで、これまで三人の愛人を失った。自分が望むような行為を良家の子女に求めても報われないとわかっている。それでいながら、女性は宝石や邸宅のためには彼の要求に応じ、進んで身を任せる。あんなに激しい異議申し立てをしたジョージナでさえ、アンソニーが秘密の欲望を楽しもうとベッドに結びつけて尻を叩く行為に走った時は、恍惚《こうこつ》に身をよじり、もっとしてほしがった。

アンソニーは頭を振った。この性的欲望を抑圧する手段を見つけるべき頃合いなのだろう。愛人たちでも順応できないのだから、良家から嫁いできた妻が喜ぶはずがない。

そんななかで、ミス・ペピウェルの官能は自分と合うのではないかと思っている。彼女ならば試すだけに留まらないかもしれない。

しかし、自分の庶出という出自はまた別の問題だ。妻となった女性は、おおやけに辱《はずかし》めを受ける可能性が高い。

アンソニーはまた窓辺に近寄り、セバスチャンに背を向けて立った。兄と自分、それぞれが異なる心配事について思いをめぐらしている。

自分が嫌悪しているのは、剣の刃の上で必死にバランスをとっているような現状だ。出生の秘密が社交界に轟くのをただ待っているしかない。自分たちにはその影響に持ちこたえられるだけの社会的な基盤があると、セバスチャンは信じている。富と権力だけで批判を粉砕できると確信している。たしかにそうかもしれない。兄は無情な男で、不機嫌な時は非常に手ごわい。

アンソニーがもっともこたえたのは、そして、今後コンスタンスを残酷なまでに傷つけることになるのは、自分たちが父と呼んでいた男が、ふたりに対してここまで激しい憎悪と非情さを持つことができたという事実だ。

アンソニーはこぶしを握りしめた。あの卑怯者《ひきょうもの》は秘密を温存し、もっとも効果的に使うために自分の死まで利用した。秘密の暴露が、子どもたちを心から愛している妻に対するもっとも残酷な復讐になるとわかっていたからだ。恥知らずの悪党本人は、安穏と墓におさまっている。その墓からあの男を引っぱりだし、叩きのめしてからまた投げ戻してやりたいと心底願った。

7

さわやかな朝の大気のなか、アンソニーは胸いっぱいに新鮮な空気を吸いこみながら、愛馬であるトールを走らせていた。さらに速度をあげる。馬が筋肉をうねらせ、さらに歩幅を伸ばして、ハイドパークのサーペンタイン湖のほとりをひづめの轟きとともに駆け抜ける。夜が明けてすぐに、ロンドンの場末でセバスチャンの部下のひとりと出会ったあとでは、公園の整備された美しさが心地よく感じる。

会合は思いのほかうまくいき、ミス・ペピウェルに対してどんな尾行をしてほしいか、どのくらいの期間続けるかについて、すみやかに合意することができた。アンソニー自身が抱いている疑念が払拭され、オーウェルの彼女に対する妄想が暴かれるまでは監視を続けたい。

公園にはほとんど人がいなかった。早朝の凍えるような寒さをものともしない勇者の数人が乗馬を楽しんでいるだけだ。その時、赤みがかった金色のきらめきに気づき、アンソニーはトールの手綱を引いた。一頭の馬が、ゆるい駆け足で公園を横切ってくる。鮮やかなブルーの乗馬服を着た女性が乗っている。こんなに早くベッドから出てくる若いレディは多くない。偶然に出会えたのが魅惑的なミス・ペピウェルと知り、アンソニーの胸は嬉しさに高鳴った。

セバスチャンがシェリングクロスに向けて出発したあと、アンソニーはほとんど眠れなかった。ミス・ペピウェルに対する渇望のせいで、もういく晩もあまり寝ていない。レディ・ジョスリン宛の手紙を投函《とうかん》するよう執事に申しつけたあと、すぐにロンドンへの旅支度に取りかかった。

ここでミス・ペピウェルの姿を見ることができるとは、睡眠不足を押し、落ち着かない気持ちも追いやって、馬の長旅を強行した甲斐《かい》があったというものだ。

彼女を訪問することも考えないわけではなかったが、自分のこの飢えにも似た欲求を充分に理解し、それをどこにぶつけたらいいかがわからない限り、大事な決断はできない。

カシの木の枝陰に隠れて、アンソニーはミス・ペピウェルがゆっくりと馬を走らせてくる姿を見守った。片手に手綱をゆるく持ち、天性の騎手しかできない熟練の身のこなしで栗毛《くりげ》の馬にやすやすとまたがっている。こちらに向かってゆったり駆けてくるその口もとには、めずらしく自然な笑みが浮かんでいた。

一瞬、自分に向けられた笑みかとアンソニーは思った。どこか謎めいた微笑は、悦びを分かち合おうと誘っているかのようだ。そんな空想は、ミス・ペピウェルが彼の存在に気づいたとたんに打ち砕かれた。一瞬のうちに笑みが消え、用心深さに取ってかわった。こちらに気づかないふりをしてそのまま右手に馬を進めようと彼女が決心したのが、アンソニーの場所からも見てとれた。その機会を与えないように馬を促して前進し、彼女の行く手をふさいだ。

ミス・ペピウェルがアンソニーを凝視した。警戒した目に浮かんでいるのは、前回会った時の記憶に違いない。

濃いブルーの上着を着て、揃いの、裾がふたつに分かれたスカート（乗馬用に考案されたスカートで、現代のキュロットスカートの原型）を穿いている。またがって乗るためのスカートとは、あきれたものだ！　襟の高いブラウスはこれ以上ないほど真っ白で、しゃれた帽子が赤い巻き毛のてっぺんに粋な角度で載っている。乗馬服が彼女の丸みをぴったりなぞって、馬に座るしなやかな肢体を強調していた。その瞬間、自分の上に彼女がまたがり、同じように優雅な動きで官能的にゆったりと乗りこなしている姿が鮮明に浮かび、アンソニーは息ができなくなった。下半身に熱い血がいっきに流れこみ、思わず座りなおす。

「馬にまたがっている若いレディにハイドパークで出会うのはめずらしい」アンソニーは事実だけをそっけなく述べた。「正直に言って、ミス・ペピウェル、ぼくは衝撃を受けたよ」もちろん、まったく受けてはいないが。

嬉しいことに、ミス・ペピウェルがおずおずとした笑みを返してきた。まだ不信感は残っているものの、しかめっ面ではなく笑顔であるのは間違いない。それにしても彼女は、周囲から向けられているひそかな一瞥や非難の表情に気づいていないのだろうか？　少なくとも、表情からは遠慮や困惑の気配は感じられない。その態度にアンソニーは感嘆し、鞍の上でまた座る位置を変えた。

「ボストンでは、とても性格のいい去勢馬に乗っていました。自宅は五百エーカーほどありましたから、その子に乗って走っている時は自由だと感じられましたわ」ミス・ペピウェルが思いきったように言う。

「ハイドパークでは自由が感じられないと？」声に含まれた渇望に気づき、アンソニーは彼女を見つめた。

「このロンドンで？　ご冗談を」

アンソニーは早朝の公園で乗馬を楽しんでいる人々に目をやった。ロンドンは、貧者と金持ち、貧民窟と壮大な邸宅、制約と退廃、そのすべてを一緒くたに煮こんだ巨大な鍋のようだ。それでも規則は存在する。若い女性たちにとってはなおさらだ。

「ダービシャーにあるぼくの地所をぜひ訪ねてきてほしい」口から出たのは招待の言葉だった。言ってから眉間に皺を寄せたのは、衝動的な誘いに自分でもびっくりしたからだ。女性を自分の地所に招待したことはこれまで一度もない。

ミス・ペピウェルのまなざしがさっと冷たくなった。

酔わされそうなウイスキー色の瞳が非難にきらめいているのを見て、アンソニーは思わず笑いを漏らした。ふたりのあいだに漂う前回の逢瀬の記憶にあおられ、馬上の彼女を引き寄せて唇を奪いたくてたまらない。そうなれば、氷の乙女も確実に衝撃を受けるはずだ。

また座りなおした。乗馬ズボンがますますきつくなっている。この男特有の状況にミス・ペピウェルは気づいているだろうかとアンソニーはいぶかった。

「ぼくの意図は高潔なものだ、フィリッパ。兄とぼくが所有している厩舎は英国でもっとも優れた厩舎のひとつで、土地も千エーカー以上あるから乗馬を充分に楽しめる。きみの技術と品格に似合う馬を心の赴くままに走らせてほしいという招きだ」

ミス・ペピウェルが、アンソニーの顔をじっくり観察する。その瞳には、招待を受けたいという願いがはっきりと見てとれた。彼女の心のなかの葛藤が顔に表れ、さまざまに揺れ動くのを見守った。最後には、冷淡さが勝利した。

残念。

「ご親切なお誘いを感謝しますわ、閣下。家族に相談して、改めて書面でお返事いたします。家族がとても喜ぶでしょう」

そう言いながら肩越しに振り返り、ふたりのほうに歩いてくるレディを見やった。メリウェザー伯爵夫人は顔見知りだが、直接話したことはない。アンソニーは、レディ・メリウェザーが輝くような笑みを浮かべて近づいてくるのを、落ち着きはらって待ち受けた。夫人の明るいピンク色の乗馬服と、それに対抗するようにきらめく赤銅色の巻き毛に目がくらみそうだ。

優雅な身のこなしと髪の色は姪にそっくりだが、似ているのはそれだけだった。レディ・メリウェザーがアンソニーに向かって、にこやかにほほえみかけた。

「アンソニー卿、叔母のメリウェザー伯爵夫人です。フローレンス叔母さま、アンソニー・ソーントン卿をご紹介します」ミス・ペピウェルが小さくつぶやく。

レディ・メリウェザーが軽く頭をさげた。「アンソニー卿、お会いできて嬉しいですわ」

アンソニーはレディ・メリウェザーにお辞儀を返した。その瞳に映る心の動きを観察し、内心歯を食いしばる。頭のなかでは教会の鐘が鳴り響いているに違いない。ミス・ペピウェルの落ち着かない様子に気づき、アンソニーはミス・ペピウェルが場が気まずくならないようになにか言うのを待った。

「アンソニー卿がダービシャーにお招きくださいました。すばらしい厩舎を見せてくださるそうですわ」ミス・ペピウェルが言う。

「もちろん、ご家族皆さんでいらしてください、レディ・メリウェザー」アンソニーは言い足し、ミス・ペピウェルの笑みがこわばったのに気づいた。

一方、レディ・メリウェザーの笑顔はさらに燦然《さんぜん》と輝き、アンソニーは今度こそ本当に目がくらむかと思った。心のなかで自分をののしる。現状では、根拠のない憶測は望ましくない。ミス・ペピウェルに求愛するという決心を固めるまで、言質《げんち》を与えるような言動は控えるべきだ。

こちらに向かってくるひづめの音が轟きわたり、アンソニーはトールを数歩歩かせて落ち着かせた。

やってきたのはホイト卿だった。苛立っているらしく、ひどくむすっとしている。「アンソニー卿」陽気な声を装って挨拶したものの、馬にまたがっているのを見るなり、目が三角になるのがわかった。

ミス・ペピウェルが顎をわずかに持ちあげたのに気づき、ホイト卿の戸惑いが増した。どうやらミス・ペピウェルは、ホイトからも、なんらかの期待を押しつけられているらしい。

「ホイト卿」ホイトとミス・ペピウェルの口に出さない会話を見守りながら、アンソニーがとりあえず挨拶を返す。

そのあと、ホイトがミス・ペピウェルに花束を渡すのを見て、アンソニーは両眉を持ちあげた。赤いバラの花束。ミス・ペピウェルがそのバラを眺める。明らかに、どうしたらいいかわからない様子で、ちらりとアンソニーを見やる。彼女の熱意のなさに、アンソニーは危うく吹きだしそうになり、口元をゆがめた。レディ・メリウェザーがそんな三人をじっと観察しているらしく、そちらを見なくても鋭い視線が突き刺さるように痛かった。

「ありがとう、ホイト卿」ミス・ペピウェルはホイトに向かってぎこちなくほほえみかけてから、花に鼻を埋めた。「なんていい香りなんでしょう」

「ところで」次の沈黙に割って入ったのは、レディ・メリウェザーだった。「ホイト卿を朝食にご招待していますの。ご一緒にいかが、アンソニー卿?」

叔母の招待の言葉を聞いて、ミス・ペピウェルの瞳が燃えるように光るのがわかった。

「残念ながら、けさはうかがえないんですよ」そう言いながら、軽く頭をさげる。「でも、お誘いありがとうございます」アンソニーの丁重な断りの言葉に、ミス・ペピウェルの瞳に安堵が浮かぶのがわかった。それとも、失望か?

自分の言動がいちいちミス・ペピウェルに影響するとわかったのがなによりの収穫だ。あとは、それがいいほうに影響するよう祈るしかない。

アンソニーは帽子を傾けてみんなに挨拶をすると、トールに拍車をかけてゆっくりと走りだした。朝食に招かれたかったが、差し迫った問題がいくつも控えている。そのひとつは、オーウェル卿をあの男の本来いるべき立場に戻すこと。

邪魔者はいないほうがいい。麗しきミス・ペピウェルの関心はすべてこちらに、自分だけに向いてほしい。

それを追求する決意ができているかどうかはまだわからないが。

ブレイド伯爵夫人アナベル・ロジャーズの舞踏室は燦然と光り輝いて、息を呑むほど美しい優雅な室内と最新流行のドレスで着飾ったレディたちを際だたせていた。誘うようなワルツの調べが満ちあふれ、フィリッパのもとにも甘い安らぎを運んできた。レディ・ブレイドの夜会が大成功をおさめるなか、フィリッパ自身もこの数週間で初めてくつろいでいた。

「あなたの笑顔が見られて嬉しいわ」

フィリッパは笑い、大げさに体をひねって友を抱きしめた。伯爵夫人の長女であるレディ・エリザベスは淡いピンク色の夜会服をまとい、灰色の瞳をきらきらと輝かせて、まるで全身から柔らかい光を放つかのように美しい。

「あの人、いなかったでしょ？」エリザベスの声には満足感がにじんでいた。「だれのことを言っているのかきく必要はなかった。「ええ、見かけていないわ」

エリザベスがうなずいた。「母が彼を招待しないようにしておいたから」

「そんなこと、どうやってできたの？」フィリッパは心配になった。

エリザベスのくすくす笑いは伝染性だ。「母が炉だなに置いた封筒の束から彼宛の招待状を抜きだすのは簡単だったわ」

「まあ、いけない人ね。でも、本当にありがとう！」

「もっとお礼を言ってもらうことがあるわ。代わりにアンソニー卿を招待するようにしておいたから」エリザベスが勝ち誇ったようにほほえむ。

「エリザベス！」フィリッパは息を呑んだ。「お願いだから、嘘だと言って！」

「そんなぎょっとした顔をしないでちょうだい。あなたがあんなに興奮して男の人の話をするのを初めて聞いたのだもの」エリザベスの笑みが消えて困惑の表情に変わった。「その招待のせいで、母はわたしがアンソニー卿に惹かれていると勘違いしたかもしれないけれど」

「エリザベスったら」フィリッパは友の手を握りしめ、引っぱるようにして混み合った会場を進んだ。盆からシャンパンのグラスを取ったのは、神経を落ち着かせるために必要だったからだ。

「ほら、このことを言ったのよ。彼の名前を出しただけであなたは真っ赤になって、喉もとで脈がどきどきしているのが見えるくらいよ」

「恐ろしいからよ」フィリッパは言い張った。「それだけのこと」

「いいえ、恐ろしいのはオーウェル卿でしょう？　あなたがアンソニー卿に感じているのは、まったく違うなにかよ」

フィリッパは親友の穏やかだがきっぱりした断定にたじろいだ。「でも、そんなことはしてほしくなかったわ」裏切られた気持ちになるのは見当違いだ。エリザベスはよかれと思ってしてくれたのだから。それでもやはり、思慮に欠けた行動と思わずにはいられない。

「どうか許してちょうだい」フィリッパの手をぎゅっと握ってエリザベスが言う。その声には真心が感じられた。「この何カ月というもの、だれに対してもあなたが冷たい態度をとっていたからよ。氷の乙女と呼ばれているそうじゃないの。それなのに、きのう、アンソニー卿のことを話している時のあなたは情熱的で輝いていたわ」

「彼をののしっていただけだと思うけど」フィリッパは反論した。

「ええ、そうね。でも、あなたに関心を抱いているからこそ、彼はあなたにちょっかいを出すのよ。あなたは氷の乙女ではないし、アンソニー卿はオーウェル卿とは違うわ。それをあなたがわかっていないのだとしたら、わたしが親友としての務めを怠っているということだわね。アンソニー卿は紳士よ、骨の髄まで。わたしの父も褒めていたし、母親たちはみんな、彼を義理の息子にできればと願っているわ！」

エリザベスなら彼によって引き起こされた恐怖を理解してくれると思っていたが、どうも違ったらしい。彼に自分の渇望を利用され、防御壁をいともたやすく破壊されてしまうという恐怖。愛人になるよう求められるかもしれないという恐怖。

フィリッパ自身が気弱になり、心の痛みをただ和らげるためだけに彼に身を任せてしまうかもしれないという恐怖。

朝の出会いからまだ立ちなおっていないというのに、すぐにまた会うことなどできるはずがない。自分の壁を補強する時間が必要だ。ペイトンにどうしてもと乞われ、知り合いが少ないことを期待してこの夜会への参加を決めたのに。フィリッパはエリザベスの手から手を抜いた。友の懇願のまなざしは無視する。

「少し休んでくるわ」つぶやいて振り返り、その場で凍りついた。目を二回しばたたいたが、アンソニーの長身の姿は消えてくれなかった。興奮の震えが背骨をいっきに伝いおり、思わずシャンパングラスを強く握りしめた。

どうしよう！

あの朝、公園でアンソニーに会った時は、悪魔が姿を変えて誘惑しに来たのかと思った。昨夜は彼が登場する夢をいくつも見て、起きてからも渇望にかられ、震えが止まらなかった。どうやっても頭から振り払えない官能的な光景から逃れるために、けさは長い時間を朝の乗馬に費やしたが、結局は体が感じやすくなっているせいで、筋骨たくましい馬にまたがっているのがつらいとわかっただけだった。それから、元凶の男性本人にでくわした。まさに拷問そのものだ。

アンソニー卿が混み合った室内をさっと眺めて彼女のところでぴたりと視線を止めるのを見て、フィリッパはうめいた。

持っていたグラスの中身をひと息で飲み干し、彼をにらみつける。

アンソニー卿のまなざしに唇を愛撫されるのを感じ、思わず身を震わせた。視線をそらし、舞踏会場をそっと見やる。どんなぼんやりさんでも、多くの女性の目が彼に向けられているのに気づかずにいるのは困難だろう。フィリッパはかすかに口を尖らせた。女性たち全員が扇の陰でひそひそ話をしながら、自分たちはまったく気づかれていないと思っている。

母が歓喜の笑みを投げてきたのは、アンソニー卿が野生動物のようなしなやかな動きでフィリッパのほうに歩きだしたからだ。どうしよう、こちらに来てしまう！

アンソニー卿が、一様にうっとりしている若くて美しいレディたちを尻目に自分だけを探していたことに気づき、フィリッパは体のなかがかっと熱くなるのを感じた。彼とこれ以上親交を深めてもろくなことにはならないとわかっていたが、この瞬間はその思いも振り払い、身のうちに淡いうずきを感じながらただ彼を見つめて待った。

アンソニー卿の強い意図を持ったまなざしに少なからざる恐怖を感じる。レディ・グラハムの舞踏会の晩に庭で出会った時と同じだ。あの時も内面の激しさを感じて怖じ気づいた。

今夜のアンソニー卿は、打ち合わせがシングルになっている紫色のベストに黒い燕尾服《えんびふく》を合わせ、ぴったりしたズボンがいかにもさっそうと見える。ボタンつきの靴はぴかぴかに磨かれ、あっさりした髪型も彼の男性的な野生味をいや増している。

「人をつけまわすのがご趣味ですか、アンソニー卿？」この質問に一番仰天したのは発した本人だった。彼の香りに反応して、体のなかで奇妙な感覚が湧き起こる。白檀《びやくだん》の香りと、なんだかわからない不思議な香り。フィリッパは動揺した。ほとんど知らない男性に対してこんなふうに体が反応するなんて、とんでもないこと。

彼のエメラルド色の瞳がフィリッパの全身をたどった。襟ぐりが深く開いたダークゴールドの絹の夜会服と、美しく結った豊かな髪。巧みにほつれさせた巻き毛が額とうなじにふんわりかかり、そんな自分がとても魅力的に見えることは自覚している。でも、彼のまなざしがまるで頭のなかで彼女を裸にしているように感じられて、フィリッパはいたたまれない思いだった。

母と叔母の嬉しそうな笑みとペイトンのウインクはあえて無視する。

「つけまわすとは、ミス・ペピウェル？　同じ社交の場で頻繁に会うとは驚くべき偶然だと思うが？」

さわやかにほほえまれると、意に反して口もとがゆるんだ。「けさ、公園にいらしたのが偶然とは思えませんけれど」

「たまたま、早朝のハイドパークで乗馬を楽しんでいただけだ」

彼のからかうようなまなざしに視線がぶつかり、フィリッパは目を細めた。「では、レディ・ブレイドの夜会にいらしたのはなぜですの?」

「社交だ、ミス・ペピウェル。夜会に出るのは単に社交に興ずるため」

訊ねるべきではなかったとフィリッパは思った。

彼がさらに近づき、低い声で言った。「きみが訊ねたくてたまらないのに言わないでいる質問には、紳士たるぼくが先に答えておこう。特にこのレディ・ブレイドの夜会に来たのは、赤い髪のそばかすがある氷の乙女に強く惹かれているのに気づいたからだ。これまで味わったなかでもっとも素敵な唇にも」

心臓が雷鳴のように轟いている時に、冷淡な表情を保ち続けるのは難しい。フィリッパは途方に暮れて立ちつくした。なんと返事をすれば、彼の言葉が引きだした体のうずきに気づかれずに済むのかわからない。グラスを握りしめた手にさらに力が入る。アンソニー卿がフィリッパの手からそっとグラスを引きとり、通りがかった給仕に手渡した。

「グラスが割れたら危ないからね」優しい声で言う。

またちくちくするような感覚が背筋を伝いおりた。あわててアンソニー卿から視線をそらすと、飲みものが置かれたテーブルのそばに立ってこちらを眺めているオーウェル卿が目に入った。思わず身をこわばらせる。招待されていないはずなのに。エリザベスがはっきりそう言っていた。両手がぶるぶる震えた。彼のしつこさは日に日に増していて、もはや恐怖さえ覚える。

レディ・グラハムの舞踏会の時は、オーウェル卿につかまらないようにアンソニー卿に連れだしてもらったが、いまとなっては、彼のほうが安全だという確信はとても持てなかった。はるかに好色で卑劣な捕食者であり、どんなことをしても避けなければならない人物だ。フィリッパ自身が進んで獲物になりかねないのだから、なおさらのこと。アンソニー卿は一回そっと撫でて一回軽く唇を合わせただけで、フィリッパのなかからもっとも警戒すべき欲望を引きだした。彼の瞳に浮かんだ官能にふけろうという誘いに、体の芯まで揺さぶられている。

「庭をひとまわりしないか？」

はっとしてオーウェル卿から視線を戻すと、暗い堕落への招待が待っていた。アンソニー卿の瞳はこの世でもっとも美しく、表現力に満ちている――濃くて豊かで、森のように秘密を隠している。「いけませんわ。ありがたくない憶測を招きます」

「きみは憶測になど影響されないのかと思っていたが」

フィリッパは眉をきっと持ちあげた。「なぜそう思うのですか、閣下？」

「馬にまたがって乗っていたから」

アンソニー卿が声を低めたのを、フィリッパは聞き逃さなかった。「馬の乗り方からその結論をお出しになったわけですか」

「間違っていたかな？　慣習に屈する人ではないと思ったのだが」声がさらに低くなる。

「横鞍を使わずに乗ることに留まらず、自由を求めていたのでは？」

喉が詰まって息ができなかった。誤解されていると思う。しかし、早鐘のように轟く心臓の鼓動が、そうではないと言っていた。彼のまなざしがフィリッパを完全に裸にする。どうやったのかわからないが、アンソニー卿はわずかな出会いから、フィリッパの奥深いところまで探りだした。オオカミが子ヒツジを見つけた時のように、フィリッパの弱さを感知した。

彼の目がきらめく。それが渇望とわかったとたん、熱い感覚が広がり、四肢がずっしりと重く感じられた。

アンソニー卿が自分を望んでいる。求愛の可能性もあるかもしれない。でも、なんの目的で？　ふいにフィリッパは身をこわばらせた。「閣下、わたし――」

「アンソニーだ」フィリッパの顔を見つめる彼のまなざしは一瞬たりとも揺るがない。

フィリッパはごくりとつばを呑みこみ、なんとか反論しようとした。「いいえ、わたしは――」

「さあ、フィリッパ」彼が優しく叱る。「きみがぼくの名前を言ってくれるのを聞きたい。ぼくたちは友だちだろう？　親密な仲と言ってもいいんじゃないかな？」

それでも反抗的ににらみつけようとしたが、アンソニー卿の瞳に踊るからかいの表情に、いつしかおずおずとした笑みを引きだされた。もちろん、だからといって彼の理解の深さに恐怖を覚えたことは否定できない。

驚くのは、アンソニー卿がフィリッパの本質を理解しながら、それを責めていないことだ。オーウェル卿のように、だから軽蔑していいとは考えていない。それよりも、楽しんでいるように見える……フィリッパの大胆な性格を。

「わかったわ、アンソニー」

この降伏を素直に喜んでいる彼の様子に、心が温まる思いだった。防護壁があまりに急速に低くなるのが恐ろしい。その壁で止められるというわけでもないけれど……。

「さて、庭をひとめぐりするのが無理ならば、どんなことを楽しむのがいいかな？」アンソニー卿が考えこむ。

「もしもわたしたちが友だちならば……閣下……アンソニー、この前の晩に庭で起きたようなことは決して繰り返さないでほしいわ」自分の無分別については話したくなかったものの、これだけははっきりさせておく必要がある。

彼がひょいと眉をあげ、口もとにすまなそうな笑みを浮かべた。「本当に率直な人だな、きみは」

「あなたのまわりでは、正直すぎるのはあまりよくないことでしょうけれど」フィリッパはまつげの下から横目でそっと彼を見やった。はにかむのは性に合わないが、まっすぐに見ることで彼に対する願望が明らかになってしまうのが怖かった。

「その反対だ。正直なのは大歓迎だよ」腕が出された。「それでは、ダンスはどうかな？」

官能的なまなざしにじっくり検分される状態で踊れるとは思えないが、どう対応すればいいかわからずに、ただうなずくことしかできなかった。ばくばくする胸を押さえ、黙ってあとに従う。手袋をした手にダンスカードを無駄にぶらさげたまま、アンソニー卿にエスコートされて舞踏会場に入った。

なぜわたしを選んだのだろう？　今夜ならわかる。でも、最初にカルヴァート邸の舞踏会で会った時の自分は注意深く冷淡さを装い、あえて周囲とはかかわらずにひとり離れて、近づきがたい雰囲気を醸していたはず。なぜ選んだのかききたかったが、実際にはその答えを恐れていた。すでに、オーウェル卿の時に大失敗をしている。いまもなお悪意に満ちた社交界のかぎ爪に引き裂かれて瀕死の状態になっていないだけでも、奇跡と言える。もう一回失敗したら破滅するのはたしかで、家族のためにもそんなことは許されない。父のために。妹のために。どちらのためにも、自分が成功する必要がある。

アンソニー卿がフィリッパをダンスにいざなった。力強い腕でいともたやすく美しいワルツに引きこむ。ヴァイオリンの官能的な調べに体の奥底の悦びが点火され、フィリッパは夢見心地で優美にまわっていった。抑えきれずに笑みがこぼれ、魅惑的な音楽に合わせて小さくハミングした。

「ダンスが好き？」

「ダンスも音楽も大好き。生きていると感じられる数少ないひとときですわ」

顔をじっと見つめられ、フィリッパは目を伏せた。目をあげてじっと見つめたいという衝動を抑えつける。

「どうかやめてほしい」

「なにを?」

「自分のまわりに築いた高い壁の後ろに隠れようとするのを。今夜だけ。もしもそれが無理でも、このダンスのあいだだけは、ふたりの会話が正直であってほしい」

彼に預けた手に反射的に力が入った。壁があると彼が気づいていることに動揺する。レディ・グラハムの舞踏会でホイト卿に褒められた時も驚いたが、今回はそれとは違う。アンソニー卿の鋭い洞察力が怖かった。まだ数えるほどしか会っていないのに、そんな心の奥深くまで理解できるなんてあり得ない。

もちろん……彼の指をすでに体の奥まで受け入れた。続けて心の奥を観察されても驚くべきではないのだろう。

フィリッパはためらった。これ以上自分をさらけだしたくはない。でも、エリザベスの判断が信頼できるとすれば——できると感じているが——アンソニー卿は高潔な男性だ。オーウェル卿に関しては、本性を示される以前から、信頼できない男性だと警告されていた。

エリザベスの言葉を信じ、フィリッパは思いきって防御壁を少し低くした。「一番好きなのは音楽なの。音楽が万物に魂を吹きこむという考えに賛成だわ。心の翼であり、想像の飛翔であり、人生に……すべてのものに魅力と喜びを与えるものよ」

アンソニー卿が同意するようにうなずくのを見て、フィリッパは彼の腕のなかでほっと体の力を抜いた。

優しくほほえまれ、思わずほほえみ返す。彼から発散される官能の誘いに引きこまれないよう自分を戒めた。彼はすばらしい踊り手であり、しなやかだが、こちらが制御できない野生的な力の持ち主なのだから。

「なるほど、きみの心を知る鍵はダンスと音楽に隠されているわけか。大勢の求愛者たちは、なぜそれを見つけだせないのかな？」

わたしの心をつかむ方法を見つけようとしているの？　でも、じっと観察しても、その顔にはからかうような客観的な興味しか見えない。フィリッパはさらに緊張を解き、頭のなかで鳴り響く警告の鐘を払いのけた。心のなかで響いている音も。「あの人たちはだれひとり、わたしの心など理解しないわ」

彼が首を傾げた。「きみの心？　なるほど、ぜひ話してくれ」

「ロンドンは時々とても……堅苦しいわ。息苦しいほど」フィリッパは小さく笑った。「一度でいいから、醜聞を引き起こすような刺激的な踊りを楽しむか、品のない歌をピアノで演奏してみたいわ」

アンソニーが大声で笑った。「それはいいな」

きまじめで物静かなホイト卿とあまりに違いすぎて、アンソニー卿が現実の人間かどうか疑いそうになる。数カ月前にホイト卿の家で開かれた小さな集まりで、フィリッパはツェルニーの曲をおもしろく変えた編曲を演奏し、あとで叔母から厳しい叱責を受けた。ホイト卿の母親を困惑させてしまったと知ってとても反省した。ホイト邸に出入り禁止にならなかったことに驚いたほどだ。

「ワルツはそこまで醜聞ではないと?」アンソニー卿が訊ねる。

フィリッパはふふんと笑った。これも、優美な所作とはとても言えない。「ワルツだけならば醜聞にはならないでしょう。数年前までは品がない踊りと思われて、若い女性の場合は道徳観念まで疑われたそうだけど。いまはツーステップと同じくらいありふれているわ。わたしは悪い時期に生まれたのかも。過去か、あるいはもっと未来に属すべきだったのよ」

「過去?」アンソニー卿は興味を引かれたらしい。「詳しく聞きたい」

「以前に見た昔の絵画のような原始的な世界にあこがれるわ。ボストンでさえ、英国にいるよりはもう少しダンスと音楽に打ちこめた。ここでは、全身を脈打つようなリズムの喜びを味わえない。冒険もなし。ダンスは創造に満ちていて、もっと刺激的であるべきだわ」フィリッパはきっぱりと言った。

「カントリーダンスはかなり創造的だと思うが」

「そうなの？　英国に来てから、まだ一度も踊ったことがないわ。ロンドンの夜会に何度か出席したけれど、踊ったダンスはコティヨン、ポルカ、ワルツだけ。ここは、厳格な規則に締めつけられて活力を失ってしまっているかのよう。いつか、もっと元気で楽しくて冒険心に富んだダンスを踊ってみたいわ。それができないから、想像で太古の昔に行くことを夢見るしかない。もしくは未来に。未来は、いまほど厳しく締めつけられていないかもしれないでしょう」

フィリッパは息を止めて彼の返答を持った。期待で胸が苦しかった。自分の見解に対するアンソニー卿の反応は、これまでに待ったなかでもっとも重要なことと感じていた。貴族の男性を信頼できればいいと、これほど望んだことはなかった。

この男性が、ほかの全員と異なるのをただひたすら祈った。

8

興奮に輝くフィリッパの金色の瞳のきらめきにアンソニーは酔いしれた。経験したことのない不思議な感覚だ。なぜこんなにめまいを覚えるのかもわからない。

アンソニーは妙な空想を追い払おうと頭を振った。フィリッパはこちらの反応を待っている。なにも答えないせいで、瞳が当惑に翳《かげ》り、いまにも目を伏せようとしている。

アンソニーは彼女の顎を指で持ちあげた。「音楽への情熱は見あげたものだ。ふたりだけでマズルカを踊りたい」ゆっくりと言う。「ほかに、きみが望むダンスならどれでも。刺激的であればあるほどいい」

フィリッパの顔がぱっと明るくなった。輝かんばかりの笑顔を向けられ、アンソニーはすぐその場で、この女性に求愛すると決めた。控えめな態度の下にあるものを掘りさげ、層になった防御壁をはがそう。この女性が望むものはなんでも喜んで差しだそう。

「でも、わたしはいつも醜聞になることばかりしているのよ、アンソニー。付き添い役なしで一頭立ての馬車に何度も乗っているし」それに対して彼がなにか答えたかのように、こっくりとうなずいた。「ええ、衝撃的。わかっているわ」

フィリッパが彼を気軽にからかっている様子が好ましい。「信じられないほど衝撃的だ」

「まあ、大変。あなたの高貴な感性を傷つけてしまったかしら」

ふたりで声を揃えてくすくす笑ったせいで周囲の人々に眉をひそめられ、非難の目を向けられた。しかし、自分はこういう彼女がとても好きだ。自制心の氷の壁が溶けて、情熱あふれる温かな女性が顔をのぞかせる。瞬時にしてアンソニーの体が欲望にとらわれ、自分の弱さを胸のうちでののしった。

「この厳格な国に島流しにあった理由はそれかな」

彼女の表情に一瞬陰が差したが、それはすぐに消えた。

アンソニーの好奇心がさらに深まる。「ああ、なるほど。話してくれ、きみがボストンに置いてきた醜聞を。いい子だから」

フィリッパの目が大きく見開かれる。冷淡の壁を修復しようと必死になっている様子をアンソニーは興味深く見守り、修復に成功する前に全部崩そうと決める。

「ぼくは二十八歳だが、気高い感性には欠けているに違いない。英国社交界の形式ばった状況を支持しないからね。これまでに決まった愛人が三人、恋人が何人かいた。女性全員に最大限の敬意を抱いているぼくとしては、その女性たちについて詳しく話すことは避けたいが」

この大胆な告白にフィリッパは口ごもった。あっけにとられてアンソニーを凝視する。

「わたし――」

彼がほほえんだ。「きみも衝撃を受けることがあると証明されたな。危険と隣り合わせの人生を送りたいと、前に言っていなかったか?」

フィリッパの目が細くなり、そのあと、口もとに悲しげな笑みが浮かんだ。「あなたは救いがたい人だわ、閣下」

「先に自分の放蕩を知らせるべきだと思ったんだ。ボストンでなにが起こったにしろ、その瞳を翳らせている出来事についてきみが話してくれる前に。さあ、きみはぼくの秘密をすべて知った。今度はきみの番だ」

フィリッパが鈴を鳴らすような声で笑い、首を振って彼の提案を却下した。「隠しごとはないわ、アンソニー」

アンソニーは、なによりも彼女の顔に浮かんだ無防備な願望に興味をそそられた。たしかに、彼女の体に秘密はないのだろう。しかし、彼の心を真にとらえたのは柔らかい笑い声だった。新鮮でさわやかで、まさに魅惑的そのもの。

彼女が望むすべてを、いや、それ以上を与えたかった。その衝動が、深く、そして強力にアンソニーを揺り動かした。

この女性を自分のものにする。それもすぐに。

アンソニーが踊りの名手であることは認めざるを得ない。その動きは野生的な力強さと美しさを体現している。彼にくるくるとまわされ、大きな手の熱がドレスの生地越しに背中の低い位置を焦がすのを感じながら、フィリッパは軽やかに回転した。彼の腕に抱かれているだけで、罪深いほど甘美に感じられた。

心のときめきをふたたび感じたのは、次のワルツが始まった時だった。アンソニーがフィリッパを放そうとしなかったからだ。わたしと二度も踊るつもりなの?

集まった人々の視線を痛いほど感じたが、今回だけ、この二回目のダンスのあいだだけは、人々になにを思われようとちっとも気にならなかった。

恥ずべき過去を持っているのかと暗に問う質問を一度は無視しようとしたが、彼が納得しなかったのはわかっている。少し態度を和らげて、半分だけ真実を伝えようと決意した。

「女性の権利を訴える会議や会合に出席して、家族を怒らせてしまったの。わたしの勝手なやり方が悲惨な破滅につながることを心配してくれたのだと思うわ。わたしの行きすぎた情熱をなだめるために、ダンスを勧めてくれたのよ。というか、父をそう説得してくれたの」

「情熱をダンスだけに向けるのを選んだわけか。なんと気の毒に」

どういう意味かわからず、彼の顔を見あげた。「ダンスは好きだったのよ。社交界が女性に与えてくれるもののなかで、唯一心躍ることだと思うわ。若い女性たちに課せられる制約はあまりに厳しすぎるから」

フィリッパ自身、アンソニーを知りたいという好奇心が太鼓のように鳴り響いているが、頭に浮かぶ数々の質問が飛びださないように抑えつけている。たとえば、何人も秘密の恋人がいたけれど、その方々のことはなにも言わないという発言。つまり、庭でのあの恥知らずな行いも噂話にはならないということ？

「ボストンでは制約がないということかな？」

「いいえ、残念ながらあるわ」苦笑を漏らした。「でも、表向きはもう少し穏やかでしょう。

あちらならば、銀行家や弁護士と結婚しても家族も満足してくれたはず。でも、こちらではそんなことを言おうものなら叔母がぞっとした顔をするわ。あちらでは付き添い役なしでピクニックに参加できるけれど、ここでは、友人のレディ・エリザベスを訪問するだけでも、つねに侍女ひとりと従僕ひとりを同行させるように叔母に厳命されているし。一番ばかげているのは、それがわたしを守るためではなく、若いレディがひとりで歩いているのを見られてはならないからだということ。女性はとにかく貞淑であるべきだと考えられていること」

信じられないという思いが口調に出るのを抑えられなかった。

彼が唇をすぼめた。「逃げだしたいと思っているのはそのせいか？」

「ええ、うわべだけの礼儀作法から。見栄を張っているようにしか見えないと思わない？」

彼の顔に浮かんだ驚きの表情を見て、フィリッパはほほえんだ。「ボストンでさえ息が詰まると感じていたから、このロンドンでは、本当に気がおかしくなりそう。上流社会でなにが受け入れられて、なにが受け入れられないかを理解するのはとても大変ですもの」

アンソニーがフィリッパの漠然とした意見に対してホイト卿やエリザベスのような反応を示さないのを見て、フィリッパの好奇心はますます掻きたてられた。似たもの同士であると期待していいのかもしれない。

「さらに悪いのは、感覚に訴えてくるものが全然ないこと」彼の表情を見ながら、慎重にもう一歩踏みこんだ。

「ここにも、きみが関心を抱ける楽しみがなにかあるはずだ」彼がフィリッパの凝視をじっと見つめ返す。

「ロンドンの社交界はとても退屈だとわかってしまったのに？」

彼はフィリッパの心の底まで見つめているようだった。「では、きみが平凡でないと感じるためにはなにが必要かな？」

今度の答えは躊躇《ちゅうちょ》しなかった。「自由」

アンソニーの眉間が狭まる。「きみは自由ではないと？　手かせ足かせはどこにあるんだ？」

「社交界のかせは目に見えないけれど、鉄のかせと思えるものがたしかに存在しているわ」

目がくらむほどまわされて、フィリッパはあえいだ。ふたりのリズムを自由自在に作りだすアンソニーの動きに体が反応し、原始的な興奮に包まれる。彼に身を任せ、ふたり一緒に流れていく。彼といれば安全だと信じて。

この男性を信頼しているという突然の自覚にフィリッパはまごついた。でも、エリザベスは正しい。アンソニーはフィリッパの凍りついた魂を溶かしてくれる。

「きみが望んでいる自由について話してほしいな」答えを誘いだすような優しい口調だった。

伝えたいという欲求が急激に膨らんだ。それを断固押しつぶそうと、彼の顔に視線をさまよわせ、心臓をどきどきさせながらその意図を汲《く》みとろうとする。しかしそこに見えるのは、純粋な好奇心だけだ。

背筋がぞくっとした。求愛者という立場でわたしに関心を持っているのだろうか？

その思いに、恐怖と高揚感が同時に湧き起こる。

「わたしが望んでいるのは、残念ながら社交界が与えてくれないものだわ。息苦しく感じるたびにそう思うの。またがって馬に乗るたび、叔母は発作を起こしそうになる。一番下の妹のフェーベはわたしたちおとなと一緒には食事ができない。家族しかいない時でもそうだなんて、信じられないわ！　ほかにもたくさんあるわ。船に乗って海を渡りたい、ラクダに乗りたい、ベネチアの遺跡を探検したい、朝食にフランス風ペストリーを食べたい！」いたずらっぽくほほえみかけ、もう少し顔を近づけた。「さすがにもうあきれ果てたでしょう、閣下？」

「たしかに、フランス風ペストリーと言われた時には、危うく逆上しそうになったが」

　フィリッパはくすくす笑った。

「でも、あきれたりはしないよ、フィリッパ。これとまったく同じ会話をコンスタンスとしたことがあるからね」

　フィリッパは首を傾げた。

「妹のことだ。兄のセバスチャンとぼくとで夕食の食卓に妹の席を設けたんだ。わずか六歳の妹にひとりで食事をするのを断固拒否され、席を用意しないわけにはいかなかった」

「まあ、わたし、妹さんのことをもう好きになってしまったわ。それで、許されたのかしら？」

「ぼくたちの父――」ふいに彼の体がこわばるのを感じた。「父が拒否した。しかし、妹には大きく見開いた目を涙でいっぱいにするという手段があってね。どんなに冷酷な人間の心も和らげる。しかもセバスチャンが擁護した。だから、そうだ、許された」

「そのおっしゃり方だと、あなたは擁護しなかったということ？」

「もちろんした」

　フィリッパは彼を見つめた。注意深く表情を消した顔の裏になにかある。「でも、あなたの擁護もあったからこそ、許可されたのでしょう？」

突然、彼の鎧戸が閉じるのを感じて、フィリッパは戸惑った。数秒のあいだ、ふたりとも沈黙したままダンスフロアをまわっていった。言いすぎたかと不安を覚える。せっかく温かいからかい口調で接してくれていたのに。自分は、ほかのだれよりも防御壁の必要性をわかっていたはずなのに。

「きみが望んでいる自由について、もっと話してほしい」

その閉ざされた表情に、彼を理解したいという思いを掻きたてられた。もちろん、余計なことを言わないように、慎重に言葉を選ぶ必要がある。それでも、ただ会話をするのにこれほどの喜びを感じたことはない。それとも、ただの会話ではないのかしら。

「冒険がしたいの」思いきって告白した。「このままではいつか、退屈で頭がどうにかなってしまいそうで」自分のことをもう少し知ってもらおうと彼の目を見つめ、彼のことも打ち明けてほしいと願った。「それから、結婚願望はないわ。夫になにもかもを制限されたくはないから」

息を詰めて待ったが、彼は笑みを浮かべてうなずいただけだった。「なるほど」

「驚かないの？」

「ぼくのずぼらな感性に衝撃を与えるには、冒険への願望では足りないな。もちろん、朝食にフランス風ペストリーを食べたいというのにはぞっとしたがね。せめて、英国の菓子にするべきだ」

フィリッパは思わず吹きだした。「ホイト卿にも同じことを言ったのよ。わたしの叔母とホイト卿の妹さんもいるところで。その妹さんのレディ・ヘンリエッタは失神して、わたしがこれまで見たなかでもっとも完璧な形で倒れこんだし、叔母にはとても叱られたわ。真昼の太陽に鍛えられた鉄の神経を持っていると言われて。ここの天候が暗すぎることは、あえて指摘しなかったけれど」

アンソニーがフィリッパを引き寄せた。太腿が触れるほどの近さは、一般的に適切と考えられているよりはるかに近い。フィリッパの背筋がまたぞくぞくした。

「みんなの鼻先でちょっとした冒険をするのも気に入ると思うが」耳もとで彼がささやく。

フィリッパはまた笑い声を立てたが、ふたりのあいだに揺らぐ熱を感じずにはいられなかった。その熱がフィリッパの肌に軽くキスをして、内に秘めた欲望の導火線に点火する。

彼は驚くべき巧みさでワルツを踊りながら人混みのなかを抜けた。テラスに出るガラスの二枚扉から外に出て、フィリッパを庭へと連れだした。

「アンソニー」

「あれだけ混み合っていれば、だれも気づかない」彼が請け合う。

フィリッパは唐突に足を止め、彼の手から両手を引っこめた。「なぜ、ここに連れてきたの？」動揺や疑念が声に出なかっただけでも誇らしい。

「きみを冒険に連れていこうと思って」

「どんな冒険？」

「経験しておくべき冒険だ」

フィリッパは彼の目をのぞきこんだ。よこしまなきらめきに気づき、本能的に明るい舞踏会場の方向に一歩あとずさる。「冒険心には良識が必要だと、叔母にいつも言われているわ」ぴしゃりと言う。

彼も一歩さがり、壁がくぼんだ暗がりに入った。「おいで」

漂ってくる音楽の官能的な調べにそそのかされ、もう一度彼の手を取った。自分はこの男性にすっかり魅了されている。それを彼に知られたくはないが、どう行動すべきかわからない。「もしも断ったら？」

「目立たないように会場に送り届ける」

どうしたらいいかわからなくても、フィリッパはアンソニーを信じた。自分に考える余裕を与えず、彼の手を握りしめる。彼の口もとに浮かんだ笑みがフィリッパの内側を熱くした。腕がウエストにまわされ、引き寄せられる。ワルツの旋律が庭のほうまで流れてくる。

さらに奥の物陰に引きこまれた。そこにあったのは、高い生け垣に隠された秘密の庭の入り口だった。なかに導かれて扉が閉まると、フィリッパの心臓は苦しいほど激しく高鳴った。ちょうつがいがきしむ音に思わず跳びあがる。これでは神経質になっているのがばれてしまう。

冷静さを装って周囲を見まわすと、石のベンチが置かれ、壁にツタが這っているのが見えた。勢いよくはびこって、長く続く木製の格子垣を覆っている。真ん中には噴水があった。暗がりがふたりをすっぽりと包み、彼の金色の巻き毛だけがわずかに月明かりを受けてきらめいている。

フィリッパは深く息を吸いこんだ。神経がぴりぴりとうずいている。

アンソニーが上着を脱いで、冷たい石のベンチに敷いた。「座って」

自分でもなぜだかまったくわからなかったが、フィリッパは彼に言われたとおりに座った。夜会服のサテンのスカートが夜の静寂にかさかさと響く。ゆったりした動きで、彼がクラヴァットをほどいた。

不安になって思わず立ちあがった。「なにをしているの？」

「座って、フィリッパ」

心臓が飛びだしそうだったが、フィリッパはもう一度、半ば脅《おび》え、半ばわくわくしながら腰をおろした。

「冒険に挑めば、つかの間でも人生のつまらなさを忘れられる。心の準備はできているかな？」ゆったりした口調でアンソニーが言う。

ユーモアに満ちた口調がフィリッパの緊張を和らげた。なにをするつもりにしろ、もしも自分がノーと言えば、彼がすぐにやめることを本能的に感じとっていた。

「ええ」

絹のクラヴァットを両手首にまわされて、それを結ばれた時も抗えなかった。彼はフィリッパをじっと見ていて、おそらくは反応を確かめながらやっている。石のベンチに横たわり、縛られた両手を頭上にあげて格子垣に結びつけられ、フィリッパは身を震わせた。彼の熱くきらめく瞳に見つめられ、興奮のうねりが押し寄せる。

アンソニーがベンチの反対側に座った。顔が見たかったが、見えなくても、熱っぽいまなざしが感じられた。体じゅうを焦がされるような感覚のなかでも、フィリッパはアンソニーを信頼していた。

痛いほど唇を噛みしめる。オーウェル卿のことも同様に信頼した結果、そのせいでどうなったかを思いだしなさい。どちらも貴族じゃないの。同じ社会的価値観と考え方を共有しているはず。

「格子垣に結びつけて、どんな冒険をしようというの？」声の震えはごまかせない。自分はいったいなにをしているのだろう？

アンソニーがほぼ覆いかぶさるように前かがみになった。彼の目のきらめきがなにを意味するのかフィリッパにはわからない。「きみの純潔は決して奪わない。誓う」フィリッパの唇にささやき、ほんの一瞬だが、恐ろしいほど心地よいキスをする。

フィリッパは凍りついた。体がかちかちにこわばる。わたしの純潔？

「これが望んでいた冒険じゃないのかな？」彼がいたずらっぽい表情でほほえみかける。またキスをした。強い、でも一瞬のキス。

ああ、どうしよう。これが望んでいたこと？　冒険？　イエス。自由になる？　イエス。でも、彼の言葉を信頼していいのだろうか？

アンソニーはオーウェル卿とは違う、ホイト卿とも違うと心から信じている。でも、もしも間違っていたら？

「嫌だったら、すぐに放すから」アンソニーが言う。「それに、だれにも見られずに屋敷のなかに連れていくことも約束する」

その約束となんの強制もしない態度が、フィリッパをなによりも安心させた。自分の衝動を後悔しないことをただ祈るだけ……彼とのこの経験を望んでいるから。彼がなにを計画しているかわからないけれど。

かすれ声で答える。「あなたの冒険に連れていって、アンソニー」

彼がフィリッパのまなざしを受けとめ、じっと表情を探った。探していたものが見つかったらしく、口もとに笑みを浮かべると、ゆっくりさがって暗がりに入った。期待のうずきと触れてほしいという渇望のなかで待ち受ける。それはくるぶしから始まった。欲望にとろけそうになってフィリッパはうめいた。ドレスが滑る柔らかくて滑らかな感覚と、ペチコートのかさこそとこすれる音。彼がウエストまでスカートを押しあげる。

アンソニーが喉の奥で低く笑った。「すでに冒険を開始しているようだ。下穿きなしとはどういうことかな、フィリッパ？」

フィリッパの笑い声は震えていた。「なにも着ないのは、社交界の高慢なレディたちに軽蔑を表すわたしなりの方法なのよ」

彼の唇をねじった笑みは官能そのものだった。自分のあらわな状態に、そしてそんな自分を眺めるアンソニーの表情に心奪われ、彼をじっと見つめる。夜の冷気が肌にキスをするが、体のなかで燃えている炎を鎮めるにはまったく足りない。苦しいほど高まり、これまで経験したことのない感情にとらわれる。肌が火照り、まだなにも親密な触れ方はされていないのに、すっかり湿ってずきずきとうずいている。

脚を広げられると、ふいに、完全に剝きだしの状態でアンソニーの前に横たわる自分をあまりに無防備に感じた。心臓が高鳴り、燃える肌を冷風に撫でられて身震いする。

彼を欲していることを認めざるを得ない。とめどなくうずく体の奥深くを満たしてほしい、そのうずきを消し去ってほしい。彼に、彼だけに。でも、疑念が邪魔をして情熱を解き放つことができない。

その時、フィリッパは困惑して眉をひそめた。アンソニーはなにをしているの？　そう思った瞬間、彼が開いた太腿を肩で固定し、頭をかがめて脚のあいだの敏感な部分に深くキスをした。思わず背中をそらせる。口から悲鳴が漏れた。つかえたような激しいあえぎに、彼が喉の奥で嬉しそうな声を出す。

衝撃と興奮がフィリッパの感覚を奪い合った。アンソニーの唇にもっとも繊細で秘めやかな部分を刺激され、鋭い快感と焦げつくような熱っぽさにあおられて腰が自然に動きだす。絹の拘束具をたぐったが、クラヴァットの結び目が固くなっただけだ。なにかしたかった。脚のあいだで官能的な拷問をしている頭を手で押さえたかった。

アンソニーの唇が太腿の奥深くへと押し入り、この世でもっとも罪深く、もっとも心地よいことをしている。こんなのは想像したこともなかった。体の隅々まで眺められると、炎で焦がされるような気がした。舌でとば口をなめられ、小さくうめく。緑色の瞳をきらめかせ、彼は悩ましいキスをさらに強めて舌を深く挿し入れた。

舌が発生させる熱で頭がぼうっとする。掻きたてられた欲望が欲深く邪悪に感じられて怖かった。彼の巧みな奉仕によって全身が地獄のように燃えさかる。こんな感覚はこれまで経験したことがない。それでも、まだ始まりにすぎないと直感が教えていた。

アンソニーが顔をあげる。そこに浮かんだ官能的な表情を見ると、フィリッパの腰が彼を迎え入れたくてまた勝手に持ちあがった。「きみはとても敏感だ、フィリッパ」そっとつぶやき、それから唇を合わせる。

彼の唇に残る自分の味を感じてフィリッパはうめいた。腰が渇望にうねる。その渇望を満たしてほしかった。快感を得たことはあっても、こんな感覚は初めて——まさに燃えさかる炎のようだ。

拘束された手を必死に引いたのは、彼の頭をつかんで、もっと唇を味わいたかったから。クラヴァットはびくとも動かず、フィリッパは欲求不満を覚えて思わずうめいた。全身に震えが走り、ちょうど胃のあたりに彼が両手をさりげなく置いているのに初めて気づく。

アンソニーがゆっくりと唇を離した。

フィリッパの顔が燃えるように熱くなった。「あなたは本当にひどい人だわ、閣下」

彼が真剣なまなざしでじっと見つめる。「結婚を望まないならば、なにが必要なのかな?」

興奮のせいで声がしゃがれている。

フィリッパはためらった。「望むことを、望む時に、望むところで行い、非難されないこと」もっとほしい、彼をもっとほしいという思いで声がうわずるのを止められなかった。

「お願い」

アンソニーが両手を這わせて、恥丘を包んだ。「なにを望んでいる?」

興奮が全身を走り抜ける。「あなたの愛人にはならないわ。わたしは、だれの愛人にもならない」

「では、ぼくのなにになりたい?」

「恋人に」口から飛びだした自分の言葉に衝撃を受けた。「結婚は望んでいないわ。お金も庇護もいらない。ただ、あなたがほしいの、アンソニー。恐れたり咎めたりすることなく、ただふたりのあいだにあるものを探求したい」

「しかし、夫に純潔でないことを気づかれたら?」

ふいに体が張りつめる。フィリッパは緊張をゆるめるよう体に強いた。口から出たいと懇願している言葉は押さえ、違う言葉を口にする。「一生結婚するつもりはないから大丈夫。結婚の束縛に耐えられないと思うから」感じている欲望が瞳に浮かぶのを隠さなかった。防御壁を低くして真実が見えるようにしたかった。

アンソニーが眉間に皺を寄せ、その表情のままじっとフィリッパを見つめた。

フィリッパの息遣いがおさまると、彼は濡れた縮れ毛を掻き分け、快感の中心を見つけだした。親指でつぼみを軽くはじき、そっと押す。フィリッパの腰がまた波うち、体が彼を求めて悲鳴をあげる。

唇を合わせ、アンソニーはフィリッパの悲鳴を呑みこんだ。指でとば口の縁をまさぐり、快感のつぼみを親指で円を描くように撫でた。彼の手に包まれたお尻が固く張りつめる。満たされたいという激しい渇望に、口づける彼の唇に泣き声を吹きこんだ。

アンソニーがキスを深めながら、二本の指で膨らんだつぼみをいじる。彼の唇に向かって悲鳴をあげ、また絹の拘束具を引っぱって身をよじった。苦痛とも言える感覚が奥深くで快感と混ざり合う。

「ぼくは気楽な恋人とは言えない。きみのきつく締まった部分に太いものを深く埋める。きみがやめてと懇願するまでだ。それでもぼくがやめなければ、そのうちきみの体のなかの快感に火がついて、きみはもっと激しくしてほしいと求めはじめる」二本の指をひねって、さらに深く滑りこませる。親指は変わらず快感のつぼみを円く撫でている。

歓喜の波に感覚を満たされていっきに押しあげられた。彼のやり方にただ呆然として声も出ないうち、恍惚の頂に達して爆発した。

絶え間ない快感の波が続く。浮遊からようやく戻った時には、アンソニーはすでにクラヴァットをほどいていた。ドレスの裾を器用におろし、フィリッパを座らせる。彼の顔には、刻まれた官能の表情以外になぜかよそよそしさがあって、それがフィリッパを不安にさせた。

なにも考えずにただベンチから立ちあがり、彼の唇に唇を押しあてる。彼はじっと動かなかったが、そのうち両腕をゆっくりフィリッパの背中にまわし、合わせた唇をさらに深めた。

フィリッパのかすかなため息が彼の唇に呑みこまれる。これが必要だった。彼にもたらされた嵐のあとには、この優しさがありがたかった。深く差し入れた舌をフィリッパの舌とからませ、ゆったりと愛撫する。震えがおさまり、四肢にけだるさが広がった。ゆっくりと彼が身を引く。まるでフィリッパを絶対に放したくないかのようなのろい動きだった。

「しかも、ぼくは欲ばりだ」まだ唇を合わせたまま、アンソニーがささやく。

なぜか嬉しい気持ちがこみあげ、フィリッパはほほえんだ。「わたしも」そう言いながら、顔を傾げて彼の耳たぶを小さく噛む。「冒険がしたいわ。ロンドンの活気あふれる生活を見たい。有名な賭博場を訪れたいし、カンカンを踊る女性たちも見たいわ」

「きみが求めている冒険はそういうことではないだろう?」

フィリッパは眉をあげた。アンソニーの貴族的な顔立ちが、月明かりのせいで男性美あふれる鋭い容貌に変わるさまをうっとりと眺める。

「きみが望んでいるのは完全な破滅だ、フィリッパ」

「石のベンチで、スカートをたくしあげて脚のあいだにキスをしたくせに、わたしを非難するのね?」

「もちろん違う」安心させるような声だった。「きみの大胆さを心からすばらしいと思っている」

アンソニーの自然な笑顔がフィリッパは好きだった。「でも、もう会えないわ。叔母が付き添い役として一日中そばにいるんですもの。いまもきっと、探しているかもしれないわ」

「これだけの人混みでは、いなくなったことも気づかれないさ」

後ろを向かされる。髪を巧みに直してもらうあいだ、じっとしていた。熟練した手つきに驚きを隠せない。「紳士がレディの髪の整え方を知っているなんて、めずらしいこと」愛人たちにやってあげていたのだろうかと思う。

うなり声が聞こえた。「妹がいるからね」

表情が見たくて、フィリッパは急いで振り返った。「妹さんの髪を整えてあげるの？」

「コンスタンスは好奇心旺盛な子でね。シェリングクロスで暮らしている時は、その好奇心をかなえて楽しませてやるのがぼくと兄の仕事だった。王女に似合う髪型を作ってやる機会もたくさんあったよ」

その話に興味を引かれ、髪のセットが終わった合図にそっと小突かれるやいなや、彼のほうに振り返った。「あなたも、お茶会をして遊んだということ？」

アンソニーが物憂げな笑みを浮かべる。「コンスタンスと一緒にありとあらゆることをやった。髪を整えてやり、人形で遊び、女王と女官たちになって茶会もやった。ありとあらゆることのなかに、泳ぎとフェンシングが含まれていたのがまだしも救いだったが」

「きっと、とても素敵な妹さんなのね」フィリッパは息を吸いこみ、さらに踏みこんだ。「アンソニー、わたしに関心を持ったのはなぜ?」

アンソニーとこのひとときを持とうと決めたのは自分。それでもやはり、彼の意図に対する疑念は消えない。これが夜でなく朝の冷たい光のなかで、官能的な調べも流れず、未知の快楽にいざなう彼の魅力的な姿もなければ、恋人になりたいという申し出もなかったかもしれないと思う。

アンソニーは瞬時に瞳の窓を閉ざしたが、その一瞬のうちに、フィリッパは彼が質問に驚いたのを見てとった。

「わたしのほうは、もともと結婚しないという思いがあって、思慮深い恋人がいたらいいのにとずっと思っていたから」説明を試みる。「あなたは口が堅い方だとわかったし、それでいてハンサムで、おもしろくて、あつかましいことも知ったし、そもそもレディ・カルヴァートの舞踏会でお会いした瞬間からとても心惹かれていた。それに、なにもかもを投げだして、ただ人生を楽しみたいという願望もあるわ」首を傾げてアンソニーを見あげる。

「でも、あなたはなぜ、わたしに関心を持ったのかしら？」

「そこにいたからかな」返ってきたのはそっけない言葉だった。

フィリッパはぎょっとしてあとずさった。無神経な答えが痛いほど心に突き刺さる。「わたし——」まるで売春婦のような言われようだ。フィリッパは深く傷ついた事実を見せないように必死にこらえた。「そう」

馴染みのある恥ずかしさが湧きあがったが、フィリッパはそれに屈することを断固として拒否した。うわべに氷が急速に広がり、体に残る温かな満足感を凍らせて冷たい無関心に変える。背筋を伸ばし、きびすを返して歩きだした。「ごきげんよう、閣下」

「たいていの若いレディは、ぼくの傲慢さに平手打ちで返すものだが」アンソニーが言う。

フィリッパは立ちどまった。怒りで頬が紅潮する。「わたしの反応を試したということ？」

戻ってきた沈黙に、早足で庭の出口に向かう。

「フィリッパ」

「地獄に堕ちたらいいわ」歩みを止めずに言い放つ。

アンソニーがフィリッパの腕をつかみ、くるりとまわして自分のほうに向けた。

「なぜか説明しよう。きみに魅了されているからだ。その冒険心……自由を楽しみたいという思いとその活力に感銘を受けているから。長年、ほかの女性には感じたことがなかった興奮を感じさせてくれるから。きみの冷淡なまなざしの裏に隠された情熱に焼かれたい。その情熱は、きっとぼくの欲望のすべてを満たしてくれるのではないかと思っている。ぼくのベッドに絹のひもで縛りつけ、尻を叩いてきみの邪悪な空想を満たしたい。そのあとは、激しく深く攻めて、どちらも動けなくなるまで愛し合いたい」

なまなましい描写にフィリッパは息を呑んだ。禁断の情景が脳裏に浮かび、体の奥底から混沌たる渇望が噴きあがる。

フィリッパの表情を見て、アンソニーの顔に満足げな表情が浮かんだ。「ぼくはきみの肉体とその悦びのすべてを自分のものにしたい。きみも同じことを望んでいるのだろう。ぼくときみはぴったり合っている。夢見る乙女には夢見る男がいい。きみに求愛しようと思っていた。しかし、きみが結婚したくないのなら、喜んで恋人になろう」

頬が、全身がかっと熱くなる。彼はどうしてそんなに深くわたしのことを理解できるの？　だれにも明かしたことのない部分まで深く見抜いたその洞察力にあっけにとられ、ただこくりとうなずいた。少なくとも、結婚願望がないことを理解してくれただけでも、とてもありがたい。「正直に言ってくれてありがとう、アンソニー」

それ以上ぐずぐずはしなかった。できなかった。考える時間が必要だった。彼の大胆な言葉を聞いた時に体の底から湧きあがった激しい感情を解明するために。フィリッパは逃げるように扉を抜け、無感覚な状態でテラスに向かって歩き続けた。

急いで屋敷のなかに入っていく自分を、アンソニーが生け垣の後ろでそっと見守っていることなど、気づきもしなかった。

9

冬の白い静寂がアンソニーの心に重くのしかかる。しんしんと降りしきる雪に白く縁取られ、窓の外の土地も幻想的な美を醸しだしている。暖炉の火がぱちぱちとはぜる音を聞けば、彼の心は否応《いやおう》なく美しいフィリッパに向かう。すべての思いが彼女に独占されている。踊っている時の生き生きとした様子、彼女がまとっている冷淡なうわべ、両腕に抱いた時に見せた燃えるような、そして真正直な渇望。これまで味わったことがないほど甘い唇。そして、ふたりで探求した禁断のひととき……。

アンソニーを戸惑わせていたのは、社交界から逃げだしたいという彼女の願望だった。自分も年老いた公爵からしょっちゅう非難を受け、時には鞭《むち》で打たれ、いつも無力感に苛まれていたせいで、以前から同じことを願っている。

彼女は結婚を望んでいない。だが、官能的な夢をもたらし、冒険心を掻きたてることで誘惑を続けて彼女の好意を勝ちとった暁には、結婚を申しこみたいと思っている。それを拒絶はしないだろう。

そこまで結婚に対する嫌悪感を持つとは、いったいなにがあったのか？　若いレディの多くは、まだ揺りかごにいる時分からみずからの結婚式を計画しているものだ。コンスタンスも、学校を終えてもいないのに、自分が結婚する日取りをしっかりと決めている。

自分も兄も、社交界の母親と若い娘たちのほとんどから、隙あらば落とそうとつねに狙われている。これだけ熱い思いを掻きたてられ、結婚したいと初めて思った女性が情事だけを望んでいるのは幸運とも言えるのだろう。しかし、自分としては求婚しようと決め、彼女にイエスと言わせるためにあらゆる力を尽くすつもりだ。

扉をそっと叩く音がして、彼の陰険な執事が目を苛立ちで光らせながら入ってきた。

「サー・ホークがおいでです」旦那さま」屋敷の玄関を叩かれるたびにいらいらする執事を雇っているのもなかなかおもしろい。

「図書室に通してくれ」指示を与え、読んでいたジョージ・エリオットの小説『ミドルマーチ』を閉じた。

数分後、ホークがいつもよりもせかせかした様子で図書室に入ってきた。背が低くずんぐりとした彼は、黒くて小さな丸い目でそっと部屋を眺め、飲みものの盆に置かれたブランデーの瓶に目を留めた。この男がこれほど動揺しているのはこれまで見たことがない。シルクハットとコートを出ていこうとしていた執事にそそくさと渡すと、肘掛け椅子に走り寄って深々と腰を沈めた。視線をあちこちに走らせるが、アンソニーのほうだけは見ない。

「なにがあったんだ？」アンソニーは立ちあがりながら訊ねた。カシ材の執務机をまわって歩いていき、グラスにブランデーを注いでホークの手に押しつける。机の端に腰を載せて胸の前で腕組みをし、ホークが話しだすのを待った。

「旦那さんに見張れと言われたお嬢さんが連れていかれました」

「なんだって？」アンソニーは思わず立ちあがった。

「ミス・ペピウェルがケンジントン公園の散歩から戻る途中で連れ去られたんです」

「なんだと！」かがんで、ホークのツイードの上着の襟をぐいとつかんだ。「だれにだ？なぜ防がなかった？」大声で怒鳴りつける。

「命じられた仕事は、慎重に遠くから見守ることで、実際に手出しをすることじゃないですからね」

アンソニーはホークを強く引っぱって椅子から立たせた。ブランデーのグラスがすっ飛んだ。「なにがあったか詳しく話せ」

「さらわれたに違いありません。背後から近づいた紳士が彼女をつかまえて馬車に放りこんだんです。紳士もそのあとに乗りこむと、御者が馬に鞭を入れて、ものすごい勢いで走り去りました。止めるもなにも、動く間もなかった」

アンソニーの胃がぐっと締めつけられる。「それで、だれかにあとを追いかけさせたか？」

「できるだけのことはやりましたよ、自分で。手当て以上のことも――」

アンソニーはホークのネクタイをつかみ、締めあげて言葉をさえぎった。

男が苦しそうに目を剝いたが、恐怖のあまり丸くなった瞳など無視して冷たく言い放つ。

「おまえが無能なせいで彼女が傷つけられたら、どこに逃げようがおまえを探しだしてはらわたをえぐりだしてやる」怒りに任せてののしった。

その脅しが充分に理解されてホークがうなずいたところで、ようやく手を放した。「どっちの方向に向かった？　馬車はどんな形だったんだ？」

「黒く塗装されてました。紋章は黒い布で覆われて、御者も帽子を目深にかぶっていたので顔は見えませんでした。だが、馬はアンダルシア馬でした。どれも、見たことがないほど見事な馬でしたよ。ブライトンの方角に行きましたが……」

「なんだ、早く言え」ホークがためらったので、うなり声でせかした。

「コリュドンまで追ったんですよ。そこで見失いました」

アンソニーの頭がすばやく選択肢を検討する。「行け」低い声で命令した。「男たちを必要なだけ雇い、西、東、南を探させろ。慎重にする必要はあるが、とにかく彼女を見つけるために、できることはすべてやってくれ。見つけたら、ここに連れてこい。必要とあらば、だれでも金を払って口止めしろ」

机の引き出しを開いて重い袋を取りだす。ホークに向かって投げるとじゃらじゃらと鳴った。ホークが袋を開けてはっと息を呑んだのはあえて無視する。

「でも、これは金貨ですよ、旦那」

「早く行け！」怒りにかられ、大声で命令した。

ホークが指示に従ってそそくさと出ていくと、アンソニーは銃の棚に歩み寄り、いくつかの武器を選んだ。注意深くピストルに弾を装塡してポケットに滑りこませ、特製の杖《つえ》を取って頭をひねり、隠しサーベルが鋭利に研いであるのを確認する。上着を着てから、呼び鈴のひもを引いた。

「はい、旦那さま？」執事が瞬時に現れた。アンソニーの怒りに満ちた声に、いつもの苛立ちの表情も引っこんでしまったらしい。

「今夜のうちに、必ずこれを兄に渡してくれ」殴り書きで短い手紙をしたため、封印を押して執事に渡した。「非常に急ぐ。どこにいようとすぐに見つけだして、直接手渡してくれ。シェリングクロスにいる可能性が高いが」

執事は小さく頭をさげると、任務を全うすべく急ぎ足で図書室から出ていった。母が彼を雇ったのも、あながち失敗ではなかったのかもしれない。

アンソニーは屋敷を飛びだし、厩舎に向かった。さまざまな可能性が頭のなかを駆けめぐる。オーウェルに違いない。その結論に胃がむかむかした。ありとあらゆる場所を徹底的に捜索する。しかし、前に目撃したオーウェルの取り憑かれたような表情から考えて、フィリッパが認めた以上のなにかがあるに違いない。疑念は抱いていたが、それがいま確信に変わった。

激しい怒りに駆られる。その一部は、オーウェルという危険を軽く見たフィリッパに対して向けたものだが、ほとんどの怒りは、彼女にすべてを説明させなかった自分に向いている。もしも心配のあまりホークを雇って見張らせていなければ、彼女がさらわれたことさえ、だれも知らなかっただろう。気づいた時にはもう手遅れだったに違いない。

彼女を見つけたら尻を叩いてやる。ベッドでの戯れではなく、本気でだ。二度と見つけられないかもしれないという恐ろしい思いに屈することは、断固として拒否した。

「旦那さま?」馬丁が驚いて走りでてきた。「馬を用意するように命じられていません、旦那さま」

「いま命じている」

徹底した効率的な作業で一番速いサラブレッドのオーディンにすばやく鞍をつけると、アンソニーは馬の背に飛びのり、フィリッパを傷つけようとしている悪党を必ずとらえるという強い決意のもと、ひづめの音を轟かせて地所の門を駆けぬけた。

オーウェルがフィリッパを誘拐したのは、力づくで結婚するためだろう。あるいは、ただ自分の欲望を果たすためだけにさらったのかもしれない。どちらにしろ、あのごろつきは彼女の意思に反して体を奪おうとするはずだ。アンソニーの胃がぐっと締めつけられた。女性を凌辱《りようじよく》するような男は唾棄すべき存在だ。フィリッパの髪に触れただけでも、オーウェルをつぶしてやる。

低く身を伏せたアンソニーを背に、オーディンはひづめを雷のように轟かせ、力強く幅広い足取りでぐんぐんと距離を伸ばした。オーウェルに少なくとも一時間は先行されているが、

かに速い。彼は馬車で移動している。四頭立てであっても、アンソニーだけを乗せた一頭のほうがはる

雷雲が空に垂れこめ、凍えそうな冷たい風が吹きつける。オーウェルが先んじていても、いま向かっているのが正しい方向ならば、雨が降りだす前に追いつくだろう。風が吹きすさぶ闇を疾走しながら、アンソニーはセバスチャンが、結婚の決意を知らせる手紙を受けとっていることを願った。

自分とフィリッパの結婚にこだわるのは、醜聞を引き起こさずに、彼女をいまの状態から救出できなかった時のためだ。醜聞が起こる可能性のほうが高い。オーウェルは間違いなく、彼女が破滅したという噂話を腹いせに流すことだろう。

だが、結婚に向けて行動を起こす前に、自分の出生の秘密を彼女に打ち明ける必要がある……思っていたよりはずっと早いが、自分が庶子だという事実を知らせた時に、さらには、それがおおやけに知られた時に、彼女が彼に背を向けないことを祈るしかない。フィリッパに結婚を断られた時にどうしたらいいか、アンソニーはわからなかった。

しかし、まずはオーウェルの悪の手から彼女を救いだすのが先決だ。

フィリッパを生きて……そして、無傷のまま見つけられますようにと、アンソニーは心か

らの祈りを神に捧げた。

フィリッパはもがいたり身をよじったり、あるいは自分をつかまえている悪魔に頭突きをしたり、パラソルで殴ったりして暴れたが、なんの助けにもならなかった。男のこぶしが飛んでくるのが見えて顔に激しい衝撃を受け、その後は、まともに殴打をくらわないように体を曲げて避ける以外にできることはなかった。こぶしが頭の横をかすめる。痛みと恐れにもがく姿を、彼が残忍な表情を浮かべて嬉しそうに眺めているのを見て、フィリッパの恐怖は頂点に達した。馬車ががくんと揺れる。激しい勢いで悪党にぶつかり、はずみでパラソルを落とした。

「どうかしているわ、オーウェル卿」金切り声で叫ぶ。我ながら、実際よりもはるかに勇敢に聞こえる。「こんなことをして、逃げられないわよ。父が絶対に絞首刑にするわよ！」

オーウェルが大声で笑った。「ただの商人にすぎないおまえの父親が貴族を訴えて、信じてもらえると本気で思っているのか？　頭がどうかしているのはおまえのほうだ。それに、おれがおまえを妻にすると決めれば、おまえの家族も頭がおかしくなるほど喜ぶだろうよ」

フィリッパは顎の激しい痛みにひるみ、必死に歯を食いしばった。悔しいのは、この男の言葉がおそらく正しいということ。だれの助けも望めないいまの立場を考えればなおさらだ。自分と家族にとって、選択肢はオーウェルか、完全な破滅のふたつだけ。

どこからともなく現れたオーウェルに、街路から唐突に連れ去られた。家まではもうすぐだったので、一挙一動を監視されずに楽しんで歩きたいと思って小間使いを先に帰らせたのが悔やまれる。

「今後はおれを無視できないぞ。懇願し、おだてあげ、贈り物まで届けたのに、おまえはことあるごとにおれの厚意をむげにした」

「厚意？　あなたはわたしを売春婦にしようとしただけでしょう」フィリッパは吐き捨てるように言い、パラソルを拾いあげた。繊細な生地が大きく裂けている。

「妻にするつもりだった……おまえの本性を知るまではな」彼の目が欲望でぎらぎらしている。「おれの愛人になるよりもましな申しこみなどあり得ない。いいか、フィリッパ、おれはおまえがほしい。ほかの女をここまで望んだことはない。絶対におまえを手に入れる。おまえはイエスと言うしかない」

ものすごい形相で迫られて、フィリッパは悲鳴をあげた。必死に振りまわしたパラソルが彼の片方の目に激突する。オーウェルは大声をあげると、フィリッパが両手で握りしめていたパラソルを奪いとって床に投げ捨て、また向かってきた。フィリッパは必死にこぶしを振りまわした。ぶつかった手に裂くような痛みが走る。激しく平手打ちをされて一瞬気が遠のき、目がまわった。

「あなたに利用されるつもりはないわ!」叫びながらも、内心は絶望感に苛まれる。さらわれた場面を見ていた人はいないはずだから助けは来ない。そのうえに、誘拐されたとわかれば、評判は修復不可能なまでにずたずたになる。

フィリッパ自身は潔白で、オーウェルの卑劣な悪だくみの犠牲者になっただけであっても関係ない。汚点がつくのはフィリッパであり、フィリッパの家族だ。胸が張り裂けるような思いにすすり泣きが漏れる。社交界の偽善に対する強い憤りで爆発しそうだった。

砂利道を疾走しているせいで、揺れるたびに倒れそうになる。フィリッパは無我夢中で馬車の扉に飛びつき、騒音のなかでもだれかの耳に届くことを祈って、あらん限りの声を張りあげた。

「黙れ!」オーウェルにこぶしで頭を強打され、激痛に悲鳴をあげる。

オーウェルは正気じゃない。自分は、常軌を逸した異常者にとらわれている。彼がこれほど恐ろしくてずるいことをするとは思ってもいなかった。

「もう我慢できない」彼がのしかかってきて、フィリッパの顔や首に湿ったキスをし、汗ばんだ手で袖を破った。

「やめて！」フィリッパの悲鳴が空気をつんざいた。座席のクッションに押しつけられ、コートを無理やり脱がされる。

「いまここで奪ってやる」

フィリッパは脚のそばにあった真鍮《しんちゅう》の小さな足温器に手を伸ばし、格子の鉄の取っ手をつかんでオーウェルを殴りつけた。彼が避けようと引っこめかけた頭に直撃する。オーウェルの獣のような叫び声に一瞬満足感を覚えたものの、彼はさらに激昂《げっこう》して襲いかかってきた。抗しがたい力だった。頑強な体格のオーウェルを前にして、フィリッパは自分のか弱さを痛感せずにはいられなかった。

「やめてちょうだい」叫び声をあげ、ドレスの下に手を差し入れて下穿きを破ろうとするオーウェルに必死に抗う。頭を振りしぼり、押し留める手だてを探した。「わたしを汚したら、アンソニー卿に殺されるわよ！」

オーウェルがふいに動きを止めた。「なんと言った？」指でフィリッパの顎をつかみ、低い声でうなる。

「きのう、アンソニー卿に求婚されたわ。お受けしたのよ。こんなことをすれば、彼は絶対にあなたを殺すわ。誓ってもいい」オーウェルの顔が異様に興奮したような表情に変わるのを見て、フィリッパは恐怖で心臓が飛びだすかと思った。だが、少なくとも暴行はやんだ。「あいつに触らせたのか？」オーウェルの口からつばが飛んだ。「そうなのか？」金切り声をあげ、顎をつかんだ手にさらに力をこめる。

「わたし――」

フィリッパの顔を探るうち、オーウェルの怒りがゆっくりと冷たい激昂に変わっていくのがわかった。そのあとの叫び声はまさに狂気に満ちていた。「きのうの夜の舞踏会で、おまえがあいつと庭にいるのを見た。あいつに自分を与えたのなら、おれのほうこそあいつを殺してやる」オーウェルがフィリッパの口に無理やり口を押しつけ、歯で唇を噛んだ。

自分の血の味を感じ、フィリッパの絶望感が募った。「やめて！」

「おれのものだ。おれにはその権利がある。それをあいつに与えたならば、おれがあいつを破滅させてやる！　その前に関係を持ったやつがまだ息をしているのは、海の向こうにいるからだぞ」オーウェルの声は怒りと欲望にしゃがれていた。

恐怖で胃が痙攣《けいれん》する。

オーウェルがフィリッパのモスリンのドレスの胴衣を力任せに引き裂き、コルセット越しに乳房をつかんだ。

「いや！」乱暴につかまれ、痛みに悲鳴をあげる。

筋肉隆々の太腿に脚を荒々しく押し広げられる。

喉が詰まった。お腹《なか》のあたりに、固くなった男のものがズボンの布地一枚だけを隔てて押しつけられる。絶望に駆られて、フィリッパはあたりをまさぐり、なにか武器になるものを探した。彼の上着のポケットからさがったピストルが手に触れた。ふいに希望が湧き起こり、ピストルをつかむ。

オーウェルは襲うのに夢中だったせいで、フィリッパの動きにすばやく反応できなかった。撃鉄をおろすと、小さいかちっという音が車内に響いた。オーウェルのハシバミ色の瞳が激怒に狭まる。

彼の腹部に銃口を押しあてた。両手の震えに気づかれるかもしれないがかまうものですか。震えのせいでうっかり撃ってしまうことになれば、かえっていいかもしれない。

あるいは、うっかりでなく撃つこともできる。

「わたしから離れなさい」食いしばった歯のあいだから命令する。

馬車が大きく揺れたが、ピストルを持つ手は揺らがなかった。オーウェルがゆっくりとさがり、向かいの座席に座りこんだ。ピストルの銃口を向けられれば、恐怖を感じるはずだ。しかし、彼はからかうような笑みを浮かべた。暴行よりもなによりも、その笑みがフィリッパを震えあがらせた。

「撃つわよ」警告を発する。「馬車をいますぐ止めなさい」

「それは無理だ」

フィリッパは銃をかすかに持ちあげた。「すぐに止めなさい」

「おまえには撃てないさ。縛り首になるからな。おまえの家族は完全にのけ者にされる。今回は、海を渡って戻ろうが逃げられない」

オーウェルの黒い心臓に銃口を向け続けるため、フィリッパは両手をしっかり保とうとがんばった。

「撃ってみろ」彼がせせら笑う。「こちらは貴族だ。取るに足りないただのアメリカ人に言い寄られて、断ったら逆上されたと言ってやる」

「死んでしまえば言えないでしょう」冷たく言い、この嫌な男の命を終わらせることができればと本気で願った。引き金を引きたいとどんなに思ったことだろう。しかし、恐怖のほうがまさった。オーウェルが正しかったら？　凌辱された側の自分が縛り首になり、家族は蔑まれる。もしも結婚すれば、この行為も凌辱ではなく彼の権利と見なされる。

この男の偏執狂的な関心については、エリザベス以外にはだれにも伝えていない。エリザベスの父親は、娘が法廷で証言するなど決して許さないだろう。たとえ、フィリッパの命を救うためであっても。ふたりの友情のせいで、友まで破滅に追いこまれるかもしれない。

「少しでも動いたら、撃つわ」フィリッパは断言した。「あなたに汚されるくらいなら、縛り首を選ぶわ」

「売春婦はそもそも汚れているだろうが」なんと下品な中傷だろうか。

「すぐに馬車を止めてわたしをおろして。そうしないなら、あなたを殺すしかないわ」

オーウェルの侮蔑をこめた笑いに、フィリッパは体の芯まで凍りついた。ピストルをしっかり握りしめ、その重みで熱く火照る筋肉の痛みも、破滅に向かって自分を運んでいる馬車の激しい揺れも無視する。

オーウェルが御者側の小窓を叩いた。ようやく止めてもらえると安堵したのもつかの間、彼が叫んだ指示はまったく違うものだった。「もっと速く！　もっと飛ばせ！」不吉な笑い声が響きわたる。

鞭のぴしっという音が聞こえると、こらえていた涙がこみあげて目がちくちくした。馬車が揺れながらさらに速く疾走するのを感じて、息遣いが荒くなる。オーウェルの品がない笑みと物欲しげに唇をなめる様子に、胃がきりきりと痛んだ。ピストルが耐えきれないほど重くなる。あとどのくらい持っていられるかもわからない。

決断するのにさほど長く考える必要はなかった。オーウェルに選択肢を奪われていたからだ。フィリッパはピストルを持ちあげて引き金を引いた。

ばん！

馬車の狭い空間で爆発音が炸裂《さくれつ》した。耳の奥でわんわんと反響し、頭が割れそうになる。馬のいななきと、御者があわてふためいて指示する声が聞こえ、馬車が激しく揺れながら速度を落とした。とっさに体が敏捷《びんしょう》に動いて扉を開ける。まだ完全には止まっていず、御者が馬しか見ていないうちに、フィリッパは飛びおりた。

そして、命がけで走った。

10

「つかまえろ！」オーウェルの激怒の叫びにあおられ、さらに必死に走った。

ピストルを胸に抱きしめ、破れた胴衣を掻き寄せて寒さを防ぎながら、平らな地面をひたすら駆け続ける。はるか遠くに屋敷が見えるが、息が切れて、凍えるほどの寒さのせいで呼吸ができない。雲の隙間から月が顔をのぞかせ、あたりが少し見えるようになったのがありがたかった。ペチコートが邪魔でうまく走れず、スカートをつかんだ。膝の上まで持ちあげ、あらん限りの力を振りしぼった。大粒の雨に頬を叩かれながらひたすら走り、そしてまた走った。振り返りたい気持ちを抑えつける。しかし、聞こえてくる雷のような轟きは次第に大きくなり、それが馬のひづめの音と気づいた時にはすぐ背後に迫っていた。

ああ、神さま。息が詰まり、涙が頰を伝った。オーウェルに追いつかれてしまった。

「フィリッパ！　止まるんだ！」憎むべき声も、強風と耳鳴りにくぐもってよく聞こえない。

「近寄らないで！」叫び声をあげた。涙があふれて雨に混じる。

これ以上速くは走れない。フィリッパは向きを変えて森に駆けこんだ。イバラに髪が引っかかる。肺が焼けつくように苦しく、ついによろけて立ちどまった。振り返りざまにピストルを持ちあげ、銃口を向ける。

心臓がどくんと轟き、そのあと、フィリッパは目をしばたたいた。目の前にそびえる黒い雄馬の巨体を呆然と見あげる。

ふいに、この世で一番会いたかった男性の笑顔を見つめていることに気づいた。甘い安堵に打ちのめされそうになり、今度は心臓が高鳴る。

「アンソニー！」

「ああ、神よ、ありがとうございます！」アンソニーが馬から飛びおり、フィリッパを抱きあげて強く抱きしめた。「あいつは死んだのか？」

「とんでもない！」ふいに体に震えが走ってくずおれそうになる。

「ピストルの音が聞こえたが」

歯ががちがち鳴った。「座席のクッションに向けて撃ったの。気をそらして、そのあいだに逃げようと思って」

冷たい雨が激しく降りしきる。フィリッパはぶるぶる震える両手をあげて、アンソニーの頬に触れた。「本当にあなたなの？」

「凍えているじゃないか」彼が厚手のコートを脱いだ。「さあ、これを」つぶやきながら、分厚いコートでフィリッパをくるむ。アンソニーのように温かくていい香りのコートに包まれ、フィリッパはその安らぎに身を任せた。彼がわたしのために来てくれた。もう安全だ。

森を抜けて近づいてくる足音に気づき、フィリッパはピストルを握りしめた。オーウェルがアンソニーを傷つけないように、今度こそ本気で撃ってやる。

しかし、やってきたのはオーウェルの御者だった。うっそうとした茂みのあいだから姿を現し、アンソニーを見て悲鳴をあげて立ちどまる。「そんな……あっしは――」

口ごもったが、それも、顎にくらったアンソニーの強烈な一撃でさえぎられた。息を詰まらせ、どすんと音を立てて茂みに倒れたが、すぐによろよろと立ちあがり、通り過ぎてきた村の方向に走り去った。

「ここにいろ」アンソニーがフィリッパに命令した。

暗闇にひとりで残されるなんてとんでもない。フィリッパは馬車に向かって大股で歩いていくアンソニーのあとを追いかけた。彼の幅広い背中に真っ白い上等なシャツが貼りつき、降りしきる雨が金色の髪を伝って流れ落ちている。

馬車に乗っていたオーウェルはふたりに気づくとはっと息を呑んだが、すぐに驚きを押し隠した。

「アンソニー卿」冷笑を浮かべ、雨のなかにおりてくる。

その瞳がきらりと危険な光を帯びるのを見て、フィリッパは口がからからになった。

アンソニーに警告しようとしたが、すぐに必要ないとわかった。エメラルド色の瞳にきらめく冷たい怒りはフィリッパもひるむほど激しかった。

「あんた、本気でこの女のために絞首台に行く気なのか？　こんな好色なあばずれのために？」オーウェルがにやにや笑い、横柄な態度でアンソニーに近寄った。

オーウェルは先ほども同じようなことを言った。だが、今回はもっとひどい。まさか、アンソニーが絞首台に行く話とは。

アンソニーはその言葉が聞こえたそぶりさえ見せず、手が届く距離にオーウェルが入るのを待って、曲げていた腕を突如突きだし、こぶしの甲で殴った。フィリッパがぎょっとするほど意地の悪い不意打ちだった。オーウェルがせせら笑い、アンソニーを挑発する。そんなオーウェルの襟をぐいとつかんで引き寄せ、今度は顔面を叩きつけた。

もう一発決めるあいだも、フィリッパはぶるぶると震えながらただその場に立ちつくした。アンソニーは情け容赦なく攻撃し、反撃の隙を与えない。こぶしをみぞおちに打ちこむと、オーウェルが体をふたつ折りにし、苦しそうにうめいた。

幸い、すべては始まる前に終わっていた。もう一度アンソニーの強打を顔面に受け、オーウェルは地面に倒れこんだ。アンソニーが馬車に近づくのを、フィリッパはいまだ衝撃が冷めやらぬまま、気が遠くなる思いで見守った。雨が髪を地肌に貼りつかせ、くっきりした頬から顎の線を伝い落ちて、濡れた上着をさらに濡らしている。

「乗って」アンソニーが低くうなり、激しい怒りをなんとか抑えているらしく、乱暴に馬車の扉を開け放った。

フィリッパははっと我に返り、あわてて行動を開始した。オーウェルを慎重にまたぐと、馬車に這いあがったのと同時に、まるで怒りに空の底が抜け落ちたかのように激しい雷雨が始まった。フィリッパのあとからアンソニーの冷えた体も飛びこんできて、陰になった暗がりに無言で腰をおろした。ふたりとも黙ったまま、雷鳴とどしゃぶりの雨音に耳を澄ませた。フィリッパは震えていた。寒さと緊張のせいだが、今回の緊張は心地よいものだった。

「アンソニー――」

「静かに」彼の声はひび割れたようにしわがれていた。

ガラス玉のような瞳の奥で荒々しい感情が渦巻いている。それをなんとか抑えようとしているのを感じ、フィリッパは身震いした。アンソニーの新たな一面にどう対応していいかわからない。官能的な面しか知らず、獰猛《どうもう》な振る舞いができるとは思いもしなかった。オーウェルを殴るだけでおさまったが、もっとひどいことになった可能性もある。もしもアンソニーが完全に自制心を失っていたら？　この男性のことをほとんど知らないのだとようやく気づく。

オーウェルとの関係も、アンソニーとの関係も、想像もしなかった状況に陥っている。涙がこみあげ、フィリッパは喉をごくりとさせた。体の震えが止まらない。

こんなことになっても、アンソニーは助けてくれた。わたしのために来てくれた。

馬車の外から、弱々しいうめき声が聞こえてきた。オーウェルが意識を回復しそうだとわかっても、アンソニーがこのあとどうするつもりなのか、フィリッパにはとてもきけなかった。

「行こう！」アンソニーが、フィリッパが質問する手間を省いてあっさり言い、外に出た。

フィリッパも馬車をおり、地面で丸くなっているオーウェルを避けてアンソニーのあとを迫った。冷たい雨が不吉な前兆のように頬を叩く。その雨に、フィリッパは心の底まで揺さぶられるように感じた。

今夜限りで、自分の人生が大きく変わったことを理解したからだ。

そびえるような黒馬の前で足を止める。「これからどうするの？」アンソニーの全身から発散している憤怒に脅え、フィリッパはおそるおそる訊ねた。優しい恋人に戻ってほしい。

ふいに抱き寄せられた。彼の頭がさがり、荒々しく唇を奪われる。フィリッパは唇を開いたが、キスを深める間もなく彼がまた頭をあげた。

「十五分ほど馬を走らせれば、ベイブルックのぼくの屋敷に着く。そこならばひと晩ゆっくり休むことができる」アンソニーが片手で濡れた髪を掻きあげた。なにかもっと言いたそうだったが、気を変えたようだった。

突然、雷鳴が轟き、フィリッパは飛びあがった。

「またどしゃぶりになる前に屋敷に着いたほうがいいな」アンソニーが黒い雲を見あげた。

そう言うなり、軽々と馬に乗り、片手を伸ばした。フィリッパがためらわずにその手を握って彼の後ろに飛び乗ると、雨脚が少しずつ強まるなか、馬は夜の闇に走りだした。両腕を彼のウエストにまわしてしがみつき、筋肉が固く盛りあがった背中に顔を押しあてる。抑えられない涙がこぼれ、飛び跳ねる雨粒に混じった。

もう少しで穢《けが》されるところだった。

丸くなってアンソニーにもたれ、彼の両腕に包まれたかった。そうやって、頭に染みついた恐怖を消したかった。感謝の気持ちが深すぎて、どうすればいいかわからない。彼に聞こえないくらいの声で感謝の言葉をつぶやいた。

夜の大気は凍えるほど冷たく、馬で走っていると息がうまくできなかった。歯ががちがちと鳴る。星もない真っ暗な空もわたしの暗い未来を予兆しているの？

馬を走らせているあいだにまた雨が激しくなった。何軒かは雨宿りを頼めそうな家も通り過ぎたが、彼がなぜ馬を止めないのかフィリッパにはわかっていた。どうにも我慢できず、激しいすすり泣きが漏れる。こんなことになっても、彼はまだフィリッパの評判を守ろうとしているのだ。本人でさえ、それが可能かどうかわからないのに。でも、なんとか守れればとフィリッパは願っていた。自分のためではなく、ペイトンのために。フィリッパを誘拐して穢そうとした事実をオーウェルが吹聴《ふいちょう》しないよう祈った。アンソニーについては、どんなことがあってもフィリッパを守ってくれると直感的にわかっていた。

遠くのほうにぼんやりと大きな邸宅が見えた。ひとつの窓にだけ、明かりがちらちら瞬いている。アンソニーがそちらの方向に馬を向けたことに気づき、フィリッパは安堵のため息をついた。数分も経たないうちに、馬は中庭に走りこみ、アンソニーが滑りおりてフィリッパのこともおろした。走りでてきた厩舎番の少年に手綱を渡し、アンソニーは建物に向かう。そして、勢いよく開け放たれた玄関からなかに入るやいなや、矢継ぎ早に指示を出した。使用人たちが指示を実行するために散っていき、品のいい女性が前に出てきて、ちっちっと舌を鳴らした。

「まったく、こんな天気なのに外出されるなんて、旦那さま」

「温かい牛乳と食べ物を用意して、ぼくの部屋に運んでほしい。ブランデーのデカンターも頼む」

家政婦は彼のうなり声にまったく頓着せず、アンソニーにはタオルを手渡し、フィリッパの震える体に毛布をかけた。

「ありがとう」フィリッパは礼を述べたが、ここまで凍えてしまうと毛布一枚くらいでは寒さは防げない。

アンソニーが歩きだし、フィリッパも急いで追いかけた。玄関広間を抜けたあと、急に右に曲がって開いていた扉に入ると、そこはガス灯の光に照らされたかなり大きな図書室だった。彼が執務机に近寄って腰をおろし、ものすごい早さで手紙を書いて封をするあいだ、フィリッパは感覚を失った状態でただ待っていた。

「今夜すぐに、この手紙をレディ・ラドクリフに届けてくれ」アンソニーの指示にはっとして振り返り、初めて、そばに執事が控えているのに気づいた。

「かしこまりました、旦那さま」執事が咳払いをした。「届けるようにとご指示いただいたもう一通の手紙ですが……」

アンソニーは一瞬けげんな顔をして、それから顔をしかめた。「なんだ？　あの手紙がどうした？」

「ご指示では、その手紙を……」執事がフィリッパをちらりと見て、またアンソニーに視線を戻した。「わたし自身が直接お渡しするようにと」

「そうだ、それで、そうしてくれたのか？」

「いいえ、閣下。その……ご家族が親戚のところへお出かけで、それで――」

アンソニーがもういいというように片手を振った。「まあ、折を見て届けてくれ。とりあえず、レディ・ラドクリフ宛の手紙を頼む。こちらのほうが緊急だ」

「承知いたしました、旦那さま」執事はフィリッパに好奇に満ちた視線を向けてさっと観察してから、手紙を受けとって一礼すると図書室を出ていった。

フィリッパも、ラドクリフ子爵夫人がアンソニーの母親であるのは知っている。なぜ、その方に手紙を届けるのだろう？　でも、彼はいまだにとても怒っているようで、きける雰囲気ではなかった。もう一通の謎の手紙のことについてはさらにきけないが、そちらは彼にとってさほど重要ではなさそうだ。

「一緒に来てくれ」アンソニーに言われたとたん、恐怖が戻ってきて、心臓の鼓動が急激に速まった。困った状況になりつつある。この家にひと晩泊まるわけにはいかない。もっとも許されないとされていることだ。

彼について廊下を歩くフィリッパの頭のなかには、たくさんの疑問と恐怖が渦巻いていた。雷が愚弄するようにごろごろと鳴り、通り過ぎる部屋越しに稲光が刺さってくる。優美な階段を大股でのぼっていくアンソニーにフィリッパは必死についていった。長い廊下を進んで、ついにカシ材の羽目板を張った大きな扉の前で立ちどまると、アンソニーは向こうの壁に激突するほどの勢いで扉を開けた。

「なにをそんなに怒っているの？」

不信に満ちた視線が飛んできた。水滴がしたたる上着を脱ぎ捨て、フィリッパに向かって言い放つ。「脱ぐんだ」

ぎょっとして思わずあとずさった。

アンソニーが歯を食いしばる。「びしょ濡れでがたがた震えているじゃないか。早く乾かして温めなければ。風邪を引いては困る」

また稲妻が部屋を照らし、雷鳴が轟いて窓枠をかたかたと鳴らした。彼が指さした方向に浴室が浮きあがる。とても気持ちよさそうに見える。実際に自分は凍えきっていて、歯の根が合わないほど震えている。

女中が入ってきて、銅製の貯水槽の下についたガスに火をつけた。室内には大きな浴槽があり、すでにふたつある蛇口が全開になっている。片方から貯水槽の湯が、もう一方からは水が出ているらしい。女中が浴槽に浴用塩を振り入れると、ジャスミンとスイカズラのいい香りがふわっと漂った。湯はもうすぐ満たされる。

自然に気持ちが和らぎ、別の女中に手伝われて濡れた衣服を脱いだ。「全部洗濯してアイロンをかけさせますね、奥さま《マイ・レディ》」コルセットのひもをはずし終えた女中が言った。間違った敬称を訂正する元気もなかった。疲れきった体を浴槽に沈め、豊かな香りのなだめるようなぬくもりに包まれて体の力を抜いた。熱い湯の心地よい抱擁に身を任せ、永遠に浸っていたかった。

だが、胃がぐるぐると鳴り、エリザベスと午後のお茶をいただいてからなにも食べていないことを思いださせた。空腹とこの状況への不安が募るあまり、急いで入浴を終えて体を拭き、女中が置いていった室内着を羽織る。大きすぎるサイズに思わず震え声で吹きだした。幅広い身頃が細い体を完全に包みこみ、長すぎる裾が床に溜まっている。フィリッパはため息をつき、つまずかないように裾を持ちあげて寝室に入っていった。

そして、その場で凍りついた。「アンソニー」

彼はコートとブーツを脱いだだけで、まだ着替えていなかった。寒くないのだろうか？暖炉の火が燃えさかって、待ち望んでいたぬくもりを醸しだしている。彼から返事がなかったので、フィリッパはあたりを見まわした。

寝室は男性的な装飾が施され、とても美しくて洗練されている。中央の大きな天蓋つきのベッドが部屋に優美さを添え、その奥の左隅には、見事なカシ材の衣装だんすが置かれていた。翡翠色《ひすいいろ》の分厚いカーテンは引かれて金色のひもで束ねられている。カーテンと東洋風な絨毯《じゅうたん》は緑と赤、銀という大胆な色彩が使われている。天蓋つきのベッドを囲んだカーテンの淡い桃色が一番穏やかな色合いと言ってもいい。

明らかに客用寝室ではない。

フィリッパは頬がかっと熱くなるのを感じた。女中たちがちらちらと向けていた盗み見の意味をようやく理解する。絶対にこの家に泊まるべきではない。

もう少し歩を進めてアンソニーと目を合わせたが、彼の鞭のように鋭い言葉にはっとひるんだ。

「きみとオーウェルのあいだになにがあるんだ？」

ふいに鼓動が速まった。胸をばくばくさせながら、彼が投げたタオルを受けとる。「わたし——」

「髪を乾かしなさい」ぶっきらぼうに命令する。「それで、オーウェルとは？」

「なにも。彼とのあいだにはなにもありません」濡れた髪は無視し、室内着の合わせ目をきつく握りしめた。

彼の目が暗くなり、ふたたび怒りが燃えあがった。「フィリッパ——」

「あなたは怒っているようだけど、なぜかわからないわ。もちろん感謝しています。助けてくれたことに。あのひどい——」よろめいてすさったのは、アンソニーがふいに立ちあがって、大股の二歩で目の前に立ったからだ。

「ぼくがなぜ怒っているのかわからない？」危険を感じるほど低い声にフィリッパは怖じ気

づいた。

　ベッドを見やり、また彼のほうに視線を戻す。「ええ」

　アンソニーが片手で髪を掻きあげた。「明らかに、きみはどんな状況にみずから身を置いたのか理解していない」今度は多少落ち着いた声だった。

「みずから？」フィリッパはあっけにとられて彼を見つめた。彼女のなかにも怒りが燃えあがる。「わたしは誘拐されて襲われたのよ！　それをわたしの責任だというの？」

「オーウェルの極悪な行為について、きみを非難しているわけではない、フィリッパ。しかし、ぼくが訊ねた時にきみが打ち明けてくれていれば、このすべては防げたことだ」彼は苛立ちを隠そうともしなかった。「あいつがどうするつもりだったか知っているのか？」

　フィリッパは、あの時の恐怖と嫌悪感を思いだして身を震わせた。オーウェルに殴られた痛みがよみがえり、涙が頰を伝った。

「神かけて誓う。泣いたら背中を打ちすえるぞ」アンソニーが小さい声で言った。

　フィリッパは目を見開いた。

「あいつはきみを暴行しただろう。抵抗すれば殴りつけただろう。想像を絶する残虐さできみを傷つけたはずだ。そして、おそらくは、すべてを奪ったあとにきみを亡き者にする。真相を知る者はだれもいない」アンソニーが歯噛みした。「ぼくはことあるごとに、助けを求めるようきみを促した。だが、きみは真実を隠すことを選んだ。その結果、こうしてふたりで事態を収拾しなければならなくなった。とにかく、きみが望もうが望むまいが、ぼくたちは結婚する」

フィリッパはあとずさりした。「結婚？」

アンソニーが信じがたいという表情でフィリッパをにらんだ。「どうすると思っていたんだ？　ぼくがきみを救出する。それで、すべてがきのうと同じ状態に戻るとでも？　こんな大失態を犯して社交界に気づかれなかったら奇跡だよ」

「どうか、オーウェルのことはこれ以上言わないで！」フィリッパは叫び、すすり泣きを止めようとこぶしを口に押しあてた。

「まずは嵐が過ぎるのを待たねばならない。ぼくは特別結婚許可証を取得しに行くが、朝になれば、母が来てくれる。きみの家族に心配ないと手紙を送るよう母に頼んだ」

「ありがとう。家族が心配していないとわかって、ずいぶん気が楽になったわ。でも、結婚はしません」

彼の瞳が危険な光を帯びた。「やはり、きみが状況を正確に把握しているとは思えない」

穏やかな口調は、うなり声よりもはるかにこたえた。

「すべてわかっているわ」きっぱり言ったが、内心は落ち着こうと必死だった。「悪辣な男がわたしの誘拐と暴行を試みたけれど、社交界はその男を非難せず、わたしに非があると決めつける。そして、わたしは結婚せざるを得なくなる。社交界でのけ者にされないために」

張りつめた緊張のなか、ふたりはしばらく黙ってにらみ合った。

「帰ります」

「そうはいかない。外は嵐が荒れ狂っているし、これ以上ひどい目にあわなくても、一日分としてはもう充分だろう」

フィリッパの目に涙があふれた。「なぜ、そんなに残酷なことを言うの？」

「フィリッパ……」

「やめて」彼が伸ばした両手を振り払った。涙がとめどもなく流れる。「いままで生きてきて、こんなに怖い思いをしたのは初めてだわ。助けてくれたことには一生感謝するでしょう。あなたと言い争いたくはないし、あなたに非難されるのも耐えられない。いまは、自分の愚かしさの結果も考えたくないわ。ああ、アンソニー、いまはただあなたに抱かれていたい。あなたの手で、あの男のおぞましい感触を拭い去ってほしいだけ」

11

泣いたせいで顔が真っ赤になっていても、フィリッパを見るだけで、その心からの嘆願を聞くだけで、どんな女性にも感じたことがないほどの欲望を、アンソニーは掻きたてられた。苦境にいる彼女に求婚を断られた事実に落胆する。これほど無防備な欲望をたたえた瞳で自分を見つめる女性はほかにいないのに、それ以上のことは望んでいないらしい。

彼女の拒絶が、質の悪いエールのようにアンソニーの頭をくらくらさせた。

追いつけないかもしれないと思った時に感じたこちらの不安など、彼女は知るはずもない。森で見つけて、間に合わなかったかと思った時の恐怖もわかるはずがない。ドレスは裂かれ、顔が涙でぐしゃぐしゃになり、唇は切れて腫れあがっていた。それでも、アンソニーの顔を見た時の金色の瞳に浮かべた心からの安堵の表情は、みずからを酷使し、馬にも無理をさせて過酷な速度で走ってきた甲斐があったと思わせるものだった。

フィリッパの心身ともに傷ついた悲惨な状態に、アンソニーは心底打ちのめされる思いだった。高まる欲望をなだめよう。いまは、触れることによって安心させる必要がある。アンソニーは濡れた服を脱ぎはじめた。自分のなかで逆巻いている渇望の正体を見極める暇はない。フィリッパを自分に縛りつけておきたいという衝動、彼女を熱くしている炎をともに経験したいという思い。彼女のまろやかな体の隅々まで探り、肌を味わい、震える悲鳴に没頭したかった。

舌先をかすかに出して唇を湿らせるフィリッパの様子に、高ぶった興奮をさらに掻きたてられた。ベストを脱ぎ、急いでシャツのボタンをはずす。

彼女には大きすぎる部屋着が滑り、完璧な姿が現れる。肩から滑り落ちて肘で止まると、優美で滑らかな首の線と、華奢な見かけによらず豊満な胸にすっかり魅了された。乳房の先が自分の胸に触れるまで彼女を引き寄せる。親密な近さで裸体に近い感触を味わい、触れるたびにはっと息を呑む声を愛でる。

欲望に満たされた瞳に別の感情がよぎるのに気づき、アンソニーは動きを止めた。フィリッパが身を震わせ、ごくりとつばを呑みこむ。その様子を見て気づいた。彼女は怖がっている。

フィリッパがアンソニーにもたれて肩に額を載せた。雨が激しく屋根を打ち、暖炉の薪《まき》がぱちぱち鳴って燃えさしが火花を散らす。それでも、彼女は動かなかった。

アンソニーはフィリッパの顎に手を添えて顔を持ちあげた。「いったいなにを怖がっているる？」

フィリッパは答えなかった。脅えた瞳でこちらを見つめる彼女を両腕に抱きあげ、金切り声を無視してベッドに運ぶ。乱暴に横たわらせ、ほっそりした両方の手首をとらえて、頭の上に持ちあげた。「言ってごらん。なにがある？」

欲望がくすぶって濃さを増した瞳に、凍りつくようなよそよそしさが忍びこんで熱を冷まそうとしている。

「ぼくを避けないでほしい、フィリッパ」唇の端にキスをする。

「秘密があるの」フィリッパがつぶやいた。「それを知れば、あなたもわたしを嫌いになるわ」

「それは絶対にない、愛《いと》しい人」

フィリッパが両手を引いたので、つかんでいた手首を放すと、彼女は自分を抑えきれないとでもいうようにアンソニーに触れた。彼の首、顔、唇、そして肩を軽く愛撫する。

「わたしは無垢な身ではないの」フィリッパがそっと言う。声はかすれ、アンソニーの腕のなかで体が震えている。

胸の奥の原始的な部分がぐっと締めつけられた。氷の乙女は無垢ではなかった。最初から態度がよそよそしかった理由、いまこうしてほぼ裸の状態でもまなざしが冷たい理由がようやく腑に落ちた。

それで判断されることを予期している。そして、非難されることを。

アンソニーはそのどちらも感じなかった。心のうちに渦巻いているのは渇望であり、強くそそられる誘惑で、どちらも好ましいものだ。頭をさげて、フィリッパとじっと目を合わせた。唇を近づけ、彼女が目を瞬くたびに唇を軽く嚙む。目をしっかり開けてほしかった。そして、自分が心から欲しているのをわかってほしかった。自分の体を苦しめている渇望は抑え、あくまで穏やかに、そっとからかうようについばみながら唇を這わせる。

そして、身を少し引き、唇と唇が触れそうで触れない位置を保った。「それを言うなら、ぼくもだ」

これ以上ないほど甘い笑みで、フィリッパの唇が上弦の月のように曲線を描いた。その唇が彼の男性自身を含んだ姿が脳裏に浮かび、アンソニーはうなり声を漏らした。フィリッパのこわばった体から少しずつ緊張が抜ける。両腕を彼の肩に滑らせ、満ち足りたため息をついて彼を受け入れた。

アンソニーは舌を深く差し入れ、フィリッパの舌とからみ合わせてその官能的な感触にまたうなった。彼女の手がアンソニーの髪に触れ、指で梳《す》く。

どちらが誘惑されているのかわからなくなってきた。

強い欲望に張り倒されそうになる。アンソニーはとらえた唇をしぶしぶ解放した。「やめてほしければ、いま、そう言ってくれ」

「いいえ、やめてほしくないわ」フィリッパが震える吐息を漏らした。

まっすぐに乳房に向かい、木イチゴのように熟した乳首を口に含む。歯のあいだで転がしてから、優しく吸った。彼女が腰をくねらせる。熱いつぶやきがアンソニーの自制心を掻きむしった。少しずつ押し入って脚を開かせ、そのあいだにおさまって、もう一方の乳首にも同等の満足を与えるべく取りかかる。

フィリッパの声がさらに熱狂し、両手で彼の肩を揉むと、爪がその肌に食いこんだ。くわえていた乳首を放し、指をほっそりした喉に滑らせる。体の位置を動かし、手をもっと下へと這わせて胃の上に置く。彼の下でフィリッパが、募る欲望にいてても立ってもいられないように激しく身を震わせる。さらに下に手を滑らせると、フィリッパが両手で彼の髪を強く握りしめた。下のほうの縮れ毛をまさぐり、二本の指を奥に差し入れる。「濡れている。そうだろうと思った」彼女の唇に向かってささやいた。

指をさらに深くゆっくり滑らせながら、フィリッパが心の準備をするのを待った。二本の指を開いて内側を伸ばすと、彼女は目を見開いた。折り重なった襞《ひだ》が膨らんで滑り、あり得ないほどどきつそうだ。指をさらにさげて、尻の割れ目をなぞった。

フィリッパがそっと舌先を出して自分の唇をなめた。「アンソニー？」

内臓をねじるような強い欲望をなんとか抑制する。もっとゆっくり進めて、自分のみだらな情熱を少しずつ示していく必要がある。ありとあらゆるやり方で彼女を愛したいが、今夜は最初だから、動けなくなるまで快感を与えることに徹しよう。

自分と同じくらい欲情するまで、撫でては愛撫をし続ける。ついにフィリッパの腰がくねって彼を要求すると、ようやくクッションをつかんでその腰の下に入れ、上からのぞきこんだ。

「ぼくを見るんだ」命令する。

彼女の体を引きあげて、自分の太腿に尻が乗るように位置を合わせる。指で花びらを開き、その奥の入り口に亀頭を当ててほんの少し押しこんだ。信じられないほどきつい。先ほどの告白が事実と思えないほど心地いい。濡れて滑らかな拍動と刺激的な嗚咽《おえつ》に迎えられ、さらに少し深く押し進めると、フィリッパは身を固くした。

「力を抜いて」彼女のきつさに歯を食いしばり、優しくなだめる。

淡いクリーム色の腹部をかすかに震わせ、フィリッパがアンソニーと目を合わせた。濡れそぼりながらも体はまだ抗しているから、すばやいひと突きで彼女をとらえたい欲求は抑える必要がある。自分は無垢ではないと言ったが、本当の無垢がなにかをわかっていないのではないだろうか。

おそらく、処女膜の喪失が意味を持つと思っているのだろう。自分は恋人として、感じやすい彼女を奪いつくす。もはや思い留まることはない。自分の妻にしたいとはっきりわかっているからこそ、欲望のすべてをともに探求したい。

庶子である事実が彼女や子どもたちを傷つけることは許さない。表沙汰にしようとする動きはすべて握りつぶす。

うなりながら、さらに何センチか押し進める。これまで感じたことがないほどの快感に思わず背をそらした。まだ四分の一しか挿入していないのに、危険なほど頂点に近い。思わず腰をぐっと動かし、意図したより深く沈めた。

「アンソニー！」フィリッパが彼の腕に爪を食いこませ、腰を少し引いた。

「大丈夫だ」容赦なく前に進めたのは、彼女の熱に包まれる必要があったからだ。

フィリッパの悲鳴が部屋に反響し、アンソニーは一瞬凍りついた。汗が額を転がり落ちる。歯の隙間から息を漏らし、ゆっくり滑らせて彼女から引き抜いた。自分の張りつめたものが彼女の愛液に濡れてきらめくのを見て、欲望がさらに募った。

額をさげて彼女の額に押しあて、沸きたつ渇望を冷まそうとする。自分のものは小さくないし、欲望が強すぎてつい乱暴になる。だが、フィリッパには快感以上のものを与えたかった。つねに守るつもりであることを、大切にすることを、慰めを与えることを知らせたかった。

自分の腕のなかにいる限り、絶対に安全だということを。

こんなにも欲望を掻きたてられたことはない。それでも、フィリッパは直感的に、アンソニーが自分を抑えていると感じていた。彼が発散する活力もあくまで抑制されたもの。いまなお、抑制しているせいで筋肉が張りつめているのがわかる。

彼が大きすぎて、力を抜いてゆったりすることなどできなかった。彼が入ってきた時の痛みを伴う快感に心を奪われる。自分でも理解できない欲求で腰が自然にうねった。

「アンソニー」あえぎながら言う。「あなたが我慢しなければならないような恋人にはなりたくないわ」

アンソニーがぎょっとしたようにフィリッパを見おろした。

やっぱりそうだった。ふいに心臓の鼓動が乱れる。自分が快感に圧倒されていた時、彼は自制していたの？

アンソニーの暗さを増した瞳を見ただけで、乳首が硬くなる。彼の両手にお尻を痛いほどつかまれてフィリッパは身を震わせた。

「こんなふうに感じたのは初めて」またあえぐ。「あなたの奥底から発せられる熱を、渇望を感じることができるなんて。それがほしい。全部ほしいわ」

まぶたを半ば閉じた目で見つめられる。ふいに引っぱられて体を下方にずらされ、息を呑んだ。彼が頭をさげて、割れ目に沿って舌を這わせてくる。うずくつぼみを歯で甘噛みされると、体の奥深くで欲望があふれた。彼が両方の手でフィリッパの尻を包みこみ、腰を持ちあげて、一番大切な秘部に唇で触れる。そのキスは深くてみだらだった。舌のとめどない動きに、抑えようとしてもよがり声が止まらない。丸めた舌で奥まで探られ、彼の口に包まれて秘部がついに痙攣した。

煮えたぎるような官能に包まれ、腰を前後させる。唇から漏れる悲鳴が反響する。彼の歯にすっぽりと包囲され、フィリッパはすべてを放棄した。小さく一度噛み、二度、三度、そして強く吸う。背中がぐっとそってベッドから落ちそうになった。汗が肌を濡らし、欲望に全身を貫かれる。脚の筋肉がこわばり、フィリッパは激しくわななないた。

アンソニーの指が濡れた尻の割れ目をなぞるのを感じ、ふいに強い好奇心が意識をよぎった。これまでみだらに触れることなど考えもしなかった場所をいじられ、すみずみの神経がざわつく。彼のいたずらっぽいまなざしとゆったりしたほほえみに欲望が揺さぶられた。

彼の手に尻の中央を鋭く叩かれ、苦痛まじりの快感にうめき声を漏らす。核心を揺さぶるような痛烈な平手打ちによって、体が原始的な欲望に貫かれ、ショックで頭がぼうっとなった。二発目の平手打ちに見舞われ、そのひりひりする快感にぐっと体をそらす。

「きみにしたいことがたくさんある」アンソニーが低く言う。瞳に欲望の熱い炎が燃えている。「どれも社交界がよしとしないことだ」

みだらで危うい欲望が体の奥で湧き起こり、途方もない快感の震えに襲われる。欲望がこれほど強く強烈なものだというのを初めて知り、フィリッパはその感覚に身をゆだねた。

「社交界の規則をわたしがどう思っているかは知っているはず」

「そうだな、ありがたい」

彼はフィリッパの腿を広げてふたたび覆いかぶさると、激しいひと突きで奥まで挿入した。口が開くが声が出てこない。息が喉にからまる。体が火照るのを感じ、入ってきた彼の太いものに自分を慣らそうとした。

「アンソニー」

彼が身を乗りだし、さらに奥深く沈めてフィリッパからしゃがれたうめきを引きだすと、彼女の手首に指をまわし、持ちあげた腕をアンソニーの首にまわさせた。

「つかまっているんだ」そう命じたのが唯一の警告で、すぐに腰を激しく動かし、叩きつけはじめる。

圧倒的な感覚に悲鳴をあげた。それでもアンソニーはフィリッパを解放せず、じっと目を合わせたまま、いっそう深く激しく美しいリズムで腰を打ちつけた。歓喜の渦に呑みこまれる。これほど神経がそばだつような快感を感じたことはない。彼の下で身をよじり、もっと近づきたくて背をそらした。

彼の肩を握りしめ、頭を激しく振った。得も言われぬ快感に見舞われて、思わず上腕に歯を立てる。アンソニーが挿入の角度を変え、フィリッパをさらなる快感に駆りたてた。筋肉が固く張りつめ、なおいっそうほしい思いに火がつけられる。

「アンソニー、もっとお願い！」フィリッパは叫んだ。とろけるような快感に完全に自制を失っていた。苦痛と紙一重の快感にとらわれる。彼がさらに強く、さらに深く打ちつける。

そしてついにフィリッパは悲鳴をあげた。粉々になって落ちていく。

フィリッパの壁が崩壊するのをアンソニーが見守る。その瞳には容赦のない欲求の炎が燃えている。かすれたつぶやきとうめき声が口から漏れるのを止められない。すすり泣くたびに、小さく嚙むたびに、快感に内側が収縮して彼のものを締めつけるたびに、アンソニーはうなり声をあげた。彼がフィリッパの腰をさらに高く持ちあげ、前以上に激しく駆りたてる。また達して、フィリッパは悲鳴をあげた。彼の突きにびくんびくんと体を痙攣させたが、彼は止まらなかった。

「もう一度行くぞ」彼がうなる。

さらに広く開かれ、さらに深く突かれ、フィリッパは両脚をあげてアンソニーの背中にまわした。ふたたび燃えあがった激しい欲望に身を沈めると、彼がもたらす快楽の海におぼれていった。アンソニーが激しく口づけ、腰をさらに強く突きだす。そしてフィリッパの悲鳴を呑みこみ、ふたたび降伏して激しく痙攣する彼女をしっかり支えたあと、すぐに絶頂に達した。フィリッパを力強く抱きしめ、荒々しい咆吼《ほうこう》を絞りだす。そしてついに、ふたりは一緒に華々しく解き放たれたのだった。

12

フィリッパはゆっくりと目を開けた。五感が研ぎ澄まされたように感じる。背後から直立したものにつつかれ、肌がうずいた。暖炉の燃えさしがかすかに火花を散らし、寝室をぼんやり照らしている。仰向けになってアンソニーと向き合おうとしたが、彼の手に止められた。脇を下にしたままの格好で、背後から熱い抱擁に包まれる。彼が片方の脚をフィリッパの脚のあいだに割りこませ、一本の指で後ろから秘部を探った。

ひりひりする痛みにフィリッパはたじろいだ。彼が背後から入ってくるのを感じ、下唇を噛む。手のひらがウエストから前にまわされて縮れ毛をまさぐる。親指で優しく円く撫でられると、けだるい快感が体にじわじわと広がった。

彼がさらに少しずつ奥深く挿入してきて、窓を叩く雨のリズムに合わせるように腰を揺らした。暖炉の火が消えているため寒く感じるはずなのに、体は燃えるように火照っている。

さっきまでの二時間、彼の腕のなかで感じていた時よりはずっと優しくて甘い快感。片手は乳房に伸ばして指で乳首をいじり、もう片方の手はフィリッパの一番感じる場所をまさぐっている。最後にもう一度ぐっと押しこむと、彼のものが彼女のなかにすっぽり入った。

「うーん……」フィリッパはつぶやいた。

「ものすごく熱くて、あり得ないほど滑らかだ」アンソニーが耳もとでつぶやいた。高ぶっているせいで声がしゃがれている。「きみのみだらなところが好きだ。その情熱と、ぼくがちょっと触れただけで、ぐっしょり濡れるところも好きだ」首もとにキスをされると心が安まり、同時に興奮させられた。

なぜそんなに、全部がわかるの？　あくまで優しく、しかし深く挿入され、体の奥が彼を求めて激しくうずく。アンソニーの腰が波のように軽やかなリズムで動くと、フィリッパの体は感涙にむせび、汗がふたりの体を滑らかにした。はっとあえいだのは、彼が両脚を差し入れてフィリッパの脚をさらに広げ、もっと奥まで深く埋めたからだ。

フィリッパはうめき、身を震わせた。背中にぴったりと沿っている彼の体の熱がとても心地よい。暗くした寝室で愛されていると、何時間経ったのかもわからない。彼が動きを速めなかったため、火照りの広がりもゆっくりだったが、その快感は危ういほど強烈だった。絶頂に押し流され、無限とも思える恍惚に浸った。

そっと身が離される。フィリッパの体が彼と離れたくなくてもだえる。

アンソニーがまだ張りつめているものの位置を直したのがわかった。

「あなたはまだ……？」

「いいんだ、大丈夫だ」アンソニーがフィリッパの肩にかかった髪を持ちあげ、肩にそっと口づけた。

「本当に大丈夫？」

「フィリッパ、あれだけの夜を過ごしたあとで痛むのはわかっているよ」

そう言われてもまだ彼を悦ばせたかったが、でもその言葉は正しい。もう四回も愛されて腿と内側がひりひりし、ものすごく敏感になっている。

「ほかにあなたを悦ばせる方法はないかしら？」

「ぼくは悦んでいるよ、さあ、寝なさい」

フィリッパは考えこんだ。眉間に皺を寄せて集中する。「脚のあいだを口で愛撫してくれた時、快感の波に溺れそうになったわ。もしわたしが口を使ったら、あなたも同じようになるのかしら？」

「くそっ！」アンソニーが口のなかでつぶやき、彼女を抱く腕の筋肉がこわばったのがわかった。

頭のなかで思いつきが広がり、思わずにっこりする。彼は悪態以外にはなにも言わなかったが、背中に当たっているものは明らかに固さを増した。

フィリッパは仰向けになり、シーツを払いのけた。彼の半ば目を閉じた表情を見て、またほほえむ。フィリッパがベッドカバーを取り去ろうとするのもさえぎらない。彼がフィリッパのあの部分にキスした時に彼女と同じくらい興奮していたのを考えるだけでうっとりした。長い夜のあいだ、ずっと主導権を握っていたのはアンソニーのほうだった。キスをしたりなめたり、まったく動けなくなっても、まだほしいと感じるようなやり方でフィリッパを悦ばせた。

今度はわたしの番。

まずは両手で彼の腹をそっと撫でて体を愛でた。腹部が固く割れている。彫刻のように美しい肉体だ。フィリッパは彼の胸にキスをして、力強さと熱さを味わった。アンソニーのそそり立つものは固くて重かった。彼がしてくれたように、最初は唇にキスをして、それから首すじ、そして体へとおりていこうと思っていたが、そうはせず、すぐに高まったものを目ざすことにした。両手を少しずつさげて、筋肉質の太腿に置く。そこの筋肉がぐっと盛りあがるさまに、彼も触れられるのを期待しているとわかって嬉しかった。

ああ、すごい。アンソニーに快感を与える行為が自分の快感にもなると知った瞬間だった。フィリッパが彼をなめた。舌が繊細な動きでゆっくり滑ると、アンソニーの腹部にさざ波が走った。彼女の熱く濡れた唇の感触に没頭する。フィリッパが両手を彼の胸に置き、頭をあげた。隅々まで指を這わせて観察する。フィリッパに、そして自分に心ゆくまで楽しむ時間を与えるために、アンソニーは深く息を吸って自分の欲望を抑えつけた。

最初は好奇心が先に立って動作もおずおずとしていたのが、次第に彼女の熱い官能に瞳が色濃くなっていく様子にアンソニーは魅せられた。張りつめた広い亀頭に舌を這わせ、ゆっくりと吸う。濡れた音を立てて口から放された時は、思わずうなった。

彼女の唇が固く張りつめた竿《さお》をなぞっておりていく。袋の部分がうずき、濡れた舌に愛撫された時には危うく叫びそうになった。彼の反応に気づいてフィリッパがほほえむ。その妖艶で女っぽいほほえみに天にも昇る心地がした。この女性はまさに完璧だ。彼の反応に導かれ、袋を濡れるほどなめまわす。欲望の震えが陰茎を伝って先端に集中し、アンソニーは気を紛らわそうと、彼女の顔にかかった髪をつまんで手に巻きつけた。

くそっ。自分は彼女の口の濡れた熱に溺れつつある。彼女の肉欲に焦がされ、邪気のない強欲さに翻弄されている。

アンソニーの高ぶりを本能的に察知したのか、フィリッパが口を離し、彼の上に這いのぼった。美しい体を官能的に揺らして彼の上にまたがる。背筋を伸ばすと、彼の手から巻きつけた巻き毛が抜けて波うった。

アンソニーは完全に息を奪われた。

縮れ毛をきらめかせる滴りが内腿に伝いおちている。彼を見つめる瞳に一抹のためらいも浮かんでいない。じっと目を合わせたまま、彼のものに片手を添えてゆっくりと腰を沈めた。肌が火照って光り輝いている。それを見て、この女性はあらゆる面で恋人として自分にぴったりだと確信した。かなり痛みがあるだろうに、それ以上に、ふたりのあいだのみだらな欲望で花開いた官能的な自分を楽しんでいる。これほどまでに、そしてありのままに情熱を傾けてくれた女性はいない。いま、彼女は彼を抱いている。たしかに昨夜は、自分のほうが彼女を抱いた。アンソニーは心底魅了され、支配権をすべて譲り渡した。

フィリッパが唇を嚙み、容赦なく彼を押さえつける。上下に滑らせながら体の位置を直し、ついに完全に彼にまたがって屹立《きつりつ》した全体をうちにおさめると、彼を乗りこなしはじめた。

その誠実さと戯れ、そして自由な気概に完全に魅せられて、倒れこむ彼女と一緒に絶頂を迎えたのだった。

とうとう、ぼくの嗜好《しこう》にぴったり合う女性を見つけた。

ぼくの心をとらえる完璧な女性を。


アンソニーの温かい抱擁に包まれて、フィリッパは動くことができなかった。震えているのに気づいて、彼がベッドカバーを引きあげる。ふたりのあいだの沈黙が心地よく、フィリッパはすっかり満たされて暗闇のなかでほほえんだ。「ありがとう」

「こちらこそ」彼が答え、ふたりで小さく笑った。

アンソニーがフィリッパのうなじにまた唇を押しあてた。「そろそろ話す準備はできたかな？　隠し通している秘密について」

穏やかな口調の質問に驚いたが、苛立ちは感じなかった。問いただされたり、非難されたりすれば、またいつもの疑念の壁の後ろに退却していただろう。でも、気楽な感じで関心を示されると、なぜか答えたい気持ちになった。これ以上、ふたりのあいだに秘密を持ちたくなかった。

「ボストンにいた時に恋人がいたの」静かに言う。「幼なじみよ。わたしは大きくなるにつれて、あらゆることに興味を持つようになったわ。とくに男女のあいだのことについて」アンソニーの腕のなかで向きを変えたのは、彼の顔を見る必要があったからだ。彼が体を動かして仰向けになった。引き寄せる両腕に抗わず、フィリッパは彼の抱擁に寄り添った。

「親友だったの。ちょっとした冒険をいろいろ経験させてくれた。わたしが禁じられていた泳ぎを湖で教えてくれたのも彼。馬にまたがって乗る乗り方も。とても近い存在だったから、次第に友人以上の関係になった。最初のキスもしたわ。そして、それ以上のことも。ふたりの探検はいつしか愛を交わすことにつながった」

フィリッパは息を吸いこんだ。ブランドンはすべてにおいて最初の人だった。初恋も、おずおずとした初めてのキスも。そして、両親がフィリッパを親しんだ世界から引き離してロンドンに移るつもりだと知った時、ついに彼にすべてを与えたのだった。甘くて痛くて、少し不快で、非常につらい経験となった。

「本当の愛というよりは、反抗心からやったことだったわ。両親がわたしを残して、彼と結婚させてくれるのを期待したのよ。ブランドンとは一緒に旅行したり探検したりと、壮大な計画を立てていたの。彼の夢というよりはわたしの夢だったのだけれど。彼はわたしが世界を見たがっているのを知っていたから、両親と一緒に行くように勧めたわ。わたしの二十一歳の誕生日までには、あとを追ってきてくれると約束して」

「二十一歳の誕生日になにがあった？」

「まだないわ。いま二十歳ですもの。二十一歳になった日に、祖母が遺してくれた遺産を受けとることになっているのよ。それを使って、ふたりで大陸を旅行する計画だったの」アンソニーの手に指をからめる。彼のゆったりした確実な脈拍がフィリッパを安心させた。

「それで？」彼が促した。

「大変な恥だと家族に責められたわ。父の平手打ちも、売春婦というののしりも、母の胸が破れるようなすすり泣きもひたすら耐えしのいだ。母は、まるで家族に死者が出たかのようにカーテンを閉めきり、話をするといえばその恥のことばかり。わたしたちが一緒にいるところを見つけたのが母自身だったせいもあったかもしれないわ」

アンソニーの手が慰めるようにフィリッパの肩をさすった。

「ロンドンに着いた時には、家族の罪悪感と期待に息が詰まりそうだった。言われることといえば、いかに自分を破滅させ、愛される機会をだめにしたかということだけ。叔母がふさわしい結婚相手を見つけようとして、わたしをオーウェルに紹介した」

アンソニーの筋肉がこわばるのがわかった。「あの男はさぞや魅力的なふりをしたに違いない。上品で金持ちで、若いレディが夫として望むすべてを兼ね備えた人物であると」

「そのとおりよ。叔母も彼のことを褒めちぎっていたわ。わたしも、たしかに感じのいい人だと思い、一緒にオペラ鑑賞に出かけ、早朝の乗馬をして、何回かピクニックにも行ったわ。つながりを深めるために、父が彼の投機的事業にかなりの投資をした。二カ月の求愛期間を経て、オーウェルに求婚された。旅をしたいという強い願望はあっても、抗しがたい申し出だったわ。でも、恋人がいたことを黙ったまま、ほかの男性の求婚を受けるのは心苦しかった。オーウェルが紳士だと、信頼していい人だと信じて、告白したの。ブランドンのことを話したのよ」オーウェルの暴力的な反応を思いだすだけで身がすくむ。両手で喉を絞められ、残酷な言葉で愚弄されたのだ。

アンソニーがうなり声を発した。「あの男の怒りは容易に想像できる」

「恐ろしい人間に豹変《ひょうへん》したわ。告白した瞬間に、わたしは彼にとってレディではなくなった。その時にようやく遅ればせながら、だれもが同じように思っていることを理解したわ。汚れていると自分の家族に決めつけられていたけれど、オーウェルには、それよりもはるかにひどく扱われた」おぞましい記憶がよぎり、思わず目を閉じる。

アンソニーの筋肉がさらに固くこわばった。「あのごろつきに、なにをされたんだ?」

「初めてわたしにキスをした。それから、わたしに贅沢《ぜいたく》な生活をさせると約束し、どのように養うかを説明したの。何分か聞いた後にわたしを愛人にしたいと思っているのを理解したわ。わたしはもう結婚には適さないということを。汚された女だから愛人にしかできないと。わたしは断った」

「そしてその拒絶を、あの男はよくは取らなかった」アンソニーがフィリッパにまわした腕に力をこめた。

フィリッパはしばらく横になったまま黙っていた。ロンドンを離れてから初めて、自分は安全だと、真に守られていると感じていた。「それ以来、オーウェルは悪夢と化したわ。いたるところでつきまとわれて、舞踏会でも近寄ってきて無理やりキスしようとするし。彼のものにならなければ、わたしが売春婦だと公表するとも言ったわ。悪質になるばかりだった。父の投資の話を持ちだせばなんとかなると思ったけれど、オーウェルは自分の富裕な友人たちに、父が信用できない男だと告げて事業をつぶしてやると言ったの。心底ぞっとしたわ。卑劣な悪党の手から逃れなければならないと思って、そこで計画を立てた」

アンソニーが眉をひそめてフィリッパを見おろした。「どんな計画?」

「ブランドンに、約束を思いださせる手紙を書いたの。でも、彼からの返事には結婚したと書かれていた。うちひしがれるべきだとは思うけれど、実際に心配になったのは、自分の計画が頓挫することだったわ。それで、ひとりで旅をしようと決めたの。同行者を雇って。二十一歳の誕生日まであと数日よ」フィリッパはため息をつき、何カ月も続いた困難な時期を支えてくれた夢に思いを馳せた。「ね、わかるでしょう？　遺産が入ればロンドンを離れて、自分が望んでいることを実行できる。ヨーロッパ大陸に旅をして、いくらでも冒険ができるわ。たとえ結婚するとしても、それは、ロンドンの上流社会のだれかではない」

フィリッパの下でアンソニーの体がじっと動かなくなった。「なるほど、わかるよ」

フィリッパはあくびを噛み殺し、疲れきっているのに気づいた。「その時までオーウェルを無視できると信じていたなんて、本当に愚かだったわ。誘拐されるとは思いもしなかった。本当に怖かったわ」フィリッパはアンソニーを見あげてほほえんだ。「そこへ、わたしの勇敢な騎士が白馬に乗って助けに来てくれたの」

「オーディンは黒毛だが」アンソニーが淡々と言う。

フィリッパは彼の抱擁のなかにさらにもぐりこんだ。昨夜以来、アンソニーに触れられた官能的な感覚が、オーウェルへの嫌悪感に取って代わった。フィリッパが純潔でない事実をアンソニーがあっさり受けとめたことには驚いたけれど、心の奥底では、すべてを告白しても彼が軽蔑しないと本能的に察していたのかもしれない。「わたしが誘拐されたとなぜわかったの?」

「見張りを配置してあった。オーウェルがつきまとっているのが気になったのでね」

「ありがとう」フィリッパはつぶやいた。彼の干渉に腹を立てるべきだったのかもしれないが、そうは感じなかった。もしも彼が気にしてくれなかったら、いまごろは、人生が耐えがたい悪夢となっていただろう。生きていなかったかもしれない。「この借りは一生かかっても返さなければ」

また大きなあくびが出た。

「この話の続きはあとにしよう」彼が言った。「きみの借りのことも含めて」フィリッパをさらに引き寄せて、両腕で包みこむ。「だが、いまは寝よう」

アンソニーの首のくぼみに頬を置くと、彼の言うとおりにするのがとても自然で正しいことに感じた。だから、フィリッパは言われたとおりにした。

13

アンソニーの地所の瑞々しい緑の広がりに、フィリッパは畏敬の念を覚えた。うねりながら続く濃緑色の芝生が息を呑むほど美しい。きれいに刈られた生け垣に囲まれて、列になった花々が色とりどりに咲き誇り、私道には何十本ものニレの木が立ち並んで壮麗な並木道を形作っている。フランス式庭園があちこちに散らばっているが、その一見無秩序な配置も全体の魅力を増すように計算されているらしい。昨夜、遠くからは巨大な邸宅に見えた建物はまさに大邸宅で、日中の光のなかでこのうえなく優美な姿を見せていた。

目が覚めてベッドから滑りおりた時、服がきれいに縫われてアイロンをかけられた状態で置いてあるのを見て、とてもありがたく思った。それから、アンソニーの腕に抱かれた姿を女中に見られたに違いないと気づき、体じゅうがかっと熱くなった。

温かい風呂にゆっくり入ったあとは、広い廊下を歩いて螺旋《らせん》階段をおり、執事に教えられたサンルームに行った。まさに名前どおりの部屋で、日が昇る東に向き、そちら側の壁全面が窓になっている。黄色と緑色、そして銀色の装飾が上品で、それでいながら快く迎えてくれる雰囲気の空間が朝食室になっていた。

従者数人が卵やベーコン、チーズ、ケーキとお茶を運んできてサイドボードに並べた。だが、心配な思いにとらわれていたフィリッパを我に返らせたのは、コーヒーの豊かな香りだった。酔わせるようなローストの香りが、好みのジャマイカのブルーマウンテンコーヒーのものだと従者のひとりから聞いて、嬉しい気持ちになった。

お腹をいっぱいに満たしながらも、アンソニーがおりてくるのを、恐れにも似た気持ちで待ち受けていた。彼の地所の美しさも、自分のなかでやかましく騒いでいる感情をなだめてはくれない。彼が軽蔑せずに愛してくれたことに対する喜び。ベッドのなかで自分がした行為に恥ずかしさはないけれど、彼がしてくれたことを思いだすと赤面してしまう。愛を交わすのが、あんなに嵐のように激しく、それでいて、あんなに心地よいものだとは思いもしなかった。

彼はどこにいるのかしら？　疑念と不安でいたたまれない思いだった。

席を立ち、この階の迷路のような廊下をおそるおそる歩いてみる。そのうち、庭に向いた明るい部屋で、窓の前にカンバスが置かれているのを見つけた。木炭のかけらを拾いあげる。生来の絵心を刺激され、カンバスの前に座ってスケッチしはじめた。両手を大胆に使い、ほどなくして紙の上には、荒削りながら美しいアンソニーの姿が現れた。自分が見たままの彼を描いている——生命力に満ちて、精力的で、少しだけみだらな感じ。思いつきで背中にアーチ型の優雅な翼をつけ加えた。眉間に皺を寄せて集中し、翼を真夜中のような深い色合いにしようと塗り続ける。

「絵の才能があるんだな」

はっと息を呑み、丸椅子に座ったまま振り向くとアンソニーが立っていた。頬がかっと熱くなる。あれほどみだらな一夜を過ごしたあとで、どのような顔をしたらいいかわからない。

「ありがとう。絵を描くのは大好きなの」

「たくさんの才能を持ち合わせているんだな」彼の軽やかな唇を唇に感じると、フィリッパのなかに喜びが広がった。彼が両手で頰を包み、親指で口角のあざを撫でる。

「あいつを破滅させてやる」彼が言う。「こんなひどいことをしておいて、無傷で逃れられるはずがない」

傷に優しくキスをされ、心臓の鼓動がいっきに速まった。「彼のことは忘れましょう。

せっかくの一日を台無しにされたくないわ」

「きみの言うとおりだ。忘れよう」

フィリッパはアンソニーにほほえみかけた。「とても美しい地所ね」

「ありがとう。さあ、おいで。ぼくはまだなにも食べていないんだ」

ふたりはサンルームに戻った。アンソニーがサイドボードに向かい、フィリッパの向かいの席につき、フィリッパはもう一杯コーヒーを受けとった。彼が皿に料理をよそってフィリッパの向かいの席につき、フォークを取りあげた。山盛りの皿を見て、口がぽかんと開きそうになるのをなんとかこらえる。

「母と妹が来ている。母がきみの父上に手紙を書き、きみが訪問してくれたことと、雨でひと晩泊まらなければならなかったことをご家族に知らせた。母と妹がけさ到着したのはだれも知らないし、今後も知られることはない。ただし、ぼくもここに住んでいるのだから憶測は避けられないし、噂も立つだろう。できるだけ早くぼくたちの婚約を公表し、適切な時期を待って結婚しよう」

フィリッパは反抗心にかられて、顎をぐっと持ちあげた。昨晩、自分の相続財産について伝えたのだから、その話はなかったことにしてくれると願っていた。「お母さまが後押ししてくださるのならば、あなたの気高い犠牲は必要ないわ」

「犠牲ではない」彼が冷静な声で言う。「きみと結婚できれば嬉しい」

フィリッパは椅子から立ちあがって行ったり来たりしはじめた。「でも、わたしは違うわ」

「ぼくと結婚するのは嫌だということかな?」声に多少苛立ちが混じる。

「あなたが嫌なのではないわ、アンソニー」フィリッパは穏やかに答えた。「ただ……ロンドンに留まっていたくないの。あのめまぐるしさにも、すべて制限されることにも、すぐに非難されることにも耐えられない。慎み深い若いレディがどうやって振る舞うべきかを言われ続けてきたわ。素直になりなさい、くだらないおしゃべりはしないで、わずかな知性を見せるなんてとんでもありません。わたしたちの関係が知られたら、完全にのけ者になるわ。いまのうちに去るべきだと思うのよ。嫌っている社交界の承認など必要ないし、お辞儀したり我慢したりして一生を過ごすつもりもないわ」

フィリッパは行ったり来たりしていた足を止め、椅子に座りこんで彼と目を合わせた。アンソニーの顔はなんの表情も示していないが、瞳は冷ややかな光に包まれているのがわかった。

「わたしが結婚についてどう感じているか知っているでしょう?」思わず懇願口調になる。

「あなたの瞳に非難が浮かぶのを見たくないわ。恋人同士というだけじゃだめなの?」

アンソニーが立ちあがった。食卓をまわってきてそばに立ち、フィリッパを見おろす。「きみがぼくに望んでいるのはそれだけか？　きみの脚のあいだできみを悦ばせる、それだけ？」無表情だったが、その声から傷ついているのが伝わってきた。

ぶっきらぼうな言い方に、フィリッパはひるんだ。「いいえ、一緒にいられるのが嬉しい。あなたと一緒にいたいわ。話をしたり、ダンスをしたり。あなたはわたしの知る限りもっとも高潔な男性ですもの。でも、わたしは結婚を望んでいないのよ、アンソニー。ずっとあなたの恋人で、そして友人でいたいわ」

アンソニーが喉の奥で笑ったが、そこにはおもしろみのかけらもなかった。腕組みをして暖炉まで歩いていき、炉だなに寄りかかる。「きみは、社交界の性質をまったく理解していない、フィリッパ。恋人でいるだけでは留まらない。オーウェルが間違いなくきみの秘密を漏らし、悪意に満ちた噂を大々的に広めるだろう。あいつは臆病者で、高潔とは正反対のことしかやらない。きみが利するのは、ぼくとの結婚だけだ」

「結婚することで、わたしにどんな利益があるというの？　悦び？　なにを着るかを命令し、そうしたいという理由だけでわたしを殴るような男の気まぐれに縛られなくても、悦びは得られるはずよ。わたしは旅をしたい。アフリカ、エジプト、上海、カリブ海。あなたは夫になると申しでてくれたわ、アンソニー。でも、わたしが不在で、あなたの世話も家のこともしなかったら満足できる？　赤ちゃんをたくさん設けて、あなたの夜会を立派に取りしきる妻ではなく、外の世界を恋い焦がれている妻に満足できる？　女性の権利を論じる会議に出たがる妻は？」眉を持ちあげる。「あなたが妻に求めるものは、そういうものではないのでしょう？」

アンソニーの心の鎧戸が完全に閉じたのがわかり、フィリッパは胸が締めつけられた。なぜか、彼にイエスと、そのとおりだと言ってほしがっている自分がいる。平凡でないからこそ望んでいるのだと。

「絵描きの才能で、いまの状況をうまく描いてみせたわけか」彼が低い声で言う。

「あなたは騎士道精神に則《のっと》って、わたしと結婚しようとしているのよ、アンソニー。でも、それは必要ないと言っているでしょう？」

「ぼくは名誉のためとか、法的な理由から結婚を申しこんだわけじゃない」彼がうなる。

「ではなんのため？　愛？」乱暴な口調になったのは、それはあり得ないとわかっているから。彼の表情がさらに閉ざされるのを見て、フィリッパは心が震えた。

愛？

「その言葉は、ぼくのような気ままな放蕩者にはあまりに高尚すぎる」アンソニーが冷たく吐き捨てた。窓辺まで歩いていき、両手をポケットに突っこむ。

フィリッパは少しためらってから立ちあがり、彼に近づいた。「そういうつもりじゃないのはわかっているでしょう？　あなたはどこをとっても放蕩者ではないわ。気高くて親切な方よ。ただ、わたしは結婚したくないだけよ。あなたのお母さまの助けで醜聞を避けられるのならば、なぜ結婚しなければいけないのかわからないわ」

彼が足を踏み替えた。じっと見つめるまなざしを受けとめる。彼の瞳がさらによそよそしくなったのを見て、フィリッパは胸がつぶれる思いだった。胸のうちを複雑な思いが駆けめぐる。

片手をあげて、アンソニーが親指でフィリッパの唇をゆっくり、誘惑するように撫でた。彼の声に漂う失望感がフィリッパの不安を募らせた。「ぼくにとって、結婚の絆《きずな》は気軽に結ぶものではないし、騎士道精神のように冷たいものでもない。しかし、きみの考えはわかったよ、フィリッパ」彼は手をおろすと、そっけなく一礼して譲歩を示した。

「アンソニー」聞くのが怖かったが、知る必要があった。「わたしたちは恋人でいられるのでしょう？」

彼は椅子に戻り、几帳面に食事を食べ終えた。「ぼくは、冷たい無意味な関係には関心がないんだ、フィリッパ。セックスが必要ならば愛人を囲えばいい。ぼくはそれ以上がほしい。妻……子ども、家族」

「わたしたちの関係は、冷たくて無意味なものなんかではないわ！」思わず、激しい非難の言葉になった。「わたしがどう感じていたか知っていたでしょう。あなたのベッドで一夜を過ごせば、考えを変えるとでも思っていたの？」

彼の表情は動かなかった。「母とコンスタンスがきみをロンドンに送り届ける。きみの家族に対しても、きいてくるだれに対しても、きみはぼくたちと夕食をとり、悪天候で戻れなかったと言うはずだ。それで噂話を鎮められればいいが」

フィリッパはアンソニーの事務的な復唱に黙ってうなずき、両手に視線を落として喉もとにこみあげた塊を呑みこもうとした。ふいに、とてもつらい事実に思いあたる。もしも彼が冷たい道理を説くのではなく、愛についてつぶやいていてくれていたら、自分も結婚を考えていたという事実だった。

でも、もう遅すぎる。誇りがフィリッパの舌を縛りつけていた。もしもアンソニーがわたしに愛情を抱いているのなら、愛についてきいた時にそう言ったはずだ。ふたりのあいだの情熱が彼にとって欲望以上のなにかを意味するなんて、そんな勘違いをしてはいけない。

彼の母親が滑るようにサンルームに入ってくると、その完全無欠な上品さに驚いて、フィリッパは目をしばたたいた。子爵夫人が向ける好奇に満ちたまなざしに反応しないよう、なんとかこらえる。フィリッパが自分の息子と夜を過ごしたことはもちろん知っているはずだ。

フィリッパを母親たちに紹介する時のアンソニーの口調は、丁重だがおざなりなものだった。

フィリッパはそわそわしそうになるのをぐっとこらえた。よそよそしい態度の彼を引っぱたきたい衝動も無理やり抑えこみ、感じよく膝を曲げて会釈する。「奥さま」

彼の母親は爵位にふさわしい態度でうなずいたが、その顔には温かい笑みが浮かんでいて、それがフィリッパの緊張を多少なりとも和らげてくれた。

その時、廊下が急に騒がしくなり、それに気づいたアンソニーがため息をついた。扉が勢いよく開き、若いレディが部屋に飛びこんできた。礼儀もなにもなく、フィリッパのそばを走りすぎてアンソニーに飛びつき、抱きしめる。

「ああ、アンソニー、あの子は本当にすばらしいわ。わたしのものだなんて、とても信じられない！」

「コンスタンス！」レディ・ラドクリフの警告の声に、コンスタンスが笑いながら振り返った。

フィリッパはレディ・コンスタンスの美しさに息を呑んだ。色白で金髪、緑色のきらめく瞳までアンソニーにそっくりだ。母の華奢な体型を受け継いでいるが、体の線ははるかに豊満だった。

「聞いて、お母さま！　アンソニーがわたしのお誕生日に、オーディンが父親の子馬を贈ってくれるのよ。それでいま、その馬に乗ってきたの。正式にわたしのものになるのはまだ六週間先だけれど。ほんとにすばらしい馬なのよ。もうわくわくしちゃう！」

「厩舎長を交代させる必要があるかな」アンソニーが言う。

「まあ、ばかなことを言わないで。わたしにだれの馬なのか追及されたら、彼も答えないわけにいかないわ」

「レディ・コンスタンス、こちらがミス・フィリッパ・ペピウェル。ミス・ペピウェル、ぼくの妹だ」

レディ・コンスタンスが元気よくフィリッパのほうを向き、嬉しそうに手を叩いた。「まあ、ふたつ目の贈り物ね！　お会いできてほんとにほんとに嬉しいわ、ミス・ペピウェル」

フィリッパは驚いてレディ・コンスタンスを見つめた。「前にお会いしたことが——」

「馬にまたがって乗る乗り方を教えてくださらないかしらって思っていたの。あなたの大胆な振る舞いは、あちこちの居間で噂になっていますもの、ミス・ペピウェル。立派で、とても勇気のあることだと思うわ」

「でも、わたしは——」レディ・ラドクリフがぞっとした顔で娘を見ているのに気づき、フィリッパはためらった。アンソニーもいまは兄らしい寛容さで見守っているが、もしも妹が本気で馬にまたがって乗ると言ったら、一年間は鍵をかけて閉じこめておくに違いない。

「娘の無作法をどうぞお許しくださいな、ミス・ペピウェル。レディはそんなふうに振る舞わないものだというのをまだ理解していないので」

フィリッパはただうなずき、そういうことをしている自分は明らかにレディではないとほのめかされているとは考えないようにした。心ない言葉には慣れている。怒るどころか、そうした評価をひそかにおもしろがっているくらいだ。

その後は、当たり障りのないおしゃべりと旅の準備で午前中が過ぎた。出発の時に、アンソニーはフィリッパの頬におざなりのキスをし、それを見て彼の母親は笑みを浮かべた。キスのことを笑ったのか、彼の冷たい丁重さを笑ったのか、フィリッパにはわからなかった。

どちらにしろ、フィリッパはアンソニーとふたりだけで話そうと懇願したい気持ちを抑えこみ、ふたりの関係についてはそれ以上話し合うこともなく、子爵夫人の馬車に乗りこんだのだった。

ロンドンへの旅は平穏なものだった。レディ・コンスタンスとレディ・ラドクリフの好奇心はひしひしと伝わってきたが、ふたりともとくに詮索するわけでもなく、舞踏会や共通の知り合いや天気のことなどに関する軽い冗談やたわいないおしゃべりに終始し、フィリッパも気づくとふたりのとても好きになっていた。家族に関する丁重な質問に対しては、質問を妹たちのことに限定してくれている気遣いに感謝しながら快く答えた。

しかし、内心ではさまざまな感情が渦巻いていた。アンソニーは怒ってはいないようだったが、冷ややかと言っていいほどよそよそしかった。頭のなかの……そして心のなかの迷いに戸惑い、膝の上で両手を握りしめる。彼の申し出を断ることで、あなたは正しい決断をくだしたんでしょう？

なぜこんなにも人生がもつれてしまったのだろう。

いまの状況に手を差し伸べてくれたレディ・ラドクリフにはとても感謝していたから、父と顔を合わせる前に、控えめながらそれを伝えた。しかし、蓋を開けてみれば、フィリッパの帰宅は鳴り物入りで歓迎されたとは言わないまでも、彼女が恐れていた叱責や騒ぎにはならなかった。昨夜のうちに、フィリッパが泊まることを知らせる手紙が子爵夫人から叔母のもとに届いていたおかげで、だれも心配していなかった。心配どころかレディ・メリウェザーは、姪がアンソニー卿の家で一夜を過ごしたのを知って、明らかに喜んでいた。午後のお茶に同席し、母と叔母と楽しくおしゃべりして一時間ほど過ごしたのち、子爵夫人とレディ・コンスタンスは帰っていった。

叔母は時間を無駄にはせず、即座にフィリッパを質問攻めにした。「なんてすばらしいことでしょう、フィリッパ！　アンソニー卿のお母さまはあなたを気に入ったのよ。きっとすぐに彼の求愛が始まると期待していいわ」

「それは無駄だと思うわ。わたしは結婚を望んでいないのですもの」そう断言しながらも、自分の声に確信が欠けるのに戸惑いを覚える。

「ばかなことを」母がきっぱりと言う。「これほど立派な家柄と関係を築くことができれば、お父さまにとっても計り知れない利益をもたらすのは間違いないですよ。ペイトンもすばらしいお相手を見つけたから、来シーズンは娘ふたりを嫁がせると自慢できるわ。ペイトンはレディ・ジェンセン・セントジョン、あなたはレディ・アンソニー・ソーントン、そして、いつの日か公爵夫人ね」

アンソニーの妻になるという考えに多少なりともわくわくした自分を、フィリッパは嫌悪した。自分が望んでいるのは、彼がふたりの関係を断たないでいてくれること。でも、すでに終わりを告げられたのかもしれないと思う。その可能性を考えただけで心が裂かれるように痛み、耐えられないほどだった。

さまざまな試練に疲れ果てて、早めに寝室にさがった。まどろみながらフィリッパは、アンソニーが多少なりとも愛情を抱いてくれているのかどうかを確認しようと決心した。

それは、ついにさまざまな懸念を払いのけ、もしも彼がわずかでも好意を持ってくれて、それが愛に育つ可能性があるならば、自分は彼と結婚したいと願っていることをみずから認めた瞬間だった。

祖母がいつも言っていた。愛してくれる男性に出会ったら、彼は手のひらであなたの心を包むけれど、あなたは心で彼の魂を包むのですよ、そうすれば、彼はあなたが望むすべてを与えてくれますよ、と。

14

フィリッパが屋敷を出発し、アンソニーの母と妹と一緒にロンドンに戻ってから三日が経った。終わりなき夜が三晩。そしてきょう、アンソニーはリンカーンシャーのレディ・ジョスリンのもとを訪ねていた。ここに来ればフィリッパを頭から追いだせるはずだったが、レディ・ジョスリンとの再会は、フィリッパのせいで自分がほかの女性に関心を持てなくなったことの再確認にしかならなかった。きょうもまた、最初の晩と同じような苦しみに苛まれていたからだ。

自分はなぜ、いまこのストーンへイヴンの森でレディ・ジョスリンと狩猟をしているのかと、もう五十回は自問している。狩猟。ここにもひとり、型破りな女性がいる。社交界の非難を恐れず、大胆に馬にまたがるもうひとりの女性。少年用のズボンを穿き、弓矢の扱いも手慣れたものだ。

肩越しに笑みを投げられ、馬で追いかけながらほほえみ返す。

急に思いついてレディ・ジョスリンに会いに来たが、それについては後悔していなかった。以前に書いた丁重な手紙が彼女のもとに届かなかったのは結果的によかった。とりあえず、レディ・ジョスリンはいまだにロケットをさげている。瞳にたくさんの疑問が浮かんでいるのが見てとれたが、いまのところはなにもきかれていない。真実を打ち明けて、自分が嫡出子ではないこと、フィリッパに求婚して断られたことを話したら、この女性はなんと言うだろうか。

会った時は嬉しそうだったが、それは、恋人にやっと会えた時の幸せそうな様子とは明らかに違った。アンソニーのことを男性として見ているかどうかも疑わしい。実際、レディ・ジョスリンが自分を見る視線は、母が老公爵を見ていた視線を彷彿とさせる。母と公爵はキスはおろか触れ合うこともいっさいなかった。ふたりのあいだに愛情や喜びの表現を見たことはない。母の惨めさと、隠れて流している涙しか見たことがない。

それでも、レディ・ジョスリンと結婚したとして、そこまで冷たい結婚になるとも思えなかった。好意は抱いている。ほかの女性にはない激しい気性も、心が優しいところも魅力的だ。それ以上に深い思いをなにも感じないのは残念だが、少なくとも友情を育むことはできる。多くの結婚はそれさえもない。しかし皮肉なのは、結婚しようと決意した時に自分が真に望んだ必要条件はただひとつ、夫婦が愛し合っていることだった。アンソニーは苦笑を漏らした。どうやら兄が正しいらしい。自分は、愛という非現実的な理想を追いかけている。

「しっ、静かに、閣下」レディ・ジョスリンがほほえみ、指を唇に当てた。「音を立てすぎよ。驚かせたら逃げてしまうわ」

ぴったりしたズボンでくっきりとかたどられた彼女の臀部の曲線を眺める。なにも感じないことにがっかりして、アンソニーは頭を振った。

「心ここにあらずという感じね」レディ・ジョスリンが指摘する。

アンソニーは顔をしかめた。「ロンドンでまだ解決していない件がある。申しわけない」

「それについて話したい？」彼女の顔に温かい笑みが浮かぶ。

「いや、話したくない」とげのある言い方を和らげようと、ほほえみを浮かべた。「ここに来たのは、頭のなかから面倒を追いだすためだからね。それより、ストーンヘイヴンに導入しようと思っている灌漑《かんがい》システムについて話してくれないかな」

地所の改良という彼女にとって重大な題材が望ましい効果を発揮し、レディ・ジョスリンはまばゆいほど生き生きとした表情で、自身の家の夢を語りはじめた。

馬をおり、小さい声で会話をしながら森のなかを歩くあいだも、ともすれば思いがフィリッパに向く自分をアンソニーは内心でののしった。

アンソニーがうわのそらであるのに気づき、レディ・ジョスリンが眉をひそめた。「面倒な案件について話したくないというのはたしかなの、閣下?」

「心配してくれてありがとう。だが、たしかだ」

かさかさという音が聞こえた。レディ・ジョスリンが口に指を当ててアンソニーに黙るよう指示し、熟練した様子で弓に矢をつがえながら、落ち着いた歩調でゆっくりと前に進む。弓を持ちあげて見事な姿勢で野ウサギに狙いをつけるのを、アンソニーは黙って見守った。

「まったく、もうっ!」

しかも、この女性は悪態をつく。レディ・ジョスリンの渋面を眺め、アンソニーはほほえんだ。

「きょうは調子が悪いわ、アンソニー卿。狩猟は別の日にしたほうがいいみたい」レディ・ジョスリンが笑い、弓をしまった。

ふたりは森を出て、馬に飛びのった。

レディ・ジョスリンがアンソニーを見やった。「ロケットを取り戻すためにいらしたんでしょう、閣下?」

アンソニーはほほえんだ。なんと率直な物言いをする女性だろう。自分はなんのためにここに来たのだ? フィリッパとのあいだに距離を置きたかっただけだ。彼女と愛し合った屋敷に、彼女をいつも隣りに見ることができたかもしれない場所に留まっているのは、じんわりと拷問を受けているようなものだった。「いや、違う。そのために来たわけではない」

彼女の肩から少し力が抜けたようだった。「そう。では、ロンドンの面倒のこと?」

しかも、洞察力に富んでいる。

アンソニーはうなずき、この女性に対しては、全部は明かさないまでもなるべく正直でいたいと思った。

「その遠い目の原因を解決するまで、ロケットは持っていてほしいということかしら? それとも、返したほうがよろしいかしら?」またしても単刀直入な質問だった。

アンソニーは感嘆の思いでほほえんだ。この女性に〝しょげる〟という言葉は存在しない。

「ぼくがロンドンから戻ってくるまで、持っていてほしい。その時に話をしたい」

「ふーむ。それには、気になっていることの内容について知る必要があるかも」レディ・ジョスリンがからかうように言う。

アンソニーは無遠慮な言葉に思わず笑った。「それはできないな」

「いいわ、では、競争しましょう！」

アンソニーが答える前に、レディ・ジョスリンは馬を駆って早駆けに持っていった。こういう気ままな挑戦は大歓迎だ。アンソニーもすぐにあとを追った。前を走る姿に、称賛の気持ちが湧き起こる。このレディは大胆で恐れを知らず、それでいて魅力的だ。目の前の女性がすばらしい妻になることも、結婚を申しこむべきであることもわかっている。ロンドン社交界での役割を理解し、世界中を旅したり、大陸をさまよったり、朝食にフランスのデザートを食べたりする願望もない。完全な自由も希望していない。この女性は結婚を望んでいる。

それでも、自分のそばにいる姿、自分の子どもを宿して腹が大きくなった姿、芝生に座って読書をする姿を思い浮かべられる女性はフィリッパしかいない。

腹が大きくなる？　しまった！

その可能性に思い当たり、アンソニーは危うく馬から落ちそうになった。頭のなかが真っ白になり、なんとか手綱を引いて速度をゆるめて馬を停止させた。フィリッパに夢中になるあまり、避妊のことなど頭に浮かびもしなかった。もうすでに自分の子を宿しているかもしれない。

アンソニーはじっと動かず、自分のなかでふいに燃えあがった所有欲を抑えつけようとした。

そよ風がレディ・ジョスリンの笑い声を運んできた。目をこらすと、遠くで両手を振っている姿が見えた。しかし、心のなかで騒いでいる声は、フィリッパのもとに駆けつけるべきだと主張している。彼女が妊娠していないのを確かめるまで、自分の将来についてはなにも決められないからだ。当然ながら、レディ・ジョスリンに結婚を申しこむことも、それまでは考えられない。

しかし、実際に心の奥底で恐れていたのは、もしもフィリッパを完全に失うような事態になれば、ほかの女性に求婚できるようになるまで何カ月も、いや、おそらくは何年もかかるに違いないということだった。

アンソニーはフィリッパを追ってロンドンに行くと決め、その晩のうちにリンカーンシャーを発った。フィリッパが無事で元気にしているのも知りたかったし、社交界の口うるさい舌を回避するための策略が功を奏しているかどうかも確かめたかった。そしてまた、オーウェルの脅威を根絶する必要もあった。

ホークに指示してオーウェルを徹底的に調べさせている。また、フィリッパのことは、彼女個人に危険が及んだ時にどう対処するかについても詳細な指示を受けた男たちが、常時交代で見張っていた。これまで受けとった報告では、オーウェルはフィリッパから注意深く距離を取り、自分の街屋敷にこもっているらしい。受けた傷を……そして傷ついた自尊心を癒やしているに違いない。

なによりだ。あの男がフィリッパから呼べば聞こえる距離に近づけば、アンソニーとしても、自分がどういう行動に出るかわからない。

噂話や憶測を引き起こす危険はあるが、どうしても彼女に会う必要があった。心と体のすべてが彼女を恋しがっている。

フィリッパと愛し合った時の記憶が夢に入りこんでくる。彼女に対する欲望がなくなることなどあるのだろうかと思う。ここまでひとりの女性に魅了されたことは一度もない。これまで関係した女性のなかでもっともそそられているのは間違いないが、あのすばらしく官能的な面だけでなく、ほかの面でも彼女がほしかった。

オーウェルの残虐行為に立ち向かったフィリッパの強さにアンソニーは感嘆していた。揺るぎない意志と、自分の運命は自分で決める決意は類を見ないものだ。彼女の知性とウィット、そして好奇心もまさに驚嘆に値する。表面的ではない深い部分で彼の心に訴えることが非常に多い。

自分はフィリッパに対して激しいものを感じていて、しかも、波風が立つのを恐れてその感情を抑えるような性格でもない。彼女の何層にもなった殻をすべてはがし、もっとよく理解したい。とはいえ、なにがフィリッパをそこまで追いたてているかは想像に難くない。

社交界の制約から自由になりたいと主張する時の、彼女の顔がいきいきと輝く様子が好きだった。あえて認めてはいないが、実際は、アンソニー自身も憧れている自由にほかならない。いまの心配ごとをすべて置き去りにできるのならば、自分が非嫡出子であるという問題について、それが明らかになるとか、自分の息子や娘たちが汚名を着せられるとか、そうしたことをなにも悩まなくていい自由を得られるならば、なんでも差しだしただろう。

そうだ。自分はフィリッパのことも、その自由に焦がれる理由もよく理解している。そして、彼女とともにその自由を追求したいと思っている。若い時に父から無視されるという変えがたい事実に直面した時も、同じ感覚を抱いた。オックスフォード大学を卒業後、グランドツアーに出かけてヨーロッパ大陸に長く滞在した時は、大陸の隅々まで足を伸ばし、壮大な旅という生き方ほどすばらしいものはないと感じたものだ。あの時にどっぷりと浸かっていた自由こそ、フィリッパが望んでいるものなのだろう。

そしていま、あれほど楽しんだ景色や驚異のすべて、とくにエジプトをフィリッパに見せてやりたいと願っている。各国の異国風で豊かな美しさに接し、自分は、自然そのものに対する深い感謝の念に満たされた。それをフィリッパに経験してほしかった。一緒に経験したかった。

しかし、社交界の規則をむげにし、フィリッパとともに彼女が憧れる冒険に船出するような無責任な振る舞いはできないと知っている。コンスタンスをひとり残して、不確かな将来に直面させるわけにはいかない。それは母親も同様だ。

母が恋人を持ち、ふたりの子どもを設けていたからといって、直近の家族以外のだれに迷惑をかける？　私的な問題なのに、なぜここまで当事者を打ちのめし、破滅させる力を持つのだろうか。

自分の人生にフィリッパがいてほしい。永遠に。しかも、社交界の非難をあおらないようなやり方でそうなってほしい。さもないと、家族全員が悲惨なことになりかねない。

フィリッパと結婚する必要がある。少しでも早く。

だが、どうやって彼女を説得すればいいのかわからない。彼女の夢を持ち出して誘えばいいのかもしれない。もちろん、冒険の同行者以上の存在になってほしいが、まずはそこから始めて……そして、いつか愛してくれることを祈ればいい。それでも断固として拒否するのならば、諦めてほかの人と結婚するしかない……いつの日か。

フィリッパは恋人でいたいと望むはずだが、自分にとってその選択肢はない。彼女が妊娠し、我が子がアンソニーのように非嫡出子の汚名を着てこの世に生まれてくる危険は冒せない。

求婚を拒絶し続けるのならば、彼女の希望を尊重しよう。しかし、それも彼女がアンソニーの子を身ごもっていないと確認してからのことだ。

彼が来てくれた。わたしのために!

不安と興奮にかられ、フィリッパは混み合った舞踏会場に目を走らせているアンソニーの濃い金髪の頭を見守った。彼が探しているのが自分であることを祈る。

この数日はあまりにつらかった。自分が正しい決断をしたのかどうかわからずに悩み続けた。自分自身の欲求と戦い、頭のなかで思いは行ったり来たりするばかり。

自由と冒険……あるいは、愛してしまった男性と永遠を誓うか。

選べるはずがない。

そもそもはなによりも母と叔母から、そしてふたりに押しつけられる若いレディにふさわしいことすべてから逃れたかった。しかしいま、フィリッパの裏切り者の心が、アンソニーというかせにつながれることは、終わりなき冒険と喜びの人生を意味するのだとささやいている。

アンソニーが恋しくてたまらない。出会ってから数週間しか経っていないのに、彼に対して感じる深い感情はまるで生涯をともに過ごしてきたかのようだ。

ありがたいことに、ロンドンに帰ってくると、オーウェルは姿を消していた。しかも、彼の卑劣な行動のことも、フィリッパがアンソニーのベイブルックの屋敷で一夜を過ごした事実についても、なんの噂も流れていないようだった。昨晩は夜会に出席したし、今夜も舞踏会に参加して、妹がジェンセン・セントジョン卿と婚約したという幸せに浴したばかりだ。妹の婚約者が感じのよい若者であるのは間違いなく、彼と話している時の妹は、あふれんばかりの愛情に光り輝いている。

充分に嬉しいはずなのに、それでもフィリッパは絶えずアンソニーを探し、彼が出席して自分を探してくれるのを願っていた。

アンソニーが自分がいる方向へと階段をのぼってくるのを見て、フィリッパの体を鋭いうずきが貫いた。ああ、どれほど彼に会いたかったことだろう！

今夜のアンソニーは、黒の燕尾服にとても粋な真珠色のベストを着て、仕上げに真っ白なクラヴァットを結んでいた。彼がフィリッパを見つけたと感じた瞬間、フィリッパの全身にさあっと鳥肌が走った。彼の瞳がむさぼるように、淡いピンク色の夜会服から美しく結いあげた髪、肘にかけたレースのショールまでをゆっくりと眺め、胸で少し留まった。そしてウエスト、最後に唇。期待するあまり、体の震えが止まらない。

「こちらにいらっしゃると思う？」

エリザベスにささやき声で質問されても、フィリッパはアンソニーから目を離さなかった。何十人もの人々に呼びとめられ、いちいち立ちどまってはもどかしいほど時間をかけて親しく言葉を交わしている。それでも、彼の視界のなかにずっと自分が入っているのをフィリッパは気づいていた。

「わからないわ。もう三日間もなにも言ってこなかったから」

エリザベスはおかしそうにフィリッパを見つめた。「あら、そうなの？　そんなに長く？」

フィリッパはエリザベスに身がすくむような一瞥を向けた。「自分でもばかだとわかっているのよ。でも、永遠のように感じたわ」

会いたくてたまらなかった。ずっと涙に暮れていた。身体的にも精神的にもアンソニーを欲し、とても苦しかった。彼を愛していることを受け入れはじめている。そして、それが正しいと感じている。でも、それも疑念に襲われるまでのことだった。

もしもアンソニーがわずかでも愛情を抱いてくれていたのなら、自分が出ていった時になぜあっさりと引きさがってしまったの？　なぜ何日もなんの連絡もくれなかったの？

結婚したいという気持ちはもう変わってしまったの？　わたしの拒絶を受け入れてしまったの？

自分が扱いにくい人間であるのはよくわかっている。もしかしたら、わたしから簡単に逃れることができてほっとしているのかもしれない。

フィリッパはエリザベスが手に押しつけたシャンパングラスを受けとり、飛び跳ねる心臓を無視しようとした。こんなふうに彼を待ち焦がれるとは思いもしなかった。

この数日間、夜になるたびに愛し合う夢やあの時の記憶に苛まれてきた。日中は無性に彼と一緒にいたかった。彼と話したかった。自分の将来の計画を聞いてほしかった。ふたりの将来のことを。

今夜の早いうちに開かれたフィリッパの誕生会にも出席してもらえなかった。大々的なものではなく、家族と少数の友人たちだけの集まりだったが、フィリッパは愚かしくもアンソニーの街屋敷に招待状を届けたのだった。レディ・コンスタンスとレディ・ラドクリフも招待し、ふたりが出席してくれたことを母と叔母もおおいに喜んだ。アンソニーの所在をききたくても恥ずかしくてきけず、彼の母と妹もとくになにも言わなかった。

彼のことを考えないように自分を抑えつけたが、そうすればそうするほど、ますます会いに来てほしいと望まずにはいられなかった。簡単な文面でもいいから手紙がほしい。まだ友だちでいられるのか、もうそうでないのか知りたかった。

ついにアンソニーの関心のすべてが自分に向けられると、フィリッパは目を細めて彼が近づいてくる姿を見守った。ゆっくりした足取りで部屋を横切り、フィリッパに向かって歩いてくる。その野生的で自由な感じが好きでたまらない。努めて平静な表情を装い、彼が関係を断とうと思っていないのを祈った。

「レディ・エリザベス」軽く一礼してエリザベスに挨拶しながらも、アンソニーはフィリッパから視線を離さず、エリザベスはお返しの挨拶で少し言葉を交わしたのち、人々に紛れて姿を消した。

彼の瞳に浮かんでいるものを見てはっと息が詰まる。激しい渇望。苦しいほどに鼓動が乱れ、こみあげる感情に喉が締めつけられた。握りしめた両手が震える。彼がその手をこじあけてシャンパングラスを取り、銀の盆を持って脇を通った使用人に手渡した。

アンソニーはなにも言わずに、ただフィリッパの手を取って自分の腕にかけさせ、歩きだした。自分たちを眺めている詮索好きの人々に注意を払うべきだと感じたが、すでに体から力が抜けて、従う以外の行動ができなくなっていた。

混み合う人々のあいだを歩いていきながらも、アンソニーは時々立ちどまって知り合いの呼びかけに応えた。そうしながら、フィリッパをカード室のほうに連れていった。なかには入らず、廊下をさらに奥へと進む。デウィット家の巨大な図書室、そして客間の前を過ぎると、さっと周囲を見まわしてから階段をあがった。不気味なほど静まりかえった二階の廊下を歩く。

フィリッパはごくりとつばを呑みこんだ。喉がからからで、なにか言いたくても声にならない。アンソニーが扉を開けて、フィリッパを引き入れた。暗闇に包まれると五感が鋭くなる。洗濯したリネン類の匂いと彼の男っぽい香りが鼻孔をくすぐった。

すぐに質問攻めにしようと思っていた。でも、いまは彼を欲する気持ちが強すぎて、会話を交わすことなど考えられなかった。すでに馴染みとなった彼の麝香《じゃこう》にも似た欲望の香りに誘われ、体のなかを緊張と欲求が駆けめぐる。

アンソニーはフィリッパをあとずさりさせてその小部屋をなかほどまで入り、作業台のひとつに押しつけた。暗すぎて彼の顔がはっきりとは見分けられない。脚が震え、思わず両手をあげて彼の肩をつかんだ。

ズボンのボタンをはずすかすかな摩擦音が聞こえ、フィリッパの体を熱い欲望が貫いた。うずきが高まり、脚ががくがくして立っていられない。

アンソニーがフィリッパを持ちあげて作業台に載せると蹴飛ばすように腿を大きく開かせ、そのあいだに立ってドレスのスカートをウエストまであげた。ペチコートの生地がかさかさと音を立てながら、彼の意思に全面的に従った。

彼の片手が下穿きに伸びたが、またしてもなにも見つけられず、フィリッパは喉の奥でむせた。

「相変わらず社交界の規律をあなどっているわけか、フィリッパ？」

「いいえ。あなたと会ったときのために準備をしていたの」フィリッパのつぶやきにアンソニーの手が止まる。

だがそれも一瞬のことで、すぐに指が寸分違《たが》わずフィリッパの芯を探りあてた。キスもされていないのに濡れているのを彼に知られ、きまり悪さに頬がかっと火照る。彼の唇から吐息が漏れ、張りつめた広い亀頭が唐突にとば口に押しあてられるのを感じた。

「きみがほしがっていたのはこれか？」

アンソニーに満たされることへの激しい欲求に全身をとらわれる。「ええ」

「激しくて荒々しいのがいいか？」低くしゃがれた声で言う。

あまりの高ぶりに、ほとんど声にならない声でフィリッパは暗闇にささやいた。「お願い、アンソニー」

彼がフィリッパを深く貫き、きつく締めつける抵抗に少しずつ馴染ませながら、最後まで埋めた。彼が両手をフィリッパの尻の下に入れ、テーブルの磨かれた表面を滑らせるようにしてぐっと引き寄せた。

「会いたかった」アンソニーがうなる。「きみの夢ばかり見ていた。会いたくてたまらなかった」

フィリッパは天にも昇る心地でアンソニーをきつく抱きしめた。「わたしも会いたかったわ」

彼がゆっくり抜いて、フィリッパの入り口に先端を当てる。もう一度、いっきに激しく奥深くまで押し入れ、フィリッパの喉奥からうめき声を絞りだした。

「きみが望んでいたとおりにそばには近づかないと決意して来たが、見た瞬間にキスをせずにはいられなくなった。きみに触れたかった。きみのなかに入らなければならなかった」力強く突かれる。彼の太いものが激しく動くと、内側が強く締まった。

「お願いだから、もう二度とそばを離れないで。恋しくて恋しくてたまらなかったの、アンソニー」

尻をつかんだ彼の手にさらに力が入ると、フィリッパの背筋を快感が駆けのぼり、乳首が固くなった。それがコルセットにぶつかり、乳房を解き放ちたくてたまらなくなる。

「もう二度と？」突きながらアンソニーがうなる。

「二度と」泣き声で答えた。限りなく絶頂に近づいている。「一生」

彼がフィリッパのなかに叩きつける。「なにが一生？」

「ええ、イエス」その言葉がもがくように口から抜けだした。止められなかった。

「なにがだ？」アンソニーが頭を低くさげてフィリッパの唇の端にキスをした。「なにがイエスなんだ、フィリッパ？」

「イエス、あなたと結婚するわ」

彼が動きを止めた。唇を合わせて焦がすようなキスをする。キスがさらに深められると、熱く荒々しい高揚感に包まれた。

アンソニーはフィリッパの尻をさらにきつくつかんだ。「もっと激しくするぞ。しっかりつかまって」

激しい動きにフィリッパも応えた。震えが波のように押し寄せる。脚をあげて彼の腰にまわし、高い位置でくるぶしを交差させてきつく締めつけた。顔を彼の喉に埋めて、体の奥底から膨れあがる快感に身を震わせた。

アンソニーがフィリッパの尻をしっかりと支え、体を後ろにもたれさせる。両手を後ろについて身をそらすと、彼はさらに深く奥底まで貫いた。濡れた唇で彼の首の張りつめた筋肉にキスをし、肌を味わう。

ゆっくりと引きだしながら、内側の壁の襞を巧みにこすりあげる。みだらな期待が大きく膨らみ、彼の約束した荒々しさを、恐れながらも切望している。そして、次に挿入された時には、彼の首に口を押しあてて金切り声を押し殺した。両手の指を彼の髪に差しこんで頭をつかむ。アンソニーがフィリッパを荒々しく激しく駆りたてながら、肩にキスを這わせ、励ますような言葉をつぶやく。彼のとろけるほどの熱さを、男らしい力強さを、そして、激しい欲望をフィリッパは愛した。フィリッパが身を大きくそらすと、彼が最後にもう一度貫いて悦びに大きくうなり、そしてふたりは一緒に絶頂を迎えた。

そのあと、彼の下に横たわり、激しいあえぎと轟く鼓動を聞きながら、フィリッパは生まれて初めて心からの平穏と満足を感じていた。

アンソニーの腕のなかに戻って、ついに安らぎを得たのだった。

15

翌朝、フィリッパは目が覚めても嬉しくてまだ夢を見ているような気分だった。荒れた天候による厳しい寒さもフィリッパの上機嫌を妨げはしなかった。母が手渡してくれたティーカップに手をかざして温める。きょうの午後にはアンソニーが父に話をしてくれるはずだ。リネン室で彼と嵐のように愛し合ったあと、くらくらするほどの恍惚感のなかでふたりは惚けたように笑い合った。彼をぎゅっと抱きしめてキスをせずにはいられなかった。ささやき声で、自分はそれでも旅をしたいと主張しながらも、もしまだ彼の求婚が有効ならば心から妻になりたいと断言した。

アンソニーはフィリッパをさらに強く抱きしめた。「もう結婚特別許可証は手に入れてある。あした一番に、結婚の告知を新聞社に届けよう」

そして、非常に慎重に身繕いしたのち、舞踏会場に戻ったのだった。

「あの方がお見えになるのはたしかなの？」母が訊ねるのはもう十回目だ。

「ええ、お母さま」

「でも、それならなぜ、午前中にいらっしゃらないのかしらね？　あなたの返事が済んでいるのなら、遅くする必要はないでしょうに」レディ・メリウェザーも訊ねる。

今回に限っては、ふたりの質問が気にならなかった。きょうのこの嬉しさを損なうものなどこの世に存在しないはず。

「アンソニー卿は済まさなければならない仕事があるのよ。だから、お父さまのところには午後にしか来られないの」苛立ちを抑えてきっぱり言ったのは母と叔母の猜疑心《さいぎしん》のせいであり、自分の疑念が膨らむのを避けたかったからだ。

昨夜の別れ際に、アンソニーはフィリッパの父親と話す前に彼女自身に話したいことがあると言っていた。その真剣な表情は怖いほどだった。まずいことがあるのならすぐに話してほしいと言い張ったが、彼は首を横に振るばかりだった。その奇妙な振る舞いに一抹の不安を感じながらも、それは断固として押しのけている。彼は結婚したいと思ってくれている。ほかにどんな問題があるというの？

扉を叩く音がして、朝一番の訪問客の名前を告げた。ホイト卿とその妹のレディ・ヘンリエッタだった。ふたりが客間に姿を見せるとフィリッパは立ちあがり、膝を折ってお辞儀をした。ホイト卿はフィリッパに温かな笑顔を返してから、叔母と母を向いて一礼した。

社交辞令が交わされたが、なかでもとくに、話がしたそうにそわそわしていたのは彼の妹だった。そういう時は必ず、レディ・ヘンリエッタが最新の噂話を仕入れてきたのだとフィリッパは知っている。勧められたお茶とケーキまで断り、じっと座っているようでも、ひょいひょい揺れる帽子の羽根が内心の興奮を物語っている。

そんな噂話の相手など、絶対にしたくない。「申しわけありませんが、急いで返事を書かねばならない件がありますので」フィリッパはそう言い、立ちあがりかけた。

「まあ、フィリッパ。わたしが聞いてきた話はあなたも絶対に聞きたいはず。行ってはいけませんわ」レディ・ヘンリエッタが甲高い声で引きとめる。

フィリッパは身震いしそうになるのを必死でこらえた。

母がティーポットに手を伸ばしながら、さりげなくフィリッパに厳しい目を向ける。「どうか、ぜひお聞かせくださいな」ホイト卿のカップに紅茶を注ぎ、皿にケーキを載せる。

フィリッパは決然とした表情に笑顔を貼りつけた。「本当に急ぎますので――」

「アンソニー・ソーントン卿が非嫡出子だとわかった」ホイト卿がもったいぶった様子で

言った。

レディ・メリウェザーがはっと息を呑んだ。ホイト卿にカップを渡そうとしていた母も唐突に動きを止めた。ホイト卿が受けとる間もなく熱い液体がテーブルに飛び散り、つやつやした表面に水溜まりを作った。

フィリッパはどすんと椅子に座りこんだ。「なんですって?」

沈黙が部屋を支配し、フィリッパにのしかかった。

「ホイト卿」レディ・メリウェザーが戒める。「そんないい加減なことをおっしゃるなんて」

しかし、その声は叔母自身の嫌悪感を隠せてはいなかった。

フィリッパはホイト卿の言葉の意味を理解しようと努めた。母はいまにも卒倒しそうだ。叔母のまなざしも明らかに狼狽している。

「いい加減な話ではありませんよ、レディ・メリウェザー」ホイト卿が反論する。「けさはどこもその話で持ちきりだ。レディ・ゴーディの口から直接聞いたんです」

「アンソニー卿がつい最近あなたを選んだことは、みんな気づいていますからね」レディ・ヘンリエッタがまるで心配しているかのようにつぶやく。口もとに浮かぶ悪意に満ちた笑みにフィリッパはたじろいだ。

ショックで喉が締めつけられ、声が出ない。「わ、わたし――」

「だからこそ、急いで知らせに来た」ホイト卿がフィリッパの手を取ったが、フィリッパはそっけなく振り払った。なぜホイト卿は嬉しそうな顔をしているの？

「そうですか。でも、わたしは信じませんので」

彼が身を乗りだした。「高潔な紳士のふりをしているあの卑劣な詐欺師とあなたの関係は、すでに広くささやかれはじめている。レディ・グラハムの舞踏会でぼくがあなたに伝えたことを、きょうはお父上に話すべきだと思う。あなたが醜聞に巻きこまれるのを避けるためにも」

なんてこと！　アンソニーが、卑劣な詐欺師ですって？

叔母が立ちあがった。「まあ、ホイト卿、なんとすばらしいお話でしょう。ミスター・ペピウェルに、あなたから話があると知らせてきましょう」

フィリッパはぎょっとして、叔母を凝視した。

「いとしい人」ホイト卿が話しはじめたが、フィリッパは両手をさっと動かして彼をさえぎった。

背筋を伸ばし、彼と目を合わせる。「わたしはアンソニー卿と婚約しました。結婚しますわ。ホイト卿、わたしの婚約者を中傷するのはやめてください」

レディ・ヘンリエッタがさえずるように言う。「あらあら」意味ありげな目つきで兄を見やったのは、ほら、だから言ったでしょと言わんばかりだった。

「神さま」母が叫ぶ。「あなた、そんなことは――」

「神さまとは関係ないことよ、お母さま。悪意に満ちた噂話ばかり。こんな話は聞きたくないわ！」フィリッパはすくっと立ちあがった。悪意ある噂、それだけのこと。本当ならば、アンソニーがわたしに言わないはずがない。それとも？

母の顔に浮かんだぞっとした表情を見て、フィリッパは怒りを爆発させたことをすぐに後悔した。レディ・ヘンリエッタでさえも言葉を失い、あっけにとられた顔でフィリッパを見つめている。

「ごめんなさい、お母さま。でも、本当のはずがないわ」

「あなたがこれ以上ばかげたことを続ければ、あなただけでなく、家族も恥をかかされることをよく考えるべきだ」ホイト卿が優しい口調で言う。「あの男の汚名はいかにしても救いがたい。彼へ投資する者はいなくなり、社会的にも完全なのけ者になる。あなたも同様だ」

「そんな男性と手を携《たずさ》えるわけにはいきませんよ」母がばたばたと扇子をあおいだ。怒りで顔を真っ赤に染めた様子は、取り乱して卒倒する直前のように見える。

「お母さま、お願い、落ち着いて。そんな芝居がかったことをする必要はないわ」

「お母さまに生意気な口をきくのはおやめなさい、フィリッパ」レディ・メリウェザーが背筋を伸ばしたが、その顔は真っ青になっている。彼女の目に浮かぶ表情を見るのがフィリッパには耐えられなかった。

心臓が激しく鼓動する。これに比べれば、彼の家で夜を過ごしたことがわかった時の醜聞なんてないに等しい。

社交界は悪意ある噂話を生き甲斐にしている。自分たちがものすごい非難の波に襲われるのは容易に想像できた。胃がむかむかして吐きそうだった。なんとか無表情でいようと必死にこらえる。ああ、アンソニー！

「理性の声を聞くべきだよ、いとしい人」ホイト卿が心配そうに見つめる。その懸念が本心からであるのはよくわかった。妹の悪意に満ちた笑みとはまったく違う。

「意地悪な噂にすぎないはずよ、絶対に」張りつめた沈黙の数秒間ののち、フィリッパはつぶやき、彼から数歩離れた。

「残念ながらそうではない」ホイト卿が断言する。「彼が母親が再婚した夫と並んでいるのを見れば、その関係は火を見るよりも明らかだ」

叔母が両手を握りしめた。その目に同情が浮かぶのが見えた。

「ぼくはあなたに結婚を申しこんだ、フィリッパ。その気持ちはいまも変わらない」ホイト卿がそう言いながら、近づいてフィリッパの横に立った。

フィリッパは言葉を形にすることができずに、ただ首を振った。ホイト卿をまわりこんで母に近づく。「もしもそれが本当だとしても、彼が破滅するとは思えないわ。もっとも裕福なひとりで、社交界でもっとも地位が高くて影響力がある家柄の一員なんですもの。お母さま、わたしはどんなことがあっても――」

母がフィリッパの頬を叩いた。頭がのけぞるほどの平手打ちを受け、フィリッパは衝撃のあまりよろよろとすさった。「お母さま！」フィリッパは頬を手で押さえた。目から涙があふれでる。

「ばかなまねはやめなさい」母の声は悲鳴に近かった。「彼はソーントンではないということなのよ。カリドン公爵は、にせものの弟から距離を置くでしょう。道徳規範を侮辱する存在として見なされるということ。あなたは我が家族に、またしても恥をかかせるわけ？」

憤りに心を裂かれる思いだった。「わたしたちは婚約したのよ。なぜ、悪意ある噂を聞いただけで、断れなんて命令できるの？」あまりに不当な扱いに、目と喉の奥が涙で焼けるように熱かった。

「単なる噂話ではないんだ、ミス・ペピウェル。ラドクリフ卿をひと目見れば、だれでもわかる」ホイト卿が主張する。

フィリッパはホイト卿を呆然と見つめ、味方をしてもらおうとレディ・メリウェザーを振り返った。「フローレンス叔母さま、なんとか言ってくださいな」

「自分のことばかり考えてはいけませんよ、フィリッパ」叔母が鋭く警告する。「あなたの言動は、わたしたち全員に影響するのですね。父上のことを考えなさい。妹たちのことも。この社会で着せられた汚名は何年、何十年とペイトンやフェーベにもついてまわります」

フィリッパはアンソニーが勇敢に助けてくれたのを思いだした。結婚を申しでることでフィリッパの評判を守ろうとしてくれた。愛してくれる時も、フィリッパ自身が快感を得られるようにしてくれた。彼の魅力と優しさと誠実さ、社交界における人気、愛し合う時の大胆さ、彼の妹への気遣い。

そのなかでも思いだすのは、話をよく聞いてくれたこと。敬意を持って、対等な立場で聞いてくれた。フィリッパについてのすべて——いいところも悪いところも——を知っても、それでフィリッパを判断しようとはしなかった。「彼はとてもいい方なのよ、叔母さま。高潔で強くて」涙ながらに訴えた。

「庶子というのは無と同じよ、フィリッパ。もはやだれでもないわ。客間に迎えられることもなく、知り合いにも受け入れてはもらえない。そんな男性と自分の家族を結びつけようなんて、なぜそんなことが考えられるの？」叔母の口調は冷たかった。

叔母の無情な宣告にフィリッパの胸は締めつけられるように痛んだ。憤りとともに、不信感が湧き起こる。数週間前、アンソニーは今シーズンでもっとも結婚したい男性だった。叔母自身が何度も言ったことだ。それがいまは、無と同じ？　これまでは叔母のことが大好きだったが、いまは怒りと軽蔑しか感じなかった。この瞬間ほど、社交界のきまぐれを憎んだことはなかった。

「フィリッパ、お願い！」ペイトンの痛みに満ちた叫び声に、フィリッパはくるりと振り向いた。妹が恐怖に顔を引きつらせ、両手を揉みしぼっている。

「まあ、ペイトン」妹の目は涙でいっぱいだった。

「あなたがそんな人と結婚したら、セントジョンは求婚を引っこめるわ」ペイトンの苦痛に満ちた嘆きはどんなものよりも辛い一撃だった。

「ペイトン、あなたを愛していれば、そんなことは――」

「彼はわたしを愛してくれているわ。何度もそう言ってくれているもの」声がひび割れ、涙が頬を流れ落ちる。

フィリッパは急いでペイトンに走り寄り、震える指を握りしめた。「ペイトン、わたしもアンソニーを愛しているの。わたしにはできない――」

「彼に愛しているとはっきり言われたわけじゃないでしょう?」ペイトンが問いつめる。

フィリッパははっと身をこわばらせた。自分のなかで、傷ついた感情と不確かな思いが悲鳴をあげる。言われていないことを妹は知っている。前の晩に自分の不安をペイトンに打ち明けていた。ペイトンの寝室の暖炉の前でくつろいでいる時に、姉妹の人生に入ってくるふたりの男性について語り合った時のことだ。どちらも、幸せと愛情で輝いていた。

ペイトンがフィリッパの手を握った。「わたしの幸せを壊してまで、あなたを愛してもいない男性のために戦うというの? あなたとの結婚をお父さまに言いに行くと言いながら、ほかの急ぐ用事でまだ来ていない人のために?」

フィリッパは妹の激しい言葉にショックを受けて思わずあとずさりした。だが、心のなかでは妹を許していた。ペイトンが感じている恐怖がよく理解できたからだ。ペイトンの言葉によって、フィリッパのなかの疑念も確信に変わりつつあった。

彼は愛しているという言葉を言ってはくれなかった。

「こちらに来て」フィリッパはささやき、ペイトンに腕をまわして強く抱きしめた。「すべてうまくいくわ。絶対に大丈夫よ」

ペイトンの頭越しにホイト卿と目が合ったが、なんとか冷静な表情を装った。彼の期待に満ちた嬉しそうな表情に、フィリッパは吐き気を覚えた。ホイト卿の申しこみを受けるつもりはもともとなかったが、たしかにまだ正式には断っていない。彼はすでに勝利を得たと感じている。こんな茶番につき合いたくはないが、アンソニーと話をするまではなにもできない。それに、いまは全身が不安で破裂しそうになっている。万が一にも噂が真実だった場合は、彼と結婚できるかどうかわからなかったからだ。醜聞は、父が望んでいる大切なつながりを全部断ち切ってしまう。

その時、ふいに確信した。笑いとばせないことだと。これはただの噂ではないと。自分が愛した男性は庶子だった。

ああ、神さま、どうすべきなんでしょうか？

会員制クラブの談話室を満たす静かな話し声は少し弱まったようだった。アンソニーはポートワインをすすりながら、オーウェルに関する報告書を読んでいた。あのごろつきは財政的に成功し、投資の多くで相当儲けている。

報告書は広範囲にわたっているにもかかわらず、ホークはオーウェルを見失っていた。オーウェルはサフォークにある自分の田舎屋敷に引っこんだあと、ホークが配置した複数の監視の目をすり抜けて姿を消した。あの男がなんの波紋も起こさずにただ消えたという事実が気になるが、ありがたいことにフィリッパのそばには現れていない。

報告書のある記載を読んで、アンソニーは眉をひそめた。失踪する前日にオーウェルは事務弁護士を訪ねている。彼の事務弁護士はアンソニーと同じだった。椅子が引かれる音が聞こえて顔をあげると、カルヴァートの心配そうな目がのぞきこんでいた。

驚いたことに、彼の隣りにはセバスチャンもいた。ふたりが座るのを見て、アンソニーも身を起こして椅子の背にもたれた。兄の顔に激しい怒りの表情が浮かんでいるのを見て、不吉な予感に襲われる。「どうしたんだ？」

「ニューポートがいないんだ。事務所が荒らされて、書簡がすべてなくなった。おまえに知らせるために、取るものも取りあえずやってきた」セバスチャンが淡々と言う。

アンソニーは手に持った報告書を握りしめた。くそっ。このすべてが意味することはただひとつ。「コンスタンスは大丈夫か?」

「母と一緒にいる。すぐに会いに行くべきだ」

アンソニーはうなずいた。コンスタンスはぼくを必要としている。頭が冴え渡り、冷静な論理で自分の選択肢をふるいにかけた。カルヴァートに注意を向ける。「きみが持ってきたのはどんな悪い知らせだ?」

友人の目に同情が浮かんでいるのを見てとって身構えたものの、なにが来るかはすでにわかっていた。

「父がほかの何人かと話し合いを持ち、きみが多く投資している投機事業から手を引く相談をしていた」

「どの事業だ?」

「鉄道と蒸気機関だ」

アンソニーは損失と自分の持ち分を計算した。相当な額だが、なんとかしのげるはずだ。

「理由は?」無表情できき返したのは、最悪の事態を確認するためだった。

「ヒューバート卿とゲール侯爵がカリドン・ホールディングスに、きみは嫡出の後継者ではないと報告した。今後きみとの商取引はすべて断るそうだ。きみと手を切ることは、カリドン家と完全に手を切ることだと説得を試みたが、納得した様子はなかったな」カルヴァートの声も怒りに震えていた。

アンソニーはセバスチャンと目を合わせた。人々はアンソニーの兄も、カリドン家の名が汚れるのを恐れて弟に背を向けると信じている。だが、地獄が凍りついてもそんなことにはならないと自分は知っている。

友のまなざしに訝《いぶか》りが見てとれたが、そこにはまた、友人の個人的な事情に対する敬意も浮かんでいた。「ありがとう、友よ。知らせるために急いで来てくれたことに感謝する。きみの助けはずっと忘れないよ。さあ、まずはセバスチャンと話して、それからフィリッパを見つけなければならない。遅れるわけにはいかないんだ」

カルヴァートが顔をこわばらせた。

「それは、ミス・フィリッパ・ペピウェルのことか?」彼が訊ねる。

「そうだ。なぜだ？」

カルヴァートがいつになく好奇に満ちた目でアンソニーを見つめる。「なぜ彼女と話したいんだ？」

アンソニーだけでなく、セバスチャンまで、まじまじとカルヴァートを眺めたほど奇妙な質問だった。アンソニーは心臓が止まりそうになった。オーウェルはどんな企《たくら》みにフィリッパを巻きこんだんだ？「彼女に求婚を受けてもらったので、きょうの午後に父上に話しに行くことになっている。少なくとも、ぼくはそのつもりだった。この混乱を収拾したら、すぐに行ってくる」

「くそっ」カルヴァートが両手をあげて、少し長すぎる髪を掻きあげた。

「なんだ？」アンソニーは最悪の事態を恐れてうなった。オーウェルがフィリッパの誘拐について噂を流したのか？

「投資家の会合にホイト卿がいたんだ。その場の全員に、ミス・ペピウェルと近々に婚約すると発表していたが」

裏切られたという思いに内臓を串刺しにされたような気がした。アンソニーはこみあげる感情を抑えようと歯を食いしばった。

彼女には断る権利があるが、先に自分に話すこともせずにこんな臆病なやり方で断るのはいただけない。

「ほかにもある」カルヴァートが気の毒そうに続けた。「ぼくの母が午前中に訪問を受けたんだが、女性たちが集まって、きみの妹のコンスタンスに会っても知らんぷりをしようとささやいていたのを漏れ聞いた」

セバスチャンの口から出た悪態は、アンソニーがこれまで聞いたなかでももっとも毒のあるものだった。アンソニーはセバスチャンとカルヴァート、そして自分の激怒に対しても、見かけだけは冷静を装おうとした。「知らせてくれてありがとう。感謝する」

カルヴァートが立ちあがり、手を振って挨拶すると静かに出ていった。

「すぐにコンスタンスのところに行かねばならない」報告書の紙を集めて揃え、紙挟みにしまうあいだも、頭にさまざまな思いが入り乱れる。

「ぼくも一緒に行こう」

その申し出に仰天し、アンソニーは怒りでこわばった兄の顔を見つめた。セバスチャンはもう十年以上、母親と話をしていない。久々の第一回目としては、きょうが最適な日ではないだろのはたしかだ。「必要ない。コンスタンスも、兄さんが妹を愛しているのはわかっている。ぼくはまず、フィリッパと話す必要があるから」

セバスチャンは不満げだったが、それでも小さくうなずいた。「では、おまえはミス・ペピウェルに求婚したわけか」うなるような言い方で、アンソニーがあえて避けていた件に言及した。その件は、妹のことを対処し終わるまで待ってもらうしかない。

「シェリングクロスに手紙を出して、兄さんにも知らせてくれるように頼んだのだが」兄の瞳に浮かんだ懸念ははねつけ、彼女があまりに安易に自分を見捨てたことに対する怒りを抑えようとする。

庶子という噂を少しほのめかされただけで降伏してしまったのか？　なんということだ。もっと勇敢だと思っていた。社交界を軽蔑していたはずだ。庶子である事実を伝えても、自分と結婚してくれると信じていた。きょうの午後にはフィリッパにすべてを話し、それから父親に会うつもりだった。自分はなんと騙されやすい愚か者だったのか。

混乱した思いから気をそらし、セバスチャンに意識を集中する。

「フンボルトが訪ねてきたが、彼によると、オーウェル卿の取り巻きが何人かやってきたそうだ」フンボルトは家族のお抱え弁護士で、非常に有能で影響力のある男だった。

「なんのために？」

「父が遺した書類をオーウェル卿が要求したそうだ。もちろん、フンボルトは断った」

それで事務所が荒らされて、アンソニーの事務弁護士が書類を奪われたことも説明できる。

オーウェルの大胆さがアンソニーを震撼《しんかん》とさせた。「オーウェルは大胆になりすぎているな」セバスチャンに、フィリッパが誘拐されて自分が救出した件を伝える。

「なんというやつだ！」セバスチャンが激怒の声で一喝する。

テーブル越しにアンソニーが報告書を押しやった。「すべてはここに書かれている。ぼくが非嫡出子であると広めたのがだれかは明らかだ」

セバスチャンの、これ以上冷ややかになるのは無理とさえ思える表情が、さらに冷ややかになった。「あの男をつぶしてやる」断言する。

アンソニーは苦々しく笑った。「それは順番の列に並んでもらう必要があるな。残念ながらあの男は、自分の家を全部締めきって逃亡している。大陸に向かう船に乗ったのが最後の目撃証言だ」

「憐れな臆病者だ」

長いため息を吐いて、アンソニーは気持ちを落ち着かせた。「実を言えば、自分が庶子である事実を社交界に知られたことよりも、フィリッパに捨てられたことのほうがこたえている」そう言い、セバスチャンの視線をひるまずに受けとめる。その事実を自分で認めるのは思った以上に勇気を必要とした。

「彼女を愛しているのか？」

アンソニーはグラスにポートワインを足した。「愛のことを語るとは、兄さんらしくないね。愛を信じていないのかと思っていたが」

「自分に関しては信じていないさ。だからといって、おまえに愛を見つけてほしくないわけではない」セバスチャンがうなる。

アンソニーはうなずいた。兄はかつて、彼を愛していると公言していた女性により、ひどい裏切りを被った。愛について悲観的なのは充分に理解できる。「ぼくは彼女を愛している。知的で情熱的で、上流社会のめまぐるしさは退屈だと、社交界の面々は誠意に欠けていると思っている。まさにぼくも同意見だ。しかし、あの女性も結局は同じ過ちに取りこまれてしまったらしい」言葉が舌に苦く突き刺さった。

「どうするつもりだ?」

肩をすくめてアンソニーは言った。「どうするもなにもないよ。彼女が選択したことだ」なにげなく言おうとしたが、その選択がもたらした痛みに自分がひどく動揺しているとわかっただけだった。女性のことでこれほどの混乱を覚える時が来るとは想像もしていなかった。「兄さんが正しかったのかもしれないと思う。女性というのは信頼できないものだ」淡々と言う。

セバスチャンが少しためらってから口を開いた。「おまえはいまも感情を閉じこめている。父に排除された時と同じように。もしもその言葉のとおりミス・ペピウェルを愛しているのなら、一度は話したほうがいい。彼女に面と向かって断らせるべきだ」

アンソニーはたじろいだ。たしかに自分は意気地がないのかもしれない。しかし、ほかの男のために自分を捨てると彼女の口から聞いた時に自分がなにをしでかすか、わからないのが怖い。

「これ以上、彼女のことは考えない」心ならずも断言した。「そもそも、彼女も初めはぼくと結婚したがってはいなかった。たとえ、彼女を愛していると告白したとしても、ホイトと結婚しないように説得はしない。あの気まぐれな娘にはホイトのほうがお似合いだ」

そう言いながらも、彼女がホイトの腕に抱かれ、自分が知っているあの火のような情熱で彼の抱擁を受け入れると思うだけで、胃がむかむかして、喉の奥に酸っぱいものがこみあげた。

「いまはコンスタンスのほうが心配だ」アンソニーは言葉を継いだ。「確証もないのに、コンスタンスを仲間はずれにする者がいるとは信じられない。しかし、もしもカルヴァートが正しければ――」

セバスチャンがまた悪態をついた。「やるべきことはたくさんある。ふたりで力を合わせて、どんなことをしてでもコンスタンスを守らねばならない。しかし、おまえはまず意中の女性を訪問するべきだ。臆病者だったことはないはずだぞ、アンソニー。これまで一度も。決定する前に彼女と話さなければ、一生後悔することになる」セバスチャンは立ちあがってアンソニーの肩を叩くと、そのまま出ていった。

深い思いにとらわれていたせいで、いつもならば一緒に飲んだり会話を交わしたりする紳士たちが、離れたところから彼をこっそり眺めているのに気づくまでに数秒かかった。悲しい笑みが口もとに浮かんだ。女性は気まぐれ。たしかにそのとおり。目の前に大きな影が立ちはだかったのに気づいて見あげると、なんとセバスチャンだった。アンソニーは眉を持ちあげた。

「おまえが移動手段を持っていないのを思いだした。ぼくの馬車を自由に使ってくれ。御者には言っておいた」

「そうもいかないだろう」アンソニーはゆっくり言い、ポートワインの残りを飲みほし、喉から胃にぬくもりがおりていく感じを味わった。「兄さんもシェリングクロスに戻るために必要じゃないか」

「あたりまえだ」セバスチャンがぴしゃりと言った。「おまえの屋敷まで一緒に行って、そこで旅馬車を呼ぶさ。そのほうがはるかに快適だ」

「わかった」兄に異議を唱えるとは、ぼくはいったいなに者なんだ。だれでもない。それがいまの自分だ。アンソニーは立ちあがってコートを取ると、セバスチャンと連れだって、ふたりが生きてきたほとんどを、そしてその前には父が、その前には父の父が会員だったクラブをあとにした。自分がこの場所に足を踏み入れるのはきょうが最後だろう。奇妙なことに、どうでもよかった。

どうでもよくないのは、フィリッパと直接向き合うこと。くそっ、彼女のところに行き、裏切りの真相を知らされる。これまでの人生でもっとも難しいことだ。なぜなら、彼女を無条件で愛していると悟り、彼女がついに結婚を承諾してくれた時ほど幸せを感じたことはなかったから。

あの時は未来は輝いていると感じた。夢と約束が実現すると思えた。

だが寒々しい絶望によって、希望はすべて、あっという間に消え去った。

16

慰めなければならない妹がいる。

そして、立ち向かわねばならない父親がいる。

セントジェームズ・ストリートに立つラドクリフ子爵の屋敷の前でアンソニーは立ちつくし、落ち着かなげに足を踏み替えていた。こみあげる感情を麻痺《まひ》させようと、もう数分以上も寒さに震えている。父親の家の前で。

自分の本当の父親。

その情報が鉛のように重く胃の底に溜まっている。ラドクリフとは長いあいだただの知り合いにすぎず、それから母の再婚相手になった。自分の本当の父親だと知ってからは、子爵を避けてきた。父子としての最初の出会いにどう対処していいのかわからない。

老公爵が数年前に亡くなると、母はただちに長年の愛人だった子爵と再婚した。セバスチャンとは異なり、自分は母の幸せを喜んだ。それまで彼女の瞳をずっと曇らせていた影を憎んでいたからだ。決して触れようとしなかった男を悼《いた》んで二年間喪に服さなくても、それで母を悪く思うこともなかった。しかし、ラドクリフ子爵が自分とコンスタンスの父親だとは想像もしなかった。子爵は真実を知っていたに違いないが、アンソニーに対してはおくびにも出さなかった。

いまにして思えば、告げられる必要もなかったのだろう。事実がわかれば、鏡を見るだけで気づく……つまり、周囲にも一目瞭然ということだ。

アンソニーは肩をいからせ、落ち着いた足取りで石段をのぼって扉を叩いた。扉がすぐに開き、執事が迎えた。彼の目を見れば、すべてを了解しているのはすぐにわかった。驚くには当たらない。主人は知らなくても、使用人はすべてを知っているものだ。

「来たことを知らせなくていい」そう言って玄関に入る。帽子などを渡したちょうどその時、玄関広間の置き時計が一時を告げた。

ヴァイオリンの美しい調べが流れてくる。それをたどった先は音楽室だった。コンスタンスが窓に向いたベンチに座り、アンソニーに背を向けて楽器を弾いている。ぴんと張りつめた背筋とヴァイオリンを左の頬に挟んだ構えのこわばりが、彼女の気持ちを示していた。

あっさりした青色の昼間用のドレスを着て、豊かな金髪は結ばずに腰まで垂らしている。足もとに目をやると、絹靴下を穿いた足先がドレスの縁の下からのぞいていた。

「コンスタンス」アンソニーは妹になにを言えばいいかわからなかった。

コンスタンスは背中をさらにこわばらせたが、弾く手を止めようとはしなかった。ヴァイオリンのまるで泣いているような美しい旋律に、アンソニーの心が痛んだ。コンスタンスがここまで胸に染み入る音楽を奏でるのをこれまで聞いたことがない。最後の音が小さくなってやがて消えると、終わるのを惜しむような気持ちになった。

コンスタンスが注意深く立ちあがってケースに歩み寄り、ヴァイオリンと弓をうやうやしくしまう。それから、ゆっくりとアンソニーのほうを向いた。頬に涙の筋が伝っているのを見て、アンソニーははらわたを引き裂かれるような思いだった。アンソニーを見あげるが、その表情はまるで初めて彼を見るかのようだ。疑いを持たない純真な心を持ち続けてほしいと願った自分はなんと愚かだったことか。自分が先に伝えるべきだった。残酷なささやきによって知らされるべきではなかった。

「やっぱり、本当なのね」声がかすれているのは、長いあいだ泣き続けたせいだろう。

「そうだ」

コンスタンスはびくっとした。叩かれたようなしぐさだが、実際には真実を伝えられただけだ。

母はどこにいる？　なぜここにいて、娘を慰めない？

「知っていらしたの？」コンスタンスが訊ねる。

「二週間前に初めて知った。おまえにすぐに言わなかったぼくがばかだったよ。こんなに早くおおやけになるとは夢にも思わなかった」

コンスタンスがうなずくと、その拍子にまた涙が頬を転がり落ちた。両腕で抱えこむように自分を抱きしめる。「お母さまはなぜ話してくれなかったのかしら？　お父さ――亡くなった公爵はわたしを……わたしたちを嫌っていたわ。お母さまがわたしたちを実子だと思わせたのですものね、アンソニー」

なんと答えればいいのかわからない。同じ質問を幾度自分にしたことか。自分たちが庶子だと知っていたら、立場は変わっていただろうが、少なくとも、あの老人に蔑視されてもさほど傷つかなかっただろう。そしておそらく……実の父親ともっと近しい関係を持つことができたはずだ。

「母上の行動を擁護する気はない。コニー。母上と子爵を許せるまでに時間がかかることもわかっている。だがぼくは、母上がぼくたちを守るためにその事実を隠していたと思っている。きょう、おまえが味わったような状況から守るために」

コンスタンスが涙を拭った。「でも、なぜそんなことが起こるの？　結婚していたのに！」

なんということだ。この子は純真無垢であり、なにも知らないのだ。どれほど無邪気かに気づき、アンソニーは歩み寄って妹を抱きしめた。コンスタンスが身を震わせてすすり泣く。

「ぼくたちは、母上の決断を決して理解できないだろう。だがコニー、受け入れなければならないし、なんとかうまくやっていかねばならない。たやすいとは言わないが、恐れることはない。乗り越えていけるよ。一緒に」

コンスタンスを音楽室から連れだし、客間に向かう。階段に母が座りこんでいた。両手で顔を覆っているが、その手からも涙があふれている。足音に気づいて顔をあげ、唇をわななかせてアンソニーを見つめた。

アンソニーはため息をつき、安心させるように笑みを浮かべた。

母がコンスタンスを慰めていなかったのは、先に自分を慰める必要があったからだ。母の後ろにいる子爵が、支えるように母の肩に腕をまわしているのを見て、アンソニーは心温まる思いがした。

子爵と目が合う。こうして顔を合わせると、自分がなにも見えていなかったことが不思議なほどだ。同じエメラルドグリーンの瞳。子爵の髪は年齢相応に色が薄くなっているが、アンソニーとまさに同じ金髪のなごりが容易に見つけられる。

自分がわざと見ないようにしてきたのかもしれないとアンソニーは思った。

母がようやく立ちあがると、全員で客間に入ってソファに座った。子爵が使用人を呼んでお茶の準備を命じた。

「ミス・ペピウェルの誕生会に来られなくて残念だったわね」声は嗄《しわが》れて弱々しかったが、それでもコンスタンスががんばって話の口火を切った。「お母さま……お母さまとわたしはミス・ペピウェルが大好きなの。お兄さまはなぜいらっしゃらなかったの？」

アンソニーは話題の選択に驚いて、コンスタンスを見やった。いま、自分がもっとも考えたくない人物はフィリッパだ。しかし妹は唇をすぼめ、いまの状況とは関係ない話をしようと必死だった。

「ぼくは……ほかに用事があった。あとで会ったよ、レディ・プレスコットの夜会で」

「では、贈り物をしたのね？」

「ああ、先週」彼女のことを考えずにはいられなかった時のことだ。

「なにをあげたの？　ダイヤモンド？　真珠？　それとも、ルビー？　あの方の赤毛にはルビーが似合うと思うわ」

アンソニーは小さく笑った。「地図をあげた」

コンスタンスがもたれていた彼の肩から頭をあげて、あきれ果てたという顔で兄を眺めた。

「地図？　どうして？」

「彼女は世界中を旅したいと願っているから、気に入るだろうと思ったのさ。だが、実を言えば、まだ渡していない」

「ミス・ペピウェルと結婚するつもりなの？」母が抑えた声で訊ねる。

彼はその質問に掻きたてられた感情をなんとかやり過ごそうとした。「そう……そうするつもりだった。だが、事情が変わったので、どうなるかな」

妹が眉をひそめた。「社交界から仲間はずれになったから、これからすべてが変わってしまうということね」

母がまたすすり泣き、両手に顔を埋めた。子爵の心配そうな表情は一貫して変わらず、アンソニーと一瞬目を合わせてから、優しく妻を抱き寄せた。「さあ、さあ」なだめるようにつぶやく。「大丈夫だ。きっとうまくいくよ」

ふいにアンソニーは悟った。母の痛みと苦しみを和らげるためならば、子爵はなんでもしてくれると。胸が締めつけられ、子爵に対する敬意が湧き起こる。彼は長い年月、自分の無力さを痛感してきたことだろう。自分のものにならない女性と、自分では育てられず、父だと名乗ることもできないふたりの子どもを愛してきたのだから。

アンソニーは実の父に対し、実の息子になろうと心のなかで決意した。子爵がそうさせてくれればの話だが、なぜか、それは大丈夫だという確信があった。

コンスタンスが手をアンソニーの手のなかに滑りこませ、指をからませて握った。「わたしたち、どうするの、お兄さま？」

深いため息をついてアンソニーは言った。「すべてが普通だというように普段どおりに生活し、ぼくやセバスチャン、そして子爵に任せてくれ。春に社交シーズンが始まったら招待される舞踏会には全部出席し、ピクニックや馬車の遠出にも出かけたらいい。そして、きみの王子さまと結婚する」

母が顔をあげ、涙に濡れた顔でほほえんだ。

コンスタンスがアンソニーをにらみつける。「わたしの王子さまのことをなぜ知っているの？」

「まるで、うまく秘密にしてきたような口ぶりだな」

妹の憤慨した表情にアンソニーは笑いだし、また自分の脇に引き寄せた。「うまくいくさ。たしかに事情は多少変わったが、社交界がなにを言おうが気にしなければいい。そうだろう？　大事なのは家族だ。そして、ぼくたちを支えてくれる友人たちだ。一番重要なのは協力し合うこと。そして、たしかに少し複雑な関係だが、ぼくたちみんなが家族だと、真の家族だと認め合うことだ」

子爵がアンソニーに向かってほほえみ、そしてつぶやいた。「そのとおりだ。息子よ」

しばらくのあいだ、全員が黙ったまま暖炉でぱちぱちと燃える炎を見つめ、もの思いに沈んでいた。

「アンソニー……」ようやくコンスタンスが口を開いた。「なぜ、ミス・ペピウェルと結婚するのをやめたの？」

アンソニーの心臓が鼓動を止めた。炉火を見つめ続けたのは、みんなの瞳に浮かぶ同情を見るのに耐えられなかったからだ。「逆なんだよ、残念ながら。ホイト卿が彼女と結婚すると発表したそうだ」

妹が小さく息を呑んだ。「たしかなの？」

「ホイト卿の心づもりのことか？　それならイエスだ。彼女の意志か？　違うとは聞いていない」

「まあ、そんな。あなたはどうするつもりなの？」母が口を挟む。

アンソニーはようやく炉火から目をあげた。「ぼくはどうすべきだと思いますか？」

一瞬、母が息子の心の奥深くを探っているような感じを受けたが、落ち着いた声で答えたのは子爵だった。「その女性を愛していて、彼女なしでは生きていけないのなら、手に入れるために戦うんだ」一生後悔してきた男の言葉だった。

コンスタンスがアンソニーの手を握った。「そのとおりだわ、アンソニー。ほかのだれかがあなたから大切な人を奪うなんて、そんなことをさせてはだめよ」

やれやれ、妹はこと愛の話になると、純真さにますます磨きがかかる。とはいえ、子爵の人生の教えとともに、セバスチャンの忠告もいまだ心に響いていた。

「あの方のところに行くの？　だれを選ぶのか訊ねるために？」母が言う。

彼はうなずいた。フィリッパと向き合う決意はすでに固まっている。「行ってくるよ。どちらにしろ、きょうの午後に彼女の父上と話をする予定にしていたんだ。その約束は守ったほうがいい」彼女の口から断りの言葉を聞く必要がある。

そうすれば、心からフィリッパを完全に断ち切ることができるだろう。少なくとも、一生後悔し続けなくて済む。

執事がアンソニーの名前を告げ、彼がゆったりした歩調で入ってくると、ペピウェル家の客間に集った多くの訪問客が一様に凍りついた。

フィリッパの心臓は飛び跳ねたが、足は絨毯に根が生えたように動かない。

きょうになって戸口に現れた訪問客――フィリッパの〝崇拝者〟に関する醜聞が、フィリッパ本人の耳に入ったかどうかを確かめるために来た〝友人たち〟――の数に、彼女は呆然としていた。ホイト卿は当然のようにフィリッパの横に居座り、断固として動かない。彼女はなんとか家から逃げだしたかったが、母と叔母、そして父までが協力して包囲網を築き、アンソニーと彼のかわいい妹をあしざまに言う噂話に耳を傾けるように強制した。フィリッパにできるのは、冷ややかで無関心な態度をとり、周囲の悪意に満ちた言葉に影響されないようにすることだけだった。

母の甲高い笑い声が、アンソニーの登場でぴたりと途切れた。

彼がフィリッパのほうに向かって歩きだすと、人々がさざ波のように二手に分かれた。だれもがあっけにとられ、エメラルド色の瞳に浮かぶ危険なきらめきを興味津々でうかがっている。自分とアンソニーのふたりをせわしなく見比べる人々の憶測に満ちた視線を痛いほど感じたが、その顔に浮かぶ非難をフィリッパはかたくなに遮断した。

そんなことよりも、アンソニーの目に浮かぶ表情に心が引き裂かれる。後ろに隠れていようと決めた氷のうわべがいまにも打ち砕かれそうだ。ダークグレーの上着とズボンに桃色のベストを着た彼は、最高にハンサムだった。

「どうやって入ってきたのかしら？」レディ・メリウェザーがみんなに聞こえるようなささやき声でフィリッパの父に言う。「すぐに出ていくように言ってくださいな」

アンソニーがフィリッパの前で足を止めた。フィリッパの心臓が激しく打ち鳴った。

「婚約者に紹介していただけるかな」彼の声は滑らかでなんの感情も表さず、瞳のなかで渦巻いている嵐とはまったく一致しなかった。

なんと答えればいいのかわからない。彼は間違っている。自分はホイト卿の求婚を承諾してなどいない。自分は二十一歳になれば、ロンドンを離れる計画を立てている。アンソニーと結婚できないのなら、ほかの男性とは結婚したくない。「わたしは――」

「こちらにおいで、かわいい人。ぼくは詐欺師には紹介されたくない」ホイト卿がつぶやき、痛いほど強くフィリッパの腕を取った。

アンソニーが死んだように静かになるのを見て、フィリッパの心が悲鳴をあげた。

「ここまで乗りこんでくるなんて、なんとあつかましいこと」レディ・ジェフリーの辛辣なささやきが、一千本のナイフのようにフィリッパを突き刺した。アンソニーは意地の悪い言葉など聞こえないかのように、フィリッパの反応を待っている。

母が青ざめた顔でフィリッパを見つめている。向こうの隅にいる叔母の表情も非難に満ちている。この家の客間に入るはずがないほどの大人数の真ん中にただひとり立っているのに気づき、フィリッパは息を吸おうと必死になった。ロンドン社交界の全員が、強い関心を持って自分の一挙一動を見守っている。

「フィリッパ？」アンソニーの低い声がフィリッパの奥深いところにあるなにかを呼び起こした。

家族全員の期待がフィリッパを押さえつけていた。ペイトンの懇願するまなざしも見えていた。

フィリッパの口が動いたが、声は出てこない。アンソニーが差しだした手をただ眺める。なぜ、彼はここに来たの？　なぜ、わたしをこんな目にあわせるの？　この状況では、彼を断る以外にわたしに選択肢がないのはよくわかっているはずなのに。家族を救うために。目から涙があふれる。フィリッパは心をかたくなにしてなにも応えず、彼に背中を向けた。そして、あとで説明する機会をアンソニーがくれるのをただ祈った。

妹や母親の目に浮かんだ安堵を見て、罪悪感に苛まれる。ホイト卿が誇らしげに口角を持ちあげた表情は耐えがたかった。ホイト卿が励ますようにつかんだ腕を乱暴に振り払う。

その時突然、レディ・ヘンリエッタが憤りの金切り声をあげた。彼女の手が、ちょうど届けられたばかりらしいガゼット紙の夕刊を掲げている。「なぜ、こんなことが書いてあるの？」大声で叫ぶ。「ここに告知が掲載されているわ。ミス・ペピウェルが近々アンソニー卿と結婚すると！」

部屋にいる全員が息を呑んだ。全員がフィリッパのほうを向き、全員の目がフィリッパに注がれた。

どうすることもできない……フィリッパはアンソニーを見やった。彼の目は狭まり、冷ややかな光を帯びている。その嫌悪感に満ちた皮肉っぽい表情にフィリッパは立ちすくんだ。ホイト卿がまたフィリッパの腕を取り、優しいとはとても言えないやり方で引っぱった。

「だれが見ても明らかだ、それは真実ではない」ホイト卿が大声で言う。「ならず者が純真な女性を陥れる悪意に満ちた嘘だ」

フィリッパはなにも言えずにごくりとつばを呑みこんだ。アンソニーが送ると言っていた告知のことをまったく失念していた。

アンソニーの唇があざ笑うようにゆがみ、フィリッパを侮蔑する。それは骨の髄まで凍りつくほど冷たいものだった。「たしかに明らかだな」彼がゆっくりと繰り返した。

その瞬間、フィリッパは自分の心臓が張り裂けたと確信した。

彼に拒絶された。彼の心から追いだされた瞬間がはっきりとわかって、その瞬間に自分のすべてが粉々に砕け散った。ホイト卿がつかんだ手を引きいてフィリッパが、急いで振り向くと、アンソニーは戸口のほうへ歩きだしていた。部屋にいる全員がまるで魅せられたようにフィリッパを眺めているが、それを気にする余力など一ミリも残っていない。吐きそうになり、顔から血の気が失せた状態でアンソニーの背中を凝視した。

「しっかりしなさい、フィリッパ」母が耳もとで語気荒くささやく。

まるで酔っ払いの集団のような忍び笑いが広がり、人々の優越感が剝きだしになった。庶子の分際で婚約という嘘をついたろくでなしをミス・ペピウェルが断ち切ったと、皆が口々につぶやき、部屋全体が興奮のうねりに包まれる。フィリッパは強く引っぱる母を振り払い、ホイト卿の辛辣な悪態を無視し、人々のあいだを大股で歩いていくアンソニーの背中を見つめ続けた。

「わたしたちの顔に泥を塗ってはだめよ、フィリッパ」叔母も扇子をばたばたあおぐ陰で鋭くささやく。

気が遠くなるほど激しい喪失の痛みに押しつぶされ、息もできない状況で研ぎ澄まされた全身の神経がふいに、彼を行かせることなどできないと知覚した。その時だった。父がフィリッパと目を合わせ、優しくほほえみかけたのは。非難が渦巻く海のなかで、唯一、愛情のこもった容認のほほえみだった。ああ、お父さま。

フィリッパは人々の手を振り払い、父以外の家族の制止の叫びを無視した。アンソニーに追いつこうと人々を押しのける。しかし、訪問客の人波に押し戻されてなかなか進まない。彼が玄関に着き、後ろを振り返ることもせずに執事からコートを受けとるのを見て、フィリッパは絶望感に駆られた。アンソニーはフィリッパがあとを追っているのに気づいてもいない。

自分が玄関広間に着くより前に外へ出て馬車に乗り、永遠に去ってしまう。

「アンソニー！」フィリッパは叫んだ。

客間がぎょっとしたように静まり返った。でも、彼は振り返らない。足取りをゆるめることもしない。フィリッパが笑い物になることなど気にかけていない。目の隅に、失神した母をホイト卿が抱きとめるのが見えた。

フィリッパはもっと声を張りあげた。「愛しているわ、アンソニー・ソーントン。あなたのお父さまがだれであろうとかまわない！」

フィリッパの大胆で誇らしげな宣言が屋敷じゅうに大きく反響した。わたしは彼を愛している。だれに知られてもかまわない。いいえ、全世界に知ってほしい！　実際、このあとはみんなが知ることになる。

燃えるように熱い頬を押さえ、フィリッパは不安な思いで彼の反応を待った。紅海のようにふたつに分かれた人々も、全員が息を止めて待ち受けた。

玄関を抜ける半ばで、ついにアンソニーが足を止めた。

フィリッパの心に希望が湧きあがる。

彼がこのうえなく優雅な物腰で振り返ると、広がり続けていたフィリッパと彼の隔たりが止まった。

そして、ようやくアンソニーが反応を見せた。それは、満面にゆったりと広がる官能的なほほえみだった。フィリッパの視線をとらえ、じっと目を合わせる。両手を差しだされた時には、今度はフィリッパもためらわなかった。走り寄り、彼の手に震える両手を預ける。

「愛しているわ。あなたの名前がなんであろうとかまわない。わたしが一緒に名乗れるのなら」

彼の低い笑い声がフィリッパの全身を温かく、安心させるように包んだ。頭をさげて、フィリッパの唇にそっと口づける。すぐ近くでさまざまな声が湧き起こった。憤りのうなり声、あっけにとられたようなくすくす笑い、咳の発作。レディのひとりが気を失った。

アンソニーがそんな声に背を向けて屋敷をあとにする。フィリッパもみずから彼の腰に手をまわし、進んで彼に従った。

自分の大胆さに心臓がどきどきと高鳴っている。あとにした客間でどれほどの騒ぎが起こっているかは容易に想像できたが、あえて気にしないようにした。心が震えて止まらない。母と妹の顔に浮かぶ表情を思うと、罪悪感にかられていても立ってもいられない。でも、アンソニーの打ちのめされた表情に心をずたずたに引き裂かれるほうがもっと耐えられない。

曲がり角でカリドン家の馬車が待っていた。アンソニーはすばやくフィリッパを乗せると、彼女には聞こえないような声で御者に指示を出した。馬車ががらがらと音を立てて走りだした。フラシ天張りの内装はとても優雅だが、あわだつ神経を静めるには役立たない。彼が窓についた日よけをおろし、周囲の世界を締めだした。

そしてようやくフィリッパに目を向けた。その瞳の輝きは、これまで見たことがないほど激しかった。愛し合った時でさえ、ここまでではなかった。彼がコートを脱いで、ベストのボタンをはずすのを見て、フィリッパは目を見開いた。彼の顔に浮かんだ激しい欲望に、体の奥がかっと熱くなる。

「どこへ行くの、アンソニー？」恐れと興奮の両方で声がかすれる。

「グレトナグリーンへ」

フィリッパは目をぱちくりさせた。そのあと、喜びであふれんばかりの笑顔になったが、それもすぐにうろたえた表情に変わった。うろたえたといっても、それはいい意味での戸惑いだった。「結婚するために⁉」

「きみは冒険のほうが好きだと思ったんだ。そこで夫婦になろう。ガゼット紙とタイムズ紙に告知が出てしまったからには、それを事実にしなければならない」

「そうね、本当にしなければ」フィリッパはうなずき、彼の膝に座ってキスをした。「それに、冒険も好きだし」

フィリッパの愛の攻撃を受け、アンソニーがくぐもった笑い声を立てた。「ポケットに結婚特別許可証が入っている。スコットランドまで行かなくても、教区牧師のもとで結婚できるし、グレトナグリーンの鍛冶屋の司式で結婚することもできる」

「鍛冶屋がいいわ」フィリッパはキスのあいまに答えた。

アンソニーの両手がフィリッパの腰を握りしめた。「ああ、きみがほしくてたまらない。きみに取り憑かれている」

その欲望の証拠が彼のなかで急激に高まるのを肌で感じ、フィリッパは無条件に降伏した。

「それなら、わたしを奪ってくださいな、閣下」

アンソニーがキスを返し、感情と情熱のすべてを蜂蜜のように注ぎこむ。長い長いキスのあと、フィリッパは彼に、これまでで一番光り輝く笑みを贈った。

「一緒に旅をしましょうね。航海に出て、自由を得ましょう」

「どこでも、きみが行きたい場所に行こう。金の心配はいらない。千回冒険しても余るくらいあるからね。きみを喜ばせることだけがぼくの望みだ」

心が高揚して、目もくらむほどだった。「それは、わたしを愛してくれているということ、閣下？」

「ぼくがきみを徹底的に愛し、徹底的に崇拝しているということだ」

フィリッパのなかの凍りついていたすべてが完全に溶けた。官能的な笑みに唇の端が持ちあがり、熱いものが体の隅々まで行きわたる。がたがた走る馬車に揺られながら、フィリッパは自分のなかで完璧な幸せが広がるのを感じていた。

「さっき言ったことは本当よ」満ち足りた声で言う。「でも、あの噂は本当なの？」

アンソニーがうなずいた。「そうだ。ぼくの父はラドクリフ子爵だ。間が悪いこの時期に明らかになったのは、オーウェルの仕業だ。きみを自分のものにする計画を阻止された腹いせだろう」

フィリッパは恐れおののきながら、老公爵の手紙のことや、事務弁護士の事務所が不法侵入にあった話に耳を傾けた。あまりに不公平な現実に身が切られる思いだった。「本当にごめんなさい、アンソニー。わたしのせいで、あなたも妹さんも傷つくことになってしまったのね」

アンソニーが顔をしかめた。「悪いのはきみではなくオーウェルだ。自分のせいだなんて、絶対に言わないでくれ。違うのだから」彼のまなざしは真剣だった。

フィリッパはうなずいた。「わかったわ。約束する」

「ぼくを信じているかい、フィリッパ?」

ふたりのあいだにかすかな緊張が走った。心臓がひとつ飛ばしで打った。フィリッパはただずっと彼の腕に抱かれていたかった。「ええ、だれかをこんなに信頼したのは初めてよ」

アンソニーがうなずくと、張りつめた緊張がさっと消えた。「兄と子爵と三人で、オーウェルや醜聞の影響に対処する。ぼくはきみと一緒にロンドンを離れる。それは約束するが、その前に少しだけ時間がほしい。妹のコンスタンスときみの家族のためだ。ぼくらの大切な妹たちが噂に打ちのめされ、社交界に押しつぶされる。手遅れになる前に非難のもとを根絶しない限り、妹たちの夢は完全に断たれてしまう」

喉が締めつけられるように苦しかった。「あなたと妹さんが、自分とは関係のないところで評価されるなんて本当にひどいわ。あなたは高潔な人で、レディ・コンスタンスは本当にすばらしい女性なのに」

「そう言ってくれるだけで嬉しいよ」

「あなたのお父さま、亡くなられた公爵……」頭のなかにさまざまな質問が浮かんだが、彼の瞳に浮かぶ苦痛の炎が声になるのを止めていた。彼がどんなに傷ついたかを思うと心がひどく痛んだ。「なぜ、そんなことをしたのかしら？」

アンソニーはためらった。「たしかなことは永遠にわからない。おそらく、自分の地所をいつの日かぼくが相続すると思うと耐えられなかったのだろう。正直に言えば、ぼくのなかのかなりの部分があの人が実の父親でなくて喜んでいる。父親らしいことは一度もされたことがないからね。さあ、終わりだ。ほかの話をしよう」

フィリッパはキスを再開したかったが、彼の瞳に浮かぶ、あるかないかの警戒の光に躊躇した。

「わかったわ……わたしを愛してる？」つぶやく声が無意識のうちにかすれ声になる。

警戒の表情が消えて、ゆったりした魅力的な笑みが浮かんだ。「きみには想像もできないくらい深く愛している」

全身が震えた。アンソニーの苦しみも痛みも取り除き、不安を癒やしてあげたい。脚を移動させて彼の膝の上にまたがる。はにかんだ表情でアンソニーを見やりながら、スカートをできるだけ持ちあげた。

アンソニーの見つめる前で自分をあらわにしていく。彼がうめいたのは、以前と同じく、下穿きを穿いていないことに気づいたからだ。挑発するように脚を開いた。

「こんなにすぐにみだらな振る舞いをするとは」彼がうなった。瞳が欲望と強い愛情に輝いている。

フィリッパは眉をひそめてみせたが、引き寄せられてすぐに笑いだした。彼の瞳にさまざまな感情が映り、フィリッパの興奮を掻きたてる。体の奥で欲望が花開き、すっかり濡れそぼった。アンソニーが手際よく彼のものを解放し、大きく張りつめた先端をフィリッパの秘所に少しだけ入れる。前戯は必要なかった。両手でフィリッパの尻を包み、力強いひと突きで彼女のなかにおさまる。

そして、口づけでフィリッパの悲鳴を呑みこんだ。「愛している、フィリッパ。醜聞は一生ついてまわるだろう。しかし、きみの不屈の精神と情熱とそのみだらさ、そして瞳にはっきり映っているその愛情が一生を満たしてくれるのならば、ただのひとつも後悔はない」

フィリッパはうなずいた。アンソニーの両手に力が入ったと感じた瞬間に持ちあげられ、下から突きあげられた。「一生きみを飽きさせない」彼が誓う。「きみが想像もしないような官能の悦びを味わわせたい。したいように自由に振る舞ってほしい。その勇気と大胆さと情熱を一生愛し続けるよ」そう約束する声は感動のあまりかすれていた。

荒々しく唇を奪われると、その激しい渇望に魂まで揺さぶられた。無上の悦びに陶然となり、自分の愛情と渇望のすべてをこめてキスを返した。

「あなたはわたしの夢をかなえ、望みを満たし、恐れを癒やしてくれた。愛しているわ、アンソニー」彼の唇に向かってささやき、押し寄せた恍惚の波に激しく身を震わせた。

ふたりの快感が煌々《こうこう》と燃え盛って車内まで輝かせるあいだも、馬車は夫婦になるという最初の冒険に向けてふたりを運んでいた。

フィリッパは疑念を押しやり、アンソニーの愛を受け入れた。そしてふたりは手を携え、不確かで興奮に満ちた未来に向かって走りだした。

17

キルダーン城の壁を抜けて入ってくる寒気も、フィリッパの気分を損なうことはなかった。本当にアンソニーと結婚したいま、これ以上の幸せはあり得ない。

新婚生活はいまのところ、わくわくする期待と興奮に満ちている。この二週間というもの毎晩愛し合い、そのたびに恍惚のきわみまで押しあげられた。みだらな行為を思いだすだけでも赤面してしまう。日中は語り合ったり、英国の南西部に点在する古い城を旅したりして、彼の人生や過去にますます惹きつけられた。魅力あふれるならず者という表向きの顔の裏に、彼本来の姿がどれほどたくさん隠されていたかも理解しつつある。父だと思っていた男と孤独、そしてその男が浴びせた非難について語る時、彼の瞳に深い悲しみがあふれた。ありがたいことに、母親や実の父親であるラドクリフ卿とのあいだに花開いた関係は過去を補うに留まらず、全員の人生に喜びをもたらした。

前日よりもさらに親切で頼り甲斐のある夫に出会い、そんなことが可能とは思えないのに、前日よりさらに惚《ほ》れこむ日々が続いた。大急ぎで結婚した一週間後に、アンソニーは遅ればせながら誕生日のプレゼントをくれた。それは地図で、訪れたい場所に印をつけてくれるだけでいいと言われた。計画している大陸旅行の立ち寄り先に加えるからと。嬉しいと同時に謙遜も感じなり、彼を永遠とも思えるほど長いあいだ強くしっかり抱きしめた。

そうやって、ロンドンに戻る前の執行猶予とも言える短い期間を、ふたりは秘密の蜜月として過ごしたのだった。

「二週間前には実家の客間に立ちつくし、両親がいまにもホイト卿との婚約を発表するかもしれないとびくびくしていたのに。いまはあなたの妻だなんて、とても信じられないわ」満ち足りた声でつぶやく。

アンソニーがうなった。「きみがほかの男と婚約していたのを、ぼくに思いださせるのはあまり賢いこととは言えないな」

「婚約はしてないわ！　前にも言ったでしょう？　たとえ両親がそう発表しても、もちろん反論するつもりだったわ」笑い声を立て、体をまわして彼の腕のなかから抜けだし、ベッドのそばの掛けくぎにかけた絹の部屋着を羽織る。

キルダーン城と英国の南西部は、フィリッパが訪れたなかでもっとも美しい場所だった。谷を取り巻く深い森を愛し、この城が経てきた驚くべき史実を実感した。

「きょう、戻らなければならないの？」沐浴《もくよく》をしながら彼に声をかける。家族のもとに戻る日が迫り、不安が増していた。何度手紙を出しても返事をくれないペイトンと向き合うことへの不安。グレトナグリーンに急行して結婚し、すぐにアンソニーの城に戻った。嵐のように愛し合い、読書をしたり、トランプでピケットをしたり、チェスをしたりして秘密の蜜月を過ごした日々が、心からほかのすべてを消してくれていた。でも、その幻想も終わるいま、目の前に横たわる困難な現実を心配せずにはいられない。

「そうだ。ぼくたちの居場所は両方の家族に知らせたが、さすがにこれ以上ロンドンに戻るのを遅らせるわけにはいかない。二日前のガゼット紙に、数週間後にぼくたちの結婚式を催す旨の告知を載せた。その時まで、きみは両親のもとで嫁入り道具《トルソー》を準備してくれ。きみがドーセットの母上のいとこのもとに滞在していたという話に騙される者はほとんどいないだろうが、社交界の公式見解では、ぼくたちはまだ結婚していない。結婚式を待ちに待っている役割を演じる必要がある。少なくとも、きみの家族のために」

フィリッパは大きくため息をつき、背中から伝わるぬくもりに身を預けた。彼がフィリッパの体を優しくまわし、頭をさげて慰めるように口づけた。

「きみは実家に閉じこもり、ぼくはベイブルックで花嫁を迎える準備をしていたと思わせて、詮索好きな目やかしましい舌がもっとおもしろい噂話に向かうのを期待しよう」

「オーウェルのことは、なにか知らせてきたの？」

「予想どおり逃げだした。調査員が何人も見張っているから、たとえずうずうしくロンドンに戻ってきても、絶対に見逃さない」

両手をアンソニーの首にまわし、顔をあげてもうひとつキスをねだる。

そして長い長いキスのあとに唇を離し、フィリッパは言った。「心から愛しているわ、旦那さま」これを飽きて言わなくなる日や、彼が口を曲げた官能的な笑みを浮かべるたびにその言葉をささやかなくなる日が来るなんて考えられない。

「ぼくも愛しているよ」彼がまた優しくキスをした。「呼び鈴を鳴らして朝食を運ばせよう。食べたあとは旅の支度をしなければ」

「そうね、残念だけど」フィリッパはつぶやいたが、身を引く代わりにキスを深めて小さくうめくと、彼の体が与えてくれる快感に迷いこんだ。

アンソニーが喉の奥で笑った。彼の両腕に包まれたまま、そっと押されてベッドまで後ろ向きにすさり、妖艶にほほえむ。

朝食はもう少し待ってくれるだろう。


愛し合ったあとは、フィリッパがクロワッサンをほおばる官能的な食べ方に気を取られながら、タイムズ紙に掲載された短い告知を三度読んだ。そして、三度読んでもまだ、なんのことかさっぱりわからなかった。

「なんてことだ！」ようやく理解して叫んだ時には、危うくコーヒーカップを落としそうになった。

突然の大声に驚いてフィリッパが目をあげた。フォークをおろし、不審そうな目で彼を眺める。「なにがあったの？」

驚愕のあまり呆然としたまま告知を読みあげたが、それでもまだ、その記載が信じられなかった。

「第十二代カリドン公爵セバスチャン・ソーントン卿が、レディ・ジョスリン・ラスボーンとの結婚を発表した」

フィリッパの口がぽかんと開いた。「あらまあ！　婚約していらっしゃることも知らなかったわ。お相手は、あなたが話してくれたレディ・ジョスリン？　お母さまのロケットをあげたという？」

アンソニーはフィリッパを見やり、ついに地獄が凍りついたのだろうかと思った。それとも、ジュール・ベルヌの空想の世界に迷いこんだのかもしれない。セバスチャンが結婚？　レディ・ジョスリンと？　「そうだ、その女性だ」

「公爵とその方がお知り合いとは知らなかったわ」

「知り合いじゃなかった」アンソニーは告知をもう一度読んだ。五回目だった。「これは冗談に違いない。いたずらされたんだろう。セバスチャンは結婚を信じていない。結婚は一生しないと誓っていた」フィリッパが椅子を押しやって立ちあがり、近寄って彼の肩越しに告知を読んだ。「タイムズ紙は、公爵ご自身が出さない限り、こんな真面目な告知は載せないでしょう？」

アンソニーはうなずいた。「きみの言うとおりだ。だが、それでも……とても信じられないよ」

セバスチャンが結婚した？　レディ・ジョスリンの火のような性格と、女性に対する兄の限りなく冷ややかで皮肉っぽい態度を思い浮かべる。あり得ない。大災害が起きつつある。

「いい知らせとしては」じっと考える。「この展開は間違いなく、社交界の目をぼくたちの関係からそらしてくれる。願わくば、ぼくの出生についてもだ。しかも、ぼくはそのうち、セバスチャンの後継者ではなくなる」ふいに満面の笑みが広がった。「そうか、まったく男の風上にも置けないやつだな！」嬉しそうにつぶやく。「妊娠させたに違いない。それが理由だ！」

「どうするつもり？」フィリッパが興味津々で訊ねた。

アンソニーは笑った。新聞を置き、フィリッパを膝の上に抱き寄せる。「どうする？　なにもできないさ。衷心から祝いの手紙を書くくらいかな」ふいに顔をしかめた。「できるだけ離れて、遠方から出そう。レディ・ジョスリンとセバスチャンの両方を知っている身としては、ふたりの花火から可能な限り遠ざかるのが最良の戦略だ」

フィリッパはくすくす笑った。「まさか、花火が爆発するわけじゃないでしょう？」

「ああ、たぶん違う」眉間の皺を深める。「爆発するのは火山だ」

フィリッパの驚いた顔を見てアンソニーも笑った。フィリッパの瞳がいたずらっぽくきらめくのが好きだった。彼女を見ることもキスすることも、ただそばにいることにも、一生飽きないだろう。

「あなたのせいで、好奇心に火がついてしまったわ。ぜひともおふたりを訪問しなければ」

「もう数週間でクリスマスという時に？　コンスタンスとぼくはいつもシェリングクロスでクリスマス休暇を過ごしている。そこで会えるはずだ」アンソニーは息を吐いた。「だがまずきみは、ご両親のもとに帰らねばならない。ぼくもきみの父上に話をする必要がある」

フィリッパはおもしろがって眉をあげた。「つまり、わたしをすっかり自分のものにし、連れ去って、結婚して、しかも二週間もわたしを城砦《じょうさい》に閉じこめたあとに……ようやく父と話をするというわけ？」

その瞳のきらめきがゆっくりと消える。

アンソニーは彼女の表情を探った。「なにを心配している？　父上にはすでに祝福してもらっている。駆け落ちした晩にも、手紙の返事でも」

フィリッパが額をさげてアンソニーの額に押しあて、ため息をついた。「父のことではないの。ペイトンから返事が来ていないのよ。わたしが出した五通は全部届いているはずなのに。あの晩の行動に後悔があるとすれば、それはペイトンにどんな影響があるかということだわ。あの子は本気でジェンセン・セントジョン卿を愛しているのに、わたしがだめにしたかもしれない」

アンソニーは、セントジョンについて自分が知っている事実を思いめぐらした。知的で情熱があり、時に多少せっかちだが、高潔な若者だ。「彼がペイトンを愛しているのなら、彼女を支えてくれるはずだ。ロンドンに戻ったら、ぼくも話してみるよ」

「ほんと？　よかった、ありがとう」

アンソニーはフィリッパに優しく口づけ、すべてがうまくいくと約束できればと願った。しかし、これまで生きてきて学んでいる。人生に絶対に確実、絶対に公平ということはあり得ない。

たしかだと思えるのは、妻に対するいつまでも変わらない深い愛情のみ。妻が幸せに笑っていられるように全力を尽くすつもりだ。そして、妻が彼のために同様にしてくれることもわかっていた。

二週間とほんの少しフィリッパと離れていただけで、地獄の火に焼かれているようだった。彼女を家族のもとに送り届け、父親と話をした。ミスター・ジョナス・ペピウェルは頭の切れる人物で、家族の将来に関しても壮大な構想を持っている。社交界をのしあがってきた図太さを持ちながら、きわめて厳格な人だった。彼のような人間には前にも会っている。状況を鑑みずにただ上流社会の価値観を支持し、断固として意見を曲げない輩《やから》だ。

　彼が自分の娘を汚れたものと表現し、その強い意志と異端的な行動を、自分に代わって対処してくれる奇特な人には心から感謝したいと言った時には、顔の真ん中にげんこつを叩きこんでやろうかと思った。

　ちょうどキツネ狩りやライチョウ撃ちや休暇を過ごすために、最上流階級のほとんどが田舎の屋敷に引っこんでいる時期なので、社交界のさげすむ視線はあまり感じなくて済むだろうと期待していた。フィリッパの叔母には、無事に――つまり、おおやけに――結婚するまでは、フィリッパから離れているよう誓わされた。馬車で出かけるのもなし、劇場の夕べもなし、当然ながら密会も絶対になし。そして、結婚式の日取りをボクシングデー――クリスマスの翌日――にし、ハンプシャーの新しく改装した彼の邸宅で執りおこなうことで合意した。

　なごやかな結婚式のあとは、家族とごく親しい友人たちだけを招いて少人数の祝宴を開く。アンソニーは皮肉っぽく口をゆがめた。それについてはまったく問題はなかった。かつての大変な数の知人たちは片手で足りるほどに縮小していたからだ。

　本当に親しい友人たちは、とっくの昔に遺憾の意を表した手紙をよこしてくれている。会員制クラブからはすべて追放されたが、それについては意外なほど気にならなかった。上流階級からの招待状は著しく減るだろうが、真の友人たちは支えてくれるとわかっている。

クリスマスまで一週間を切った時点で、セバスチャンから結婚を知らせる手紙を受けとった。それには、公爵夫人の主催するクリスマスディナーへの正式な招待状も同封されていた。一族全員が集まるクリスマスディナーの前に公爵夫人に挨拶できればいいと思っていたが、やむを得ない。彼女は夫に、アンソニーとの短期間の交際について話しただろうか。それについては決まり悪さが先立ち、いまだセバスチャンに切りだせずにいた。

そしていま、セバスチャンの屋敷の図書室で兄とふたり暖炉の前に立ち、飲み物を飲んでいた。

「コンスタンスは本当に大丈夫なのか？」セバスチャンがそう聞いたのはもう三回目だった。

アンソニーはため息をつくと、扉の裏側に位置する本棚までぶらぶら歩いていき、新しく入った新刊本を手に取った。「まあ、予想していたような感じだ。まだラドクリフ卿の田舎屋敷に滞在している。シーズンが始まるまでには、母と一緒にロンドンに戻ってくるだろう。気は進まないようだが、勇敢な子だから、恐れは感じていても必ず来るはずだ」

セバスチャンが暗い表情でうなずいた。「数週間前、アンドリュー・ベラミー卿から申しこみを受けた。あの子の出生に関する噂が出たあとに丁重に断ってきたがね」

「あの男は恥知らずのごろつきだ。コンスタンスにはふさわしくない」アンソニーはうなるように言い放ち、本をぱたんと閉じて棚に戻した。

セバスチャンが答える前に図書室の扉が勢いよく開いて、危うくアンソニーにぶつかりそうになった。風を切るように入ってきたのはレディ・ジョスリンだった。淡いピンク色の午後用のドレスを身につけ、髪は高く結いあげて複雑な形にまとめている。

扉は閉めたものの、セバスチャンを一心に見つめているせいかアンソニーがすぐ後ろに立っているのに気づいていない。

セバスチャンが丁寧な口調で訊ねた。「どうした、ジョスリン？」

「わたしはあなたに恋しているの」レディ・ジョスリンが前置きもなく唐突に宣言した。閉めた扉にもたれ、後ろにまわした両手で取っ手をしっかりと握りしめる。

アンソニーは仰天し、思わず前に出ようとしたが、セバスチャンの一瞥に制止されてその場に根をおろしたように立ちつくした。

「あなたに恋をしているのよ、セバスチャン」レディ・ジョスリンが挑発するようにもう一度言う。「愛しているの。あなたの温かさ。小作人に寛容なところ、それにその激しさ……

情熱。あなたの――」

「もう充分だ、妻よ！」セバスチャンが激しい口調でさえぎった。アンソニー以上に驚いているらしい。

しかし、レディ・ジョスリンはさえぎられたことなどには頓着もせずに言葉を継ぎ、その内容はますます親密さを増した。アンソニーは自分が置かれた状況に恐れおののいたが、同時にセバスチャンの状況も案じずにはいられなかった。兄の声が普段に増して冷たく無愛想に、妻の愛の告白を押し留めようとする。アンソニーは兄をぶちのめしたくなった。レディ・ジョスリンが心のうちをさらけだしているのに、兄は無表情にただ座っている。

ジョスリンが引きさがらずに自分の気持ちを辛抱強く説明し続けるのを見て、彼女に対する称賛の念がいや増したが、一方で、彼女の激しい気質を知る身としては、さほど驚いていなかった。

レディ・ジョスリンは言い終えると、夫の答えを待ったり、反応を見守ったりはしなかった。さっさと背を向けて、扉をぐいっと引き開け、すたすたと部屋から出ていった。

そのとたん、無表情だったセバスチャンの顔があっけにとられた表情に変わった。ここまで深刻な雰囲気でなかったら、アンソニーはそれを見てきっと笑っていただろう。

アンソニーは咳払いをした。「ぼくが部屋にいることをレディ・ジョスリンが気づいていたとは思えないな」

「そうだろうか？」

気まずい雰囲気にもかかわらず、いつも冷静沈着な兄がうろたえているのを見て、アンソニーは非常に嬉しかった。セバスチャンを狼狽させられる女性がいるとは実にすばらしい。兄にはそれが必要だ。活力にあふれ、なんぴとにも抑え難きレディ・ジョスリン・ラスボーンが、たとえどんな方法であれ公爵を陥落させたことはきわめて喜ばしい。「兄さんのそこまで困りはてた顔は初めて見た」

「うるさい、黙れ」兄が顔をしかめ、ふいに立ちあがって飲み物が置かれた盆に近寄った。

「フィリッパはどうしている？」

突然話題を変えられ、アンソニーは眉をあげた。「とても元気だ。幸せそうだし満足している。数日のうちに、両親と妹たちと一緒にやってくる」先ほどの話題に戻す方法を考えながら、ウイスキーをひと口大きく飲んだ。いったいどうやって、結婚恐怖症の兄が結婚というかせをはめられることになったのか知りたくてたまらない。手紙にはただ、公爵夫人を得たということしか書いていなかった。「タイムズ紙で、兄さんがレディ・ジョスリン・ラスボーンと結婚したという記事を読んだ時、だれかが悪ふざけをしているのかと思ったよ。だが、すぐに真実だと気づいた。そんな大それた悪ふざけをするやつがいるとは思えない」

兄はまたうなり、窓辺に歩み寄った。かちっと音をさせて窓を開け、冷気を入れる。

「おいおい、セバスチャン。寒いじゃないか！」アンソニーは立ちあがり、兄の横に並んで雪で真っ白に覆われた景色を眺めた。「いったい全体、なぜレディ・ジョスリンと結婚することになったんだ？」

セバスチャンの顎の筋肉がびくっと引きつれた。レディ・ジョスリンがいわばセバスチャンの皮膚の下まで入りこみ、日々むずむずと悩ませているのは間違いない。だが、そろそろいい頃合いだ。愛人との悲劇的とも言えるいざこざのあと、セバスチャンはもう何年もあえて女性の同伴を避け、たったひとりであまりに寂しく過ごしてきた。

「ピストルを片手に突然ぼくの書斎に入ってきて、おまえに誘惑されたと主張し、賠償を要求したんだよ」

アンソニーは凍りついた。「なんだって、嘘だろ！」

セバスチャンが笑った。「その姿に驚嘆した。流行ばかり追っている退屈で浅薄な娘たちのひとりを選ぶよりは、大胆で勝ち気な女性で、自分の考えを述べることを恐れないほうが好ましいと思ってね。恐れるもなにも、本当になんでも言うとわかったが」そっけなく言う。

「従順な妻のほうがはるかに平和な生活が送れていたのは間違いない」

兄弟は顔を見合わせて笑った。

「しかし、退屈だったことも間違いない」妻のことを話す時のセバスチャンの顔がどれほど生き生きしているか、本人は気づいていないのだろうとアンソニーは思った。

レディ・ジョスリンの求愛に身が入らなかった事情を打ち明けるべきだと判断した。セバスチャンには、自分と公爵夫人のあいだになにがあったか、なかったか、わずかでも疑念を持ってほしくはない。たとえば、先ほどのちょっとした場面に影響している可能性だってないとは言えない。そう思い、窓の外を眺めたまま全部を話して、ロケットの説明で締めくくった。

セバスチャンがじっと見つめる視線を感じ、考え深げにうなずくのが目の隅に見え、そのあとは別の話題になった。ありがたいことに、出生に関する話題がふたたびのぼることはなかった。あらゆる会話がそこに行き着き、どうすべきかを話さなければならないのは嫌だった。気安い仲間意識のなか、くつろいで語り合ったふたりのあいだの空気が緊張をはらんだのは、アンソニーが母のことを話した時だけだ。セバスチャンが断固として関与を拒否する話題だった。いつか、兄が母を許す日が来るのだろうか。兄がどんな形であれ愛というものにうまく対処できないのは、父に対する母の恥ずべき対応に根ざしているとアンソニーは思っていた。

しかしアンソニー自身は母を許し、愛とか家族という概念に対しても偏見を抱いていない。おそらくはそのおかげで、フィリッパとの完璧な愛を見つけることができた。笑い、喜び、関わり、意識、信頼。そうしたすべてが、人生を生きる価値があるものにしてくれた。

クリスマス

フィリッパは身が引きしまるような寒さのなか、シェリングクロスの庭に立っていた。雪をかぶった茂みにしぶとく咲いているクリスマスローズの花びらに指を触れる。あしたもう一度アンソニーと結婚するが、今回はきちんと教会で式を挙げる。そうすることで、あら探しをしようと待ち構えている社交界の人々が、もしも受け入れたいと思った時に受け入れられる素地を作っておくのが狙いだ。結婚という事実が、ふたりのまわりに渦巻く醜聞の火消しになることをフィリッパは願っていた。

離れているあいだ、夫が恋しくてたまらなかったが、家族とささやかなひとときを過ごせたのはとてもありがたかった。それは、家族に知らせていなかった詳細を説明する時間だった。家族との関係を癒やす時間でもあった。

母と叔母のレディ・メリウェザーは、フィリッパがアンソニーと結婚することに自分たちが激しく反対した事実をすみやかに忘れ去った。カリドン公爵がこれ以上ないほど明確に、自分は弟を全面的に支持し、弟との関係を断つことを選んだ人々に関しては今後いっさいつき合わないと断言したからだ。とはいえ、次のシーズンのために上流階級の人々がロンドンに戻ってきた時に初めて、真の試練が訪れるのをフィリッパは知っている。社交界に容認されるとか受け入れられるのは望めないとしても、仲間はずれにされないのは非常に重要なことだ。

明るい面もひとつある。セバスチャンが突然結婚したことにより、幸運に恵まれれば、遠からずアンソニーに代わる公爵の後継者が誕生する。公爵位の重い責任を担うのは、アンソニーとフィリッパにとっては嬉しくないことだったから、この進展は大変ありがたかった。

いま、フィリッパがしなければならないのは、クリスマスと結婚式を無事にやり終えること。そうすれば、社会的な義務は完了し、夫とともに自分たちの人生を生きるという仕事に取りかかることができる。

フィリッパは顔をあげ、屋敷の窓越しに笑い声が漏れてくる室内を眺めた。レディ・ジョスリンの弟と妹たち、そしてフィリッパ自身の妹のフェーベの楽しそうな声やきゃーっという悲鳴に思わず顔がほころぶ。クリスマスの祝祭とフィリッパたちの結婚式のために、フィリッパの家族全員が公爵の田舎の邸宅まで旅をしてきた。コンスタンスとアンソニーの母、そして彼の実の父であるラドクリフ子爵もすでに着いている。この新しくできた家族が、ためらいながら関係を深める様子は感動的だった。長らく隠されていて、いまも非常に異例のこのつながりは、時にぎこちない瞬間を作りだす。しかし、全体を見渡せば、ほぼ全員が将来の可能性を喜んでいた。

レディ・ジョスリンの家族も滞在していた。父親と妹たちと弟という一家で、とても好ましい人々だ。

クリスマスの朝のプレゼント交換では、喜びと笑いが明るく温かく燃えさかった。室内ゲームでたくさん遊び、あるいはただ集い、温かな雰囲気に包まれた。フィリッパ自身、こんなに満足し、希望を感じたことはなかった。

「外でいったいなにをしているんだ？　寒すぎる。風邪を引いて死んでしまうぞ」

アンソニーが庭に入ってくるのを見て、フィリッパの心は愛情に膨れあがった。赤いクリスマスローズを小さい花束にまとめ、鼻に近づける。「ペイトンの部屋に飾るためにこれを切っていたの」首を傾げて、妹が落胆した様子で座っているサンルームのほうを差し示した。「悲嘆に暮れているから」

アンソニーはペイトンを見やった。「彼女のためになにかできることがあればいいと願うよ」フィリッパの隣りに座り、肩に手をまわして引き寄せる。

アンソニーの脇に寄り添うと、彼の体温がフィリッパを温めてくれた。「セントジョン卿は申し出を引きさげてはいないけれど、対応は明らかに冷たくなったわ。彼が変化したことでペイトンがわたしを責めないのはありがたいし、あなたの出生が理由で彼がこんなばかげた振る舞いをしているのならば、ペイトンよりも社交界の意見を尊重しているということだから、結婚前にわかってよかったと思うの。それでもやっぱり、わたしが妹を傷つけたことに違いはないわ」

肩にまわされたアンソニーの手に力がこもった。「セントジョンはまだ若い。真の名誉とはなにかを学ぶには、あと何年もかかる」そう言うと、皮肉っぽくほほえんでフィリッパを見やった。「了見の狭い批判に左右されて間違った方向に行きそうになった男は、あの若者だけじゃないからね」

フィリッパはため息をつき、妹を見やった。気の毒でたまらない。「名誉を学ぶのは、だれにとっても難しいことだわ。あの子のためにも、セントジョン卿が、人生でなにが一番大切かを理解してくれればと願うわ」

「どちらにしても、ぼくたちは彼女とコンスタンスのために全力を尽くそう。醜聞が完全に忘れ去られるまで」

フィリッパはさらに近く寄り添った。「あなたが正しいことを祈っているわ。すべてが忘れ去られるということを」社交界はなぜこんなにも偽善的なのだろう。なぜ、知らないふりをしているくせに、明るみに出たとたんに口を揃えて非難するのだろう。自分にはきっと一生理解できないとフィリッパは思った。愛情よりも政治的な要因を優先させた結婚がある限り、男女は夫婦の契りを破り、不義の関係を追求し続ける。それをした人を仲間はずれにするということは、愛情を求める人間の本質を否定するのと同じ。

愛情といえば……。

「レディ・ジョスリンはとても素敵な方だわ」フィリッパはにっこりした。「そして、お兄さまは……いつも奥さまを見ている。おふたりは本当にぴったりで、とてもお似合いだわ。

わたしたちもそうかしら」

「そのとおりだよ」

「ペイトンとコンスタンスにも、ぴったりの男性を見つけてほしいわ」

「見つけるよ、見ててごらん。時間が必要なだけだ」

アンソニーに額にキスをされると、これまで感じたことがない満足感がフィリッパの全身を満たした。「心から愛しているわ」

彼が頭をさげて、唇を合わせた。「その愛にふさわしい人間になれるよう、一生かけて努力する」

「それを疑ったことはないわ。あなたはわたしのすべてだわ、アンソニー」

「そしてきみはぼくのすべてだ、愛する妻よ」

フィリッパはほほえみ、天の神に、お互いを見つけられたことについて感謝の祈りを捧げた。アンソニーに出会う前の自分の人生はなんと味気なかったことだろう。そのまま満たされない心を抱え、なにか期待してもすべてを制約され、なにもかもに失望する一生を送ったに違いない。

アンソニーが愛情と興奮と終わりのない冒険を約束してくれた。風のように自由に、一緒に世界各地を旅することになるだろう。

しかし、もしも家から一歩も出ずにどこにも旅しなくても、自分は一生という旅に、一生のための旅に出発したばかりだと知っている。そして、その旅は終わりなき歓喜を、アンソニー・ソーントンに愛されるという大冒険を約束している。

それこそが、あらゆることのなかでもっともすばらしい、最高の冒険だった。

訳者あとがき

新進作家ステイシー・リードの大人気シリーズ〈スキャンダラスなカリドン家シリーズ〉から、カリドン公爵家の次男アンソニーが主人公の『誘惑の夜に溺れて』をお届けします。

富裕で大きな影響力を持ちながら、さまざまな醜聞《スキャンダル》を抱えたカリドン公爵家。現公爵である長男セバスチャンは、かつての苦い経験から結婚しないと宣言し、次男である弟アンソニーに後を継がせようと考えていますが、アンソニーにはその気がありません。そんな時、公爵家の顧問弁護士から、数年前に亡くなった父、前公爵から託されたという手紙が届きます。アンソニーが公爵領をわずかでも相続したら、アンソニーとその妹であるコンスタンスの秘密を暴露するという内容。それは当人たちも知らされていなかった秘密であり、公になれば、アンソニーもコンスタンスも社交界からつまはじきにされ、もはや結婚もできないであろうスキャンダルです。亡父の残酷な仕打ちに愕然とするアンソニーですが、ちょうどその頃、ある舞踏会で氷の乙女と噂される謎の美女に出会います。

ミス・フィリッパ・ペピウェルは、父の事業拡大のために家族とともに米国ボストンからロンドンにやってきました。事業を軌道に乗せるためには、ロンドンの社交界に受け入れてもらうことが必須条件。富豪であろうが、ボストン社交界に君臨していた名士であろうが、ロンドン社交界の人々にとって、米国人はただの成りあがり者です。その立場を打開する最善の方法は娘たちが貴族に嫁ぐことでした。当時は貴族の地位と名誉を望む米国人の富豪令嬢が多額の持参金を持って海を渡り、借金まみれの英国貴族と結婚する例も多かったのです。しかし、自由にあこがれるミス・ペピウェルは、家族の期待を一身に背負いながらも堅苦しいロンドン社交界に馴染めません。そのうえ、彼女にもやはり、けっして公にできない秘密があり、もはや男性を信じてはならないと自分を戒める苦々しい経験がありました。

お互いに惹かれ合いながら素直になれないふたりにさまざまな試練が降りかかります。そしてついに……。

ヒーローがほれぼれするほど素敵なことは言うまでもありませんが、本書では、ヒーローとヒロインの愛だけでなくきょうだい間の愛情もよく描かれ、とくにセバスチャンとアンソニーの強い絆がストーリーの重要な要素となっています。また、なにより印象的なのは、ヒーローとヒロインが相性を追求していく様子でしょう。性格や好みだけでなく、一緒にいるだけで体の奥までうずいてしまう官能的な感覚も巧みに描かれます。

人それぞれ好みは違うもの。アンソニーも当初は、花嫁として申し分のない女性ジョスリンとつき合っていましたが、頭では魅力的だとわかっているのになぜか惹かれず、謎の女性ミス・ペピウェルの氷のうわべの下でたぎる熱いものに心を奪われます。

実はこのジョスリンという女性、本書に先立ち短編として刊行された番外編 *The Duke's Shotgun* のヒロインです。設定は本書と同時期ですが、主人公はジョスリンとアンソニーの兄である現公爵のセバスチャンで、アンソニーの心変わりを知ったジョスリンが公爵のもとに乗りこんでピストルを突きつけ、アンソニーの不実を訴えたところ、セバスチャンがその勇気と心意気に感嘆して即座に結婚を決めるというストーリーです。セバスチャンにとっては、独身の誓いを翻すほどジョスリンが魅力的だったわけですが、結婚後に絶縁状態のセバスチャンの母をクリスマスに招待したせいで、ジョスリンはセバスチャンの激しい怒りを買ってしまいます。冷え切った仲をなんとかしようと、勇敢でいさぎよい性格のジョスリンが夫の書斎に乗りこんで心からの愛を告げたことがきっかけで、ふたりは前にも増して深く愛し合うようになり、セバスチャンと母親も和解するという番外編の顚末ですが、本書でもこのあたりに触れている箇所がありますのでどうぞお楽しみに。

公爵とアンソニーの純真な妹コンスタンスがヒロインの第二作、フィリッパの妹で、本書の最後で失意に突き落とされるペイトンがヒロインとなる第三作と、魅力的な作品が続く本シリーズを、またいつか皆さまにご紹介できることを切に願いつつ。

二〇一六年一月

ザ・ミステリ・コレクション

誘惑《ゆうわく》の夜《よる》に溺《おぼ》れて

著者　ステイシー・リード

訳者　旦《だん》　紀子《のりこ》

発行所　株式会社 二見書房
東京都千代田区三崎町2-18-11
電話　03(3515)2311［営業］
　　　03(3515)2313［編集］
振替　00170-4-2639

印刷　株式会社 堀内印刷所
製本　株式会社 関川製本所

落丁・乱丁本はお取り替えいたします。
定価は、カバーに表示してあります。

ISBN978-4-576-16023-8
http://www.futami.co.jp/